君に恋をしただけじゃ、
何も変わらないはずだった

筏田かつら

宝島社
文庫

宝島社

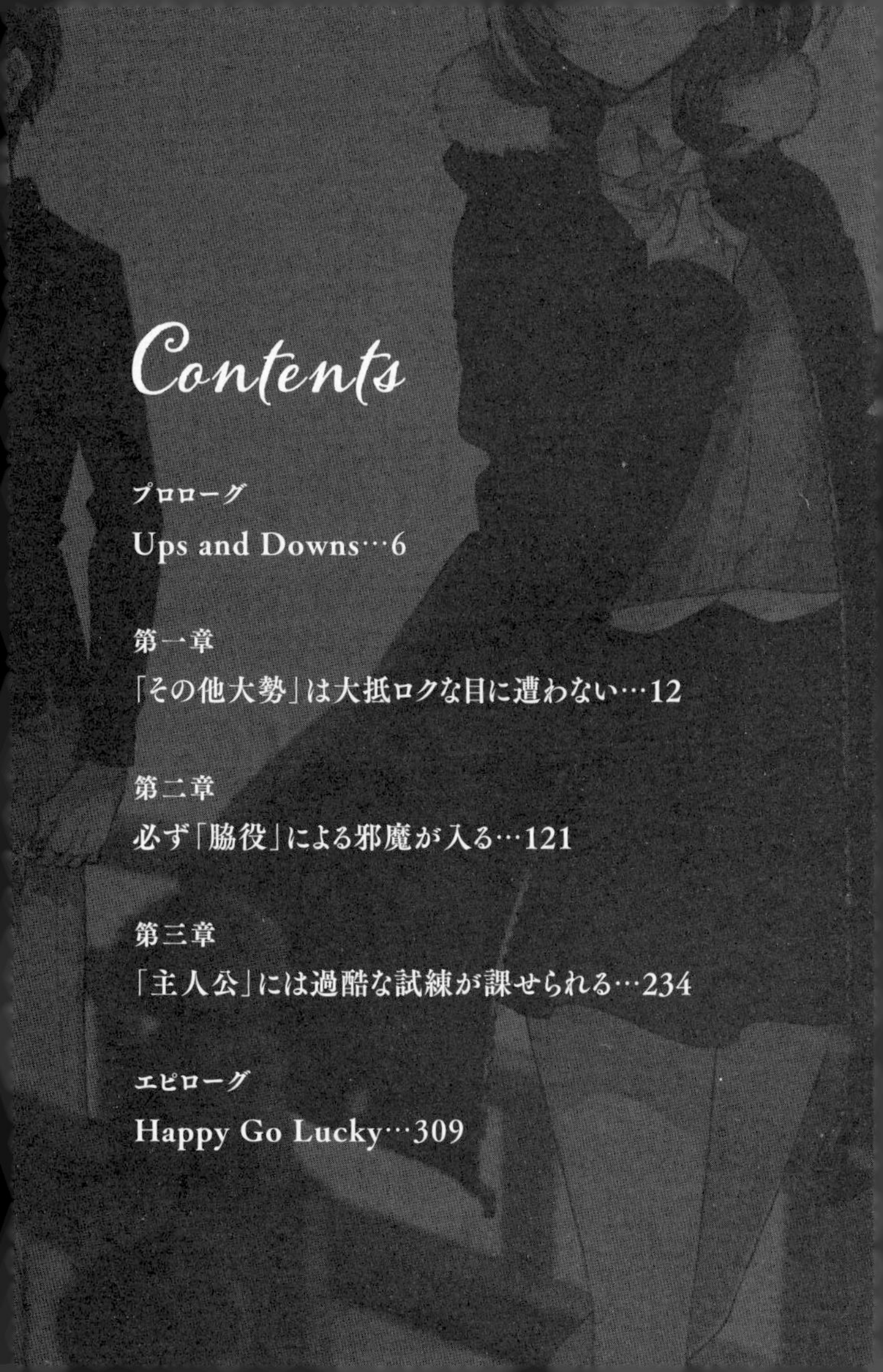

Contents

【登場人物】 Characters

Reiji Kashihara

柏《かし》原《はら》玲《れい》二《じ》

安芸大学三年。備北（広島県）出身。本人は真面目に生きているつもりだが、極端に運がなくトラブルに巻き込まれやすい。サークルの後輩で元バイト仲間の奈央矢をかわいがっている。

Naoya Yonekura

米《よね》倉《くら》奈《な》央《お》矢《や》

安芸大学夜間主コース一年。東京出身、広島在住。玲二の後輩で、天真爛漫で甘え上手な性格のため、周囲からは天使扱いされている。でも本当は腹黒い（?）、中性的な顔立ちの美少年。

Kumiko Isogai

磯《いそ》貝《がい》久《く》美《み》子《こ》

安芸大学歯学科一年。千葉県出身。奈央矢とは小学校時代のクラスメイトで、偶然大学内で再会を果たす。朗らかで人当たりも良いが、突然部屋に来た「不審者」の玲二には何かとキツい。

Miina Kashihara

柏《かし》原《はら》三《みい》苗《な》

十九歳。玲二の妹。高校卒業後、突如実家を飛び出し広島市内の玲二のアパートに押しかけてきて、そのままクローゼットに住み着いている。口は悪いが兄の扱いに長けている。

プロローグ

Ups and Downs

「あー、やっぱり広い部屋はいいなぁ」

家具や小物をあらかた片付け終わり、彼女はほっとため息をついた。

実は三月下旬に引っ越してきた当初は、同じマンションの最上階に住んでいた。だが五月の連休を過ぎた頃、突然天井の一部が雨漏りするようになった。管理会社に問い合わせたところ、すぐに修理するのは難しいとのことで、「同じ建物の別の階に空きが出たので、よければそっちに移動しないか」と提案をされた。面倒ではあったものの、角部屋で部屋が広くなること、移動にかかる費用はすべて負担してくれるとのことで、「分かりました」と返事をした。

移動した部屋は１ＬＤＫで、前のワンルームよりもだいぶ広々としている。家賃も本来であれば以前の部屋より五千円ばかり高く設定されていたが、特別に据え置きにしてもらった。これから大学卒業まで同じ部屋に住むことになるだろうし、長い目で見れば逆にかなりラッキーだったかもしれない。

仕切り直しで新たに自分の城となった部屋を見渡す。家具や家電は白を基調にすっきりとまとめてみた。実家暮らしにも不満は何もなかったけれど、自分の好みのものだけで満たされた空間はこんなにも居心地が良い。

肌触りの良いリネンのシーツの上に身を投げ出す。ごろり、と疲れた体を休めていると、枕元に置いてあったスマホが震えた。

中学校時代の友達で作ったグループのメッセージを受信していた。内容は他愛もない近況のやりとりだった。その中で、最近アイコンをしだれ桜に変えた女子に、他の子から「どこで撮ってきたんだ」と質問が浴びせられていた。

『Emma：角館《かくのだて》だよー。連休中に行ってきたんだ。行くの大変だったけど、すっごいめちゃめちゃ綺麗だったよー！』

そっち方面ということは……あの眼鏡男子と一緒に行ったのだろう。分かってるから「誰と？」なんて絶対聞いてやるもんか。彼女は適当に「いいね！」とスタンプを送ると、画面を消して枕に顔を埋めた。

新しい街、新しい学校、新しい環境。友達もできたし、授業も結構楽しい。だけどどこか寂しいというか、満たされないような。多分、この感情はホームシックとはちょっと違う。

「あーぁ、いいなぁ……」

勝手に呟《つぶや》きが口をついて出た。これが自分の本心なのかもしれないと気づいて恥ずかしさに身悶《みもだ》える。

でも、もし自分にもとっておきの出会いが訪れるとしたら――

誰も彼も浮足立つ初夏の夜は、不意に芽生えた不思議な気持ちまでどんどん生長して止められない。

平和を愛する街にやってきた彼女は、静かに、だけど急激に膨らんでいく未来への期待に心を溶かしつつ目を閉じた。

天然ちゃんと素直になれないくん　第1話「運命の人との出会い方」

	場面	セリフ
1	○季節は初夏のある晴れた日	ミコ「あっ」
2	校舎の階段を登る女の子。ポケットから、リップクリームがこぼれ落ち、階段から転がる	
3	下に立っていた男子の足にコツンと当たり、拾い上げられる	
4	女の子、慌てて階段を下る	ミコ「すみません！」
5	リップクリームを受けとる女の子。手渡してくれた男子の顔を見て「あれ?」と思う	ミコ「もしかして、昔小学校で一緒だったナオくん?」 ナオ「……えっ」 ミコ「あ……、でも私すぐ転校しちゃったから覚えてないかな。隣の席だったこともあるんだけど……」 ナオ「……ミコちゃん?」

6	回想　小学生の頃の、ナオはチビでいたずらっ子で、ミコの方はおとなしくて目立たなかった	ナオ（小学生）「ちぇっ、また先生におこられた。おれ、なんもしてないのによ」 ミコ（小学生）「ナオくんはわるくないよ。わたし見てたもん」 ナオ（小学生）「……さんきゅ」
7	そして、ミコが転校することが決まり、別れの日	ミコ（小学生）「うっ……。ええっ……」（涙で顔がぐしゃぐしゃ） ナオ（小学生）「そんな泣くほどのことじゃないだろ」 ミコ（小学生）「うん……、でも……」 ナオ（小学生）「生きてりゃいつか会えるかもしれないだろ」 ミコ（小学生）「うん……」
8	ミコがいなくなったあと、ひとり教室に残るナオ	ナオ（小学生）「うわあああ（ボロ泣き）」
9	お互い、昔の面影と重ね合わせる	ミコ「すごいね。偶然だね。こんなところでまた会うなんて。全然変わっちゃって

	10	11	12	13
	ちらりと腕時計を見るナオ ミコが呼び止める	呆気にとられるナオ	互い手を振って別れる 校舎の中を俯いて小走りするミコ。 顔は真っ赤になっている	ナオもまた赤面して悶える
たから、すぐには気づかなかったよ」 ナオ「……何年も経ってるし。気づかなくてもしょうがないよ」 ミコ「でも覚えてたよ。目が一緒だもん――」	ナオ「ちょっとこれから用事あるから行かないと……」 ミコ「あのっ……」 ナオ「なに？」 ミコ「また会えるよね？」	ナオ「会えるよ」	ミコ（M）「うわあああ、ナオくんめっちゃ大人になってた相変わらずかっこいいいいい」	ナオ（M）「なんだよ大変身じゃんあんなにかわいくなってるとか反則だろ『会えるよね？』ってかわいすぎる……っ！」

（M）＝モノローグ

第一章
「その他大勢」は大抵ロクな目に遭わない

もう何度も訪れた、好立地にある小綺麗《こぎれい》な五階建てのマンション。エレベーターで四階に上ると、角部屋のインターフォンを指が沈むまで押した。だが反応を得られないのでもう一度押す。やはり何もない。もしかしてインターフォンが壊れているのかもしれない。業《ごう》を煮やした彼はドアを連打した。

彼女が中にいるのは分かってる。金曜日のこの時間は絶対に在宅しているからだ。好きなバラエティ番組を見るために。どうせ対応するのが面倒で居留守でも使っているんだろう。あれはそういう女だった。

本当はこんなことなんかしたくないのに、と彼は歯ぎしりした。未練がましい真似そぶりなんか、微塵《みじん》も見せるはずじゃなかった。ただ俺はこの部屋の中にあるモノに用事がある。それさえ返してくれれば、別れた――しかもひどい仕打ちで俺を裏切った――元・彼女のお前になんか、もう関わったりはしないから……。

「俺だ。玲二《れいじ》だ。ゆかり、ちょっと話がある。すぐ終わるから出てきて」

警戒を解くため、ドアの中に大声で呼びかけるが梨《なし》のつぶてだ。こうなってくると本当に留守なのかもしれない。

　仕方ない、と彼はポケットの中に手を突っ込んだ。金属製の固まりが指に当たる。付き合った当初に「いつでも来ていいよ」と渡された合鍵だ。結局使うことはあまりなかった、それ。本来であれば、貸したものを取り戻すついでに直接返すつもりだった。別れた彼女の家に勝手に入るのは気が引けるが、顔を見なくて済む分かえって好都合かもしれない。あれはおそらくクローゼットの中にあるカラーボックスに入っているはずだ。それを取ってきて、また施錠をしたら鍵はポストの中にでも突っ込んでおこう。「元カレ」の持ち物がなくなってて、そいつに預けた鍵が返されていたら、いくら鈍《にぶ》いゆかりでもさすがに察するはずだ。

　先端の丸い、多数のくぼみがある鍵を鍵穴に差し入れる。鍵を回すと硬質な音を立てて解錠《かいじょう》される。鍵穴は下にもう一個。そちらは施錠《せじょう》されておらず回しても空振りになった。

　さて、とっとと済ませよう、とドアを引く。その瞬間、ガコッと耳障りな大きな音が内側から響いた。ドアがガードドアームによって広く開放されないようになっている。そして、ガードドアームをかけられるのは内側からだけだ。

（やっぱ中にいるんだな）

　中を窺《うかが》おうと、ドアの縁に指をかけたときだ。

「いてっ！」

急に閉まったドアに指を挟んだ。痛い。しかも後からどんどんと鈍痛《どんつう》が増してくる。やべーよこれ、確実に倍ぐらいに腫《は》れるパターンのやつだよ。

「誰なんですか、あなた」

しゃがみ込んで指をさすっている玲二の耳に声が届いた。低い、けれど女子の声。ハッと気がついて顔を上げると、ガードアームのかかったドアの向こうに二十歳ぐらいの女の子が立っていた。

(ゆかり……じゃない)

ボブカットの髪はサラサラと流れ、卵型の顔には主張しすぎないパーツがバランスよく配置されていて、肌はそばかすひとつなく透き通り、そして「Scottish…」と書かれた紫色のTシャツからは細い腕が伸びていた。不機嫌な表情と適当な服装を差し引いてもお釣りが来るぐらいの造形。「柳腰」ってのはこういう人のことを言うんだろうか。不覚にも一瞬ボケっと見惚《みと》れてしまった。

ともかく、今目の前にいる女子は背が低くぷにぷにとした体型だったゆかりとだいぶ印象が違う。でももしかしてゆかりの妹かなんかか……いや、あいつはひとりっ子だったと思うし……と、玲二は混乱しつつ尋《たず》ねる。

「えー……、と……ゆかりの……なんだ、知り合いというか相棒というか、あー、でも『元』になるんだけど……」

正直に言っていいかどうか言い淀《よど》んでいると、女は不愉快な表情を崩さないまま首をかしげた。

「ゆかり？　誰ですかそれ」

「え？　ここに住んでる奴だってば。山中《やまなか》ゆかり。いないの？」

「もう引っ越したんじゃないですか」

「は？」

「私、先週別の階から移ってきたんですけど、突然この部屋に空きが出たと聞いているので……」

　まさかそんなはずは。ついこの間までたしかにゆかりはここに暮らしていた。引っ越すなんて一言も言ってなかったし、年度も変わった直後に住む場所を変えるなんて不自然だ。この子はゆかりに頼まれて嘘をついているんじゃないか。

　信じられないあまり、つい語気も荒くなる。

「んなバカな。やっぱあいつ中にいるんじゃないの？　すぐ済むからちょっと呼んできてくれない？」

「いないって言ってるじゃないですか。もう夜も遅いですし、どうぞお引き取りください」

　女は冷静かつ突き放すような口ぶりをするが、部屋の奥からは誰かがおしゃべりしているような声がした気がした。こっちだって負けるものか。玲二は必死に食い下がる。

「お願いだ、ホントにちょっとだけだから、俺の頼みを聞いてくれよ」

「すみません、今ちょっと手が放せないんで」

「あの、ホント一瞬でいいんだ。ちょっとクローゼットの中見てきてほしいんだけど」

「……前の人が置いていったものなんて何もないですから！　もう帰ってください！」

玲二の目の前で勢いよくドアが閉められる。

（なんで……）

玲二は呆然《ぼうぜん》と立ち尽くす。改めてドアを観察すると、風水に凝《こ》っていたゆかりがドアに飾っていた小さなリースがなくなっていた。ゆかりは本当に巣立っていったのだ。この部屋から。そして、自分とのしがらみから。

もうどうにもならないことを悟《さと》った玲二は、踵《きびす》を返しドアに背を向けて歩き出した。

そのとき、背後でガチャリとドアが開いた。

「鍵！」

「え？」

振り返ると新住人と目が合った。眉間《みけん》に深い皺《しわ》が寄っている。

「合鍵ですよ。もう使わないでしょう？　返してください！」

何か優しい言葉かけてくれるかと思いきやそれかよ、とますますうなだれる。ずっと握っていた鍵を無言で放り投げると、新住人は素晴らしい反射神経でそれをキャッチした。すぐにドアが閉められる。次いでがちゃがちゃと鍵が二つともかかった音がした。

なんだよそこまで警戒することはないだろ、頼まれたって二度とこんなとこ来るか、と心の中であらん限りの悪態をついた。

帰り道、街灯の少ない住宅街を、玲二はがっくりと肩を落とし足を引きずるように歩いた。買ったばかりのスタンスミスの踵《かかと》が減ってしまいそうだ。だけどこの惨《みじ》めな気分の前には、ゴムの靴底のことなんてすでにどうでもよくなっていた。

頭の中を占めているのは、つい先ほどまでの騒動のことだ。夜間の講義とその後のアルバイトで疲れた体に鞭打って、せっかく家まで行ったというのに空振りに終わるとは。なんともツイていない。

（くっそーあの女、ちぃっと見てくるぐらい構わんじゃろが……！）

確かにいきなりドア開けられてビビったのは分かるけどさ。でも見るからに適当な格好でくつろいでたくせに、「今手が放せない」ってなんだよ。西京漬《さいきょうづ》け（焦《こ》げやすい）でも焼いてたのかよ。いや、絶対面倒くさかったから相手にしなかっただけに決まってる。個人的には大っ嫌いな、ちょっと顔がよくて調子に乗ってるタイプの若い女。ああ、せめてもっとできた人間が後継に入ってくれればよかったのに。

（……やっぱあいつ《ゆかり》になんて貸すんじゃなかった）

だいたい「玲二くんの好きなものが知りたい」などと言ってきたのはゆかりの方だ。玲二はゆかりに頼まれて、生涯で最も読み返している本を貸しただけだった。原案・監修者のサイン入りの貴重本だ。貸したが最後いつまで経っても返してくれないし、それどころか読んでる気配もないしで「読まないんだったら他のやつ貸すから返して」と言おうと思っていた。それなのに――

『ごめん、玲二くん。他の人と付き合うことになったから、もう会えない』

たった一行、ＳＮＳにメッセージを残して、ゆかりとは連絡が取れなくなった。風のうわさでは、玲二が「地元の先輩の友達」として紹介した男と付き合い出したらしい。引っ越したということは、あの男とすでに同棲しているのかもしれない。想像するだけで口の中が苦くなってくる。

あの女も、この女も……、と浮かぶ面影に恨《うら》みを募《つの》らせる。玲二には、ゆかりの他にも懇意《こんい》になった女性が過去にいる。だがそのいずれとも円満に別れたことはない。全員が全員、手酷いやり方で彼を捨てた。

一人目は、浪人中に出会った年上の彼女。突然「声優になるから東京に行く」と言って地元から出て行ってしまった。旅立った日から、音信はぱったりと途絶えたままだ。しばらくは某男性ソロシンガーの「遠く遠く」を聞く度に彼女を思い出していた。

その次は、バイト先のコンビニで出会った美容学生。派手目の見た目で豪快な性格が面白かったけど、案の定二股《ふたまた》を掛けられていた。平和大通りでドライブデートをしているところを目撃してしまった。あとで問い詰めたところ「最初からあの人が本命だし。

うるさいこと言うならもういいよ」と逆ギレされ、結局別れた。某男性ソロシンガーの「SPY」が頭の中を過《よぎ》った。シャレになんないよ。いやマジで。

そして一番最近が、他大学の学生のゆかり。聴講生としてうちの学校の講義に来ていて、珍しいと思って話しかけた。県外出身の真面目な女の子だった。今まで一番気が合っただけに、フラれたときは最もダメージが大きかった。「もう恋なんてしない」と心に誓った。

女性関係だけではない。彼の周りにはいつも不運が付きまとう。電車に乗れば酔客に汚物をかけられ、バイトをすれば店は必ず潰《つぶ》れ、買ったパンに異物が混入すること数回、応援するバッターは三振し、ピッチャーならサヨナラ逆転打を浴びるなど、これまで彼の身に起こった悲劇は軽微なものから重大なものまで枚挙《まいきょ》にいとまがない。

柏原《かしはら》玲二・一浪の大学三年生。身長・同年代平均ジャスト、BMI・20．4（標準）、視力・0．4（要眼鏡等）、それと「何度見ても覚えられない顔」としばしば言われるNPCフェイス。その他のパラメーターは筋力・C、敏捷・B、体力・B、財力・D、器用度・B、知識量・B、だが運だけは最低ランクのE。いわゆる「受難の星」の元に生まれた男。モブ属性の中でも、簡単に人格を無視され、未来を奪われるタイプのエキストラ。パニック映画などで一番最初の事件に巻き込まれて犠牲になる名もなき町民A。

「なにすんじゃワレェ！」

「そっちこそなによ！　今までさんざんうちのことほったらかしにしといて、今更遅いのよ！」

大声がしてはたと顔を上げる。住宅街の中にある飲食店の前で、チビのオッサンと細身の女が睨《にら》み合いをしていた。苛立《いらだ》ちを抑えきれないのか、女の方がオッサンに鋭いビンタを張った。

（うわぁ……）

こんな住宅街で痴情《ちじょう》のもつれかよ。随分派手にやらかしてるな。ドン引きするあまり足が止まる。と、オッサンの方と目が合ってしまった。

「お？　兄ちゃんなんじゃ？　文句あんのか」

つかつかとオッサンがやって来る。反射的に逃げ出そうとしたが、それよりも早く行く手を阻《はば》まれた。

「見せモンと違うぞコラァ！」

ベッタベタな文句で凄《すご》んだあと、オッサンは玲二のボーダーシャツの胸《むな》ぐらを掴《つか》んだ。流石《さすが》にこれはマズい、と直感したときだった。

「そこ、何しとるんか⁉」

路地に響く野太い声と共にぱぁっと視界が明るくなった。眩《まぶ》しくて目を細めた中で見えたのは、懐中電灯を手にした紺色の制服の男。そして反射素材でできた胸に光る「広島県警」の文字。

「やばっ、行くわよ！」「言われんでも分かっとるわ！」

オッサンが逃げ出す拍子に玲二はドン、と体を突き飛ばされた。はずみで転び、掛けていた眼鏡が外れる。逃げ足の早い二人はあっという間に走り去ってしまった、

「はい。君、大丈夫だった？」

警官は眼鏡を渡すついでに玲二の安否を確認した。助かった。見回り中の警官がうまい具合にこの辺に居てくれてよかった。「平気、です……」と力なく答えながら眼鏡を掛ける。

よろよろと立ち上がった玲二に、警官はにこりともせずに尋ねた。

「……で、君はこんな時間に何しとったんかな？」

「え」

「ちょっと、カバンの中とか見せてもらってええか？」

……これが、世に言う職務質問か。束《つか》の間の安堵《あんど》が一転、玲二の心は「なんでおれが」という悲嘆一色に染まった。


「すごーい！　痴話喧嘩に巻き込まれた上職質されるとか、先輩どんだけ怪しいの!?」

「笑い事じゃないんだよ！　結構しつこく聞かれてクッソ面倒だったわ！」

元カノから本を取り戻そうとしたものの不発、感じ悪い女に邪険にされる、どこぞのオッサンの痴話喧嘩に巻き込まれる——からの職務質問。いくら不運に他の人より慣れている玲二でも、ここまで重なると体力そして精神力が大幅に削られる。土日の余暇に好きな海外ドラマを延々見たり、尻がもげそうになるまでスクワットを続けたりして多少は浮上したが、まだモヤモヤとしたものは心の底に残ったままだった。

週明け、うんざりした気持ちと体で大学へ登校すると、「希望創生センター」と名の付いた新棟の前でフラフラしていたサークルの後輩を見かけた。その後輩を新棟一階にある歓談スペース的な場所に引っ張ってきて、マシンガンよろしく相槌《あいづち》も許さぬ勢いで愚痴《ぐち》をこぼしている最中である。

「……でも、職務質問なんてあくまで任意ですよね。嫌なら断ればよかったのにー」

「そう思うだろ。でもなナオ、実際ガッチガチの警官に会ってみろよ。あの圧力の前から抜け出すとか、やっぱ一般人じゃ無理ゲーだわ」

「そっかぁ、大変でしたねー。先輩ほら、チョコあげる。機嫌直して」

ナオこと米倉奈央矢《よねくらなおや》は、玲二の所属する「経済研究会」の一年生である。実は、二年ほど前（玲二が大学一年、奈央矢が高校二年）に市内にある回転寿司屋で同時期にバイトしていたこともある。当時から中性的なかわいい顔立ちをしていて、性格も人懐っこく、職場ではパートのオバサンを中心にアイドル的存在として重宝《ちょうほう》されていた。ちなみに時給が良いことが取り柄の回転寿司店は、余裕ある経営方針が祟《たた》ってか玲二がバイトを始めて半年足らずで閉店。その一年半後に大学で再会した奈央矢は、以前にも増して「せんぱい、せんぱい」と甘えてくる。そして先月、彼女にフラレて盛大にハートブレイクした玲二の心を癒《い》やしたのも、またこの少年であった。

『えー先輩のことフっちゃうとか、信じられない！　そんな女のこと忘れて、俺と遊びましょ♡』

そう励ましてくれる奈央矢と一緒にいる間は、失恋の憂《う》さも自《みずか》らに対する絶望も何も感じずにいられた。一人になると途端に落ち込んだりもしたけれど、ともかく学校に毎日ちゃんと登校できるレベルではいられたし、それは奈央矢のお陰に他ならないと玲二は感謝していた。

「……このチョコ、美味いな」

呟くと奈央矢のフワフワの髪が揺れて、顔がぱぁっと明るくなった。おお、天使かよ。

「週末にちょっと用事があって西条《さいじょう》行ってきたんですよ。そのとき同高だった奴がなんでか知らないけどくれました。玲二先輩甘いもの好きだから、あげようと思って」

玲二らの在籍する安芸《あき》大にはキャンパスが三つあり、メインとなる「西条キャンパス」に大多数の学部が集結していて、郊外にある雄大な敷地で大勢の学生が青春模様を繰り広げている（らしい）。あとは広島市内にある医歯薬などの医療系の学部と、その付属となる大学病院がある「南キャンパス」、そして最も規模が小さいのが、広島市の中心街に近く、玲二や奈央矢たち夜間主コースの法学部と経済学部の学生が主に集うここ「森戸キャンパス」である。

「だから統計と法基の過去問、貸してくださぃ♡」

奈央矢に笑顔で頼み込まれ、玲二は「あー、うん。ええよ」と軽いノリで返事をした。

「そういえば先輩」

少しはにかみながら奈央矢が切り出した。

「なに？」

「俺、ここで大昔の知り合いに会ったんですよ」

「へぇ、そりゃ偶然だね。いつ？」

『ここ』というのがどれくらいの範囲を示すのか分からないまま適当に相槌する。

「先週なんですけど……、俺が昔、東京に住んでたときに一緒のクラスだった子で。小学四年生のとき向こうが千葉に引っ越しちゃって、その後俺もこっちに来たから、お互い何やってるかとか全然知らなくて」

「東京で別れて広島で再会ねぇ……。確かにびっくりするわな」

玲二はうんうんと頷いた。

「で、その子実は……歯って言ってたかな。とにかく、医歯薬のどれかに通ってるらしいっす」

「ってことは、今ここの上にいるってことか」

玲二が天井の方を指差すと、奈央矢は「うん」と首を縦に振った。

森戸キャンパスは大学の前身である師範学校があった場所だ。かつては大学の本部として多数の学生や教職員で賑わっていたようだが、一九八〇年代に西条キャンパスが創設されてからはほとんどの学部がそちらへ移転してしまい、長年閑散としていた。しかし近年の大学の「都心回帰プロジェクト」により森戸にも新しい校舎がようやく建設され、現在は医療系の一年生も昼間に新棟で教養科目の授業を受けている。

同じキャンパスを使っていても自分らと昼間の学生とは講義を受ける棟も違うし、もちろん時間帯も違う。今日は奈央矢とたまたま近くで会ったから新棟に入ったが、普段はあまりこちらには用もないし出入りすることもない。入学して二ヶ月近く経つ今になって再会するのも納得の話ではある。

もう一個どうですか、と勧められ、玲二はチョコレートを摘まんで口に放り込む。甘いカカオの粒を奥歯で噛んだ瞬間、口の中で暴動が起きた。

「ぐぇ……っ‼」

なんだこれ、爆弾でも入ってたのか？　やばい、反射的に飲み込んでしまったけど、明らかにアカンやつだ。

「あー、やっぱりひっかかった」

げほげほと咳き込む玲二に、奈央矢は生き生きとした声で解説を始めた。

「これ、二十個に一個、中にデスソースが入ってるんだって。六個しかないから当たらないかもしれないと思ってたけど、さすが玲二先輩、期待を裏切りませんね！」

「ちょ……言うてるばあ……うぇっ……！」

玲二は平均的な成人男子よりも、辛さに対する耐性がだいぶ低い。ピリ辛レベルであれば食べられるが、タバスコが限界、ハラペーニョは無理、ハバネロは問題外、デスソースに至ってはこの世に存在する理由すら不明だと思っている。喉で火事と粘膜の大量虐殺《ぎゃくさつ》が同時に起きている。やべぇこれホントマジ死ぬやつだ。

「過去問はちゃんと持ってきてくださいねー」

「分かった。分かったけど……、いいから笑ってないで助けてくれよ！」

涙目になって頼み込むと、「あと平和学の過去レポもお願いします」と笑顔で付け加え、奈央矢はようやくお茶のペットボトルを渡してくれた。

こいつ、ちょっとSっ気あるよなぁ……と貰ったお茶で喉を潤《うるお》しつつ、後輩をしげしげと観察した。外見はすこぶるかわいいし懐かれて悪い気はしないけど、結構腹黒いし図太いところがある。これが小悪魔ってやつなんだろうか。それはそれで萌えるけど、辛いのだけはホント勘弁してほしい。喉がやられてまだ上手く声が出せない。

そのうちに急に周りがざわつき出した。新棟の上の階で授業を受けていた学生が階段の方から続々と現れる。時計を見ると17：50。授業が終わったようだ。

（……みんな、キラキラしとるなぁ）

ピッカピカの一年生たちの群れを見ながら浅くため息をついた。普段ほとんど昼間の生徒たちの集団とは出くわさないので、たまに会うとその活きの良さ、発せられる充実したオーラに圧倒されてしまう。自分にはあんな時代なかったなぁ、なんてほろ苦い思いが去来する。

「あれ、ナオくん？」

不意に玲二の背後より声がした。女子の声。その瞬間、奈央矢の顔が天使モード100％になった。

「ミコちゃん」

「また会ったね。何してたの？」

玲二の頭越しに会話が続けられる。

「実は……ちょうど今、先輩に君の話してて」

「へー、そうなんだ。でもホントびっくりしたもんね」

明らかに地元の人間とは違う、しゃきしゃきとした標準語。

どこかでこの声を聞いた気が……と何気なく振り向く。

「え……」

自分の後ろに立っていた女子の姿がコンタクトレンズ越しに目に入った途端、玲二の背中は鬼教師に早弁が見つかったときと同じぐらい……それ以上に硬直した。サラサラの髪、涼しげな印象の目元、そして比婆山《ひばやま》に積もる雪のように白い肌の色——

（こいつ——!!）

どこかで声を聞いた気が、ってそりゃ当たり前だよ。つい三日前、俺に「お引き取りください！」って言ったあの声と同じだもん。マジかよ面倒なことになったな。ってか同じキャンパスの学生かよ。もしこの子が俺がしたことみんなに吹聴《ふいちょう》とかしたらすっげぇカッコ悪いし、生きていけない。「元カノがいると思って、他の女子の一人暮らしの家に急に押しかける」とかって、冷静に考えてみたらOUTすぎて弁解の余地が全くない。その相手が後輩の知り合いだったって、一番最悪のパターンだ。

玲二の不審な挙動に、その女子は少し表情を曇らせたようだった。ヤバい。この子が俺に気づく前に、早く手を打たねば——

「ちょっと俺用事思い出し……」

ガサガサの声で言い終わる前に彼女が尋ねる。

「ナオくん、この人は？」

「柏原玲二先輩。うちの学部の三年生。なんか面白い人」

彼女は玲二に対し、楚々《そそ》とした微笑みを作って言った。

「はじめまして、柏原先輩。磯貝久美子《いそがいくみこ》と申します」

いや、はじめましてじゃねぇし。もしかしてこの子、本当に分かってないのか？　そういやあの日は珍しく眼鏡だったもんな。それならそれでラッキーなんだけど。……ってか、あとから真相に気づかれる前に、無礼を謝った方がいいんだろうか。でも奈央矢に知られるのもちょっとアレだし……。

戸惑いのあまり言葉を発せずにいる玲二をよそに、久美子は奈央矢に質問を続けた。

「面白い人って？」

「天然ってかポンコツってか……。いろいろエピソードはあるんだけど、最近だとこの前の金曜日、普通に歩いてたらどこぞのカップルの痴話喧嘩に巻き込まれて、警察に助けてもらったと思ったらそのまま職務質問されたり」

「へぇ、それはたしかに貴重な経験ですね。普通、なかなかないんじゃないですか」

「ね。でもなんで警察もちょうどよくその辺にいたんだろうねー」

「近所で誰かが通報したのかも。怪しい男が隣の家の前うろうろしてるからちょっと来てくれ、みたいな。あの辺、ちょっと前に強盗事件が何件かあったし」

「そっかぁ。それは怖いね。ミコちゃんも気をつけてね」

（……ん？）

一瞬スルーしかけたが、今久美子が言った「怪しい男」とは自分のことだろうか。

あのとき自宅に現れた男と自分が同一人物だと気づいてなかったとしたら、初対面の人間、しかも知り合いの先輩に対してだいぶ失礼な発言ではなかろうか。……別に気づいてなくていいんだけど。

「……そういや先輩、なんでそんな時間に比治山《ひじやま》のあたりにいたんですか？」

唐突に話を振られビクッと体を震わせる。奈央矢には「比治山（訪れたマンションがある地区）の住宅街を歩く→カップルの片割れに絡まれる→職質の連続コンボ決められた」とだけ伝えている。ここで「実は元カノの部屋に用事があって、行ったら次の住人がもう住んでた」などと余計な情報を加えようものなら、藪蛇《やぶへび》になりかねない。正直に言おうかとも迷ったが、結局玲二は曖昧《あいまい》にお茶を濁すことにした。

「いや、ちょっとあそこのイオンに用事があって……」

「ああ、比治山のイオンには映画館とかもありますもんね。私も家が近いんで、あそこでいつも買い物してます」

知ってる……。あのマンションとイオンとは目と鼻の先だ。かつてゆかりともよく行ったもんだ。

ちょっと切なくなりつつも、新住人のナイスなフォローに感謝を捧げる。ホッとしてお茶を口に含んだときだ。

「そうそう、この前イオン行ったとき、ゆかりご飯の素がペンになってるやつが売ってたんだけど、あれってこっちじゃ結構メジャーなの？」

唐突にぶっ込まれ、玲二はお茶を噴き出しかけた。何なんだよ「ゆかりご飯」って。たしかに他の地域にはペン型売ってないみたいだけどさ。それ今ここで言うことか？

奈央矢は玲二の動揺にも全く気づかない様子で、素直に久美子の言葉を受けた。

「そうみたいだよ。ゆかり作ってるの、広島の会社だからね」

「へーそうなんだ。先輩はどうですか？　お好きですか、ゆかり」

「え？　あ？　あー……」

「なるほど。やっぱり好きなんですね、ゆかり」

そんなゆかりゆかり連呼すんな。どういうつもりだこいつ。俺をおちょくってんのか？

怪訝《けげん》な思いで久美子の方を窺うと、久美子は爽《さわ》やかな笑みを浮かべたまま言った。

「あ、私、これから南キャンパスの方に用があるからもう行かないと」

「あ……、そろそろ俺たちも授業かも」

「それじゃ、またね」

久美子は奈央矢に向かって手を振り、その場から立ち去った。

奈央矢と二人、軽い足取りの後ろ姿を見送る。十分距離ができてから、玲二は低く呟いた。

「……あれがお前の幼馴染《おさななじみ》か」

奈央矢と運命的な再会を果たした幼馴染。話を聞いたときは女の子だとは分からなかったし、増してやあのゆかりのマンションにいた女子と同一人物だなんて思いもしなかった。

「そうです。先輩は、どう思いますか」

「どうって……」

ちょっと美人だからって思いやりがなくて、裏表が激しいけったくそ悪い女……なんて正直なことを言ったらマズいのは分かる。しかし……

「なんかあの子、透明感が半端なくなかったですか？　あんなにかわいくなってると思わなかった……」

「え？」

ふと横を見ると奈央矢の頬は紅潮し、久美子の去った方をしつこいぐらいに眺めている。これは……

「高校も女子校だったって言ってたし……。あれだけかわいくても、全然男子に免疫《めんえき》なさそうですよね」

お前ん中で女子校通いってどういう生き物になってんだ。学校には女子しかいないかもしれないけど、普通に街に出れば異性なんてゴロゴロしてるじゃないか。あの子がどれくらい都会に住んでたか知らんが、多分あのルックスだったら普通にナンパぐらいされるだろう。ってか、ナチュラルメイクで髪色が暗めでおとなしそうな顔立ちしてるから清純っぽく見えるだけで、実際は「帰ってください！」って初対面の男にキレたりするんだぞ。騙《だま》されんな奈央矢。

「あの子……、絶対に処女ですよね」

（……お前、そのお目々くりくりジャニ系の顔に、ゲスな発言は似合わないぞ）

奈央矢は軽快なステップで学部棟へ向かう。その半歩後ろを玲二は力なく付いていった。

今まで奈央矢にはたくさん元気を貰ったし、その彼が恋に落ちたのであれば、今度は自分が応援する番だ。だけど……

（ホントにあの子でいいのか？）

久美子のわざとらしさの滲む笑顔を思い浮かべる。これまでさんざん女に泣かされてきた玲二には、彼女もまた不吉をもたらす人物にしか思えないのだった。

その日の授業が終わった二十一時。玲二は家までの道の逆方向にある繁華街に舞い戻った。これからパチンコ店の閉店後清掃のアルバイトが入っている。これまでのバイト先はほぼ閉店に追い込まれた職場クラッシャーの玲二ではあるが、清掃業なら簡単には潰れまいとこの職種を選んだ。深夜早朝は時給が高いのはいいけれど、お陰であまり友達と遊びに行けないのがネックだったりする。パチ屋の掃除は週に四回、あとは土日にオフィスの清掃やワックスがけを手伝っている。特にワックスがけでは以前塗られたワックスを剥《は》がす機械の扱いが上手く、「ポリッシャーの玲二」と呼ばれるほど重宝されている。

日付が変わる少し前、玲二はパチンコ店の裏口から出ると、愛車の自転車「トレインスポッティング」号に乗り自宅へと向かった。オレンジ色のボディが映画のジャケットのロゴの色と似ていたから名付けた。なんでそんな色にしたのかというと、自転車屋で売れ残っていて安かったから、それ以外にない。

夜の広島の街はまだどこか賑やかだ。サラリーマンの一団が近くの飲食店から出てきた。追い越しざまに「八回裏の継投が……」などと喋っているのが聞こえた。どうやら今夜はカープが負けてしまったようだ。たしか今日の対戦相手は在京の兎《うさぎ》球団だったか……、これはよろしくないとペダルを漕《こ》ぐスピードを上げた。しかし結局信号待ちで追いつかれ、「なんだお前その自転車。もしかしてジャイ党か」と絡まれてしまった。玲二の帰宅はいつもこうだ。信号や酔っぱらいにひっかからずすんなり帰れた例《ため》しがない。

信号が青に変わった瞬間に、ロケットスタートでリーマン達を振り切った。

港まで続く大きな橋を渡る直前で、タイヤが突然「べにょ」と変な音を立て、その後ペダルが重くなった。

「うわっ⁉」

転倒する直前で足を付き事なきを得るが、誰だよこんなところにレゴ置いたの。パンクしたぶん弁償せえ。忌々《いまいま》しく黄色いブロックを植え込みに放り投げた。

ゆるい橋の勾配《こうばい》も、自転車を引きずって歩くと地獄の坂に変わる。川を超えて約十三分、ようやく自宅にたどり着く。墓地の近くに佇《たたず》むボロい二階建てアパート。今日に限って何故か他の自転車がいつも置いている駐輪スペースに停まっていて、玲二はめんどくせぇ、と毒づきながら他の自転車を寄せて無理矢理空きを作った。

（あー、たいぎぃ……。もう、今すぐにでも寝たい……）

すでにＨＰ《ヒットポイント》は赤字で示されるぐらいにしか残っていない。ヘトヘトになりながら一階の端にある自分の部屋の前にたどり着いた。

尻ポケットから鍵を取り出す。もちろん、カードキーでも偽造防止の加工がされてるディンプルキーでもない、よくあるクラシカルなギザギザの鍵だ。鍵を半分無意識のうちに穴に差し込んで回したところ……

（あれ？　おかしいな）

鍵穴の抵抗が軽い。もしかして鍵をかけ忘れて外出をしたのだろうか。不思議に思いながらドアノブを引くと、部屋の奥に電気がついていた。そして玄関には華奢《きゃしゃ》な女物の靴。

（まさか……）

そう思うが早いか、引き戸を開ける音と同時に、キャラメルマキアートもかくやというう甘ったるい声が聞こえてきた。

「あー、おかえり玲ちゃん！　話には聞いてたけど、ホントに遅いんじゃねー」

引き戸の中から目にも眩しい金髪の女子が手を振っている。十人中八・九人が「オフの日のキャバ嬢」と答えるだろう派手でゆるい雰囲気の外見をしたその女子は、三つ年下の妹・ミーナ（本名・三苗《みいな》　漢字がダサいので「ミーナ」と名乗っている）に他ならなかった。

何でお前がここいるんだ。高校……はこの前卒業したんだっけ。そしたら今頃備後《びんご》の山の麓《ふもと》で祖父母と父母と犬と猫と鶏とヤギと、無駄に広い敷地に囲まれて過ごしているはずではなかったのか。

「てゅーか何この本。『悩める現代人のための般若心経《はんにゃしんぎょう》』って。相変わらず暗いんじゃねー。もっと面白い本ないん？」

ミーナは玲二がテーブルに置きっぱなしだった本を片手でパラパラとめくり、もう片方の手で鍵についたご当地キティを指先で揺らして見せた。

「ずっと待ってたんよー。ちなみに、鍵はママから借りたわ」

「……何しに来た」

「何しに来たってひどいわ。かわいい妹がせっかく来たってのに」

ミーナが本をポンとテーブルに投げ出す。せっかく買ってきた本を雑に扱われ、玲二の怒りメーターはさらに上昇した。玲二にとってミーナは「かわいい妹」などと呼べる存在ではない。小さい頃からうるさくてこましゃっくれていて、兄を兄とも思わない生意気な態度が大嫌いだった。無論「だった」などと過去形を使っているが、現在もそれは継続している。

ミーナは不機嫌オーラ全開の玲二に、脳天気に尋ねた。

「ねえ、玲ちゃん。パパママとケンカしちゃったんよ。ちぃとここにおらせてもらえん？」

「ちょっとってどれくらいだよ」

「まだ決めてないけど。早速明日、バイトの面接行ってくるけぇね」

バイトまでこっちで探すとなると、長いこと居座る気満々だ。少なくとも、今日明日で帰るとかそういう話ではない。

冗談じゃない。俺の自由で健康的で文化的な都会での一人暮らしを邪魔しないでくれ。そもそも狭い1Kのアパートのどこで寝泊まりをする気だ。憤慨《ふんがい》で爆発寸前の玲二は、しかし静かにミーナに告げた。

「お前、涼一兄《りょういちにい》の方に懐《なつ》いとったよな。あっち行けばええじゃろが」

柏原家には、玲二、三苗の他に、長兄の涼一が存在する。すでに結婚し家庭を持ち、実家から車で五分とかからない場所に居《きょ》を構えている。両親とケンカして距離を置くだけのために家出するのであれば、そちらに身を寄せても構わないはずだ。

ミーナは「フン」と鼻を鳴らしてから悪びれることなく言い放った。

「そりゃ、玲ちゃんよか涼ちゃんの方が好きにきまっとるよ。涼ちゃんかっこよかったし、優しかったし。玲ちゃんなんて暗くてろくに守ってくれなかったし、鈍《どん》くさくていびられとったしな。しかも今でもなんかジジくさいし、その割には趣味とか妙にナヨナヨしとるしわけ分からんわ」

「……お前、これから世話になるかもしれん人間に対してなんちゅうこと言うんじゃ」

「ホントのことじゃろ。ぶっちゃけ涼ちゃんとこ行けるんなら行きたかったわ。でもあそこんち子供生まれたばっかかじゃけ、迷惑かけたくないけぇ」

「じゃ、俺には迷惑かけていいってことかよ」

「涼ちゃんにくらべりゃ、そりゃそうなるわ。じゃ、お風呂借りるねー」

（このガキ……！）

よくもいけしゃあしゃあと……！　罪に問われなければ手が出ていたところだ。だが何度か深呼吸をしているうちに玲二も冷静さを取り戻した。

（とりあえず、親父に引き取りに来てもらうか）

末っ子を目に入れても痛くないほどかわいがっていた両親のこと、今ごろミーナの不在を惜しんでさめざめと泣き暮らしているだろう。こちらに来ていることを知れば、何を差し置いても迎えに来るはずだ。ミーナが入浴している隙に、玲二は早速両親のもとへ電話を掛けた。

『あー、もしもし……』

電話に出た父親に「今ミーナがうちにいる」と告げる。早く帰らせるように示唆《しさ》されると思いきや、父親はのんびりとした口調で玲二に返した。

『あー、ミーナが出てくゆうたんじゃ。あいつの気が済むまで、悪いけど玲二頼むわ』

「はぁ？」

なんだそりゃ。ケンカして娘に出て行かれたにしては随分呑気《のんき》だな、と呆気に取られつつ反論する。

「悪いけど、俺もバイトとかで余裕にゃーで」

『金か？　家賃なら払ってやっとるじゃろ。もしミーナがもっと広いとこ住みたい言うんなら引っ越したってええよ。ワシらも、ミーナが一人で住むより玲二についててもらった方が安心じゃけえの』

学費や生活費は出してもらってないが、家賃は実家の援助を受けているから少し立場は弱い。でも「引っ越していい」って。そういう問題じゃない。

「ちょっと待っ……ああ⁉」

言い終わる前に電話を切られた。呆然とスマホの画面を見つめる。

全く意味が分からない。妹も妹なら親も親だ。もう一度かけなおすべきか、迷っているうちに早くも風呂から上がったミーナが部屋に入ってきた。

ホカホカの湯気を頭から出しているミーナを、恨めしげに見上げる。

「……今、おかんとオヤジに電話したんじゃが、お前何しにここ来たん？」

「だから、ケンカしたゆーたじゃろ」

「何のケンカしたん」

「ああ、まぁ……、それはおいおい言うわ」

おいおいじゃないよ。兄を舐《な》めるのもいい加減にしろ。今すぐ納得のいく答えを用意するか、さもなくばここから出て行け。普段温厚な玲二が、珍しく声を荒らげようとした、そのときだ。

「あ、そうだ。玲ちゃんのために夜食つくっといたんじゃった」

「え」

ミーナの金髪がしばし視界から消える。台所の方から戻ってきたミーナは、ラップのかかった大皿を玲二の前に突き出して見せた。

「玲ちゃん実家いた頃からこれ好きだったもんねー。食べたらええよ」

これは……、好物のカニカマと薄焼き卵のちらし寿司ではないか。しかも薄焼き卵はご丁寧に星型に切り抜いてあり、見た目も鮮やかでかわいらしい。

前言撤回《ぜんげんてっかい》。やはりこんな夜遅くに血のつながった妹を叩き出すのも忍びない。青少年が非行に走るきっかけを与えてはいけない。マズローの欲求五段階説でも、住居の確保などの安全要求は低次の要求に分類されるではないか。「最近物騒な事件があった」とどっかの誰かから聞いたような気もするし、今日のところは泊めてやるに吝《やぶさ》かでない。

ミーナは大皿をテーブルの上にドンと置くと、台所に戻りコンビニで貰った割り箸《ばし》と小皿、そして松茸味のお吸い物を探して持ってきた。

「いただきます」の挨拶もそこそこに、さっそく箸をつける。うまい。五臓六腑《ごぞうろっぷ》に染み渡るうまさだ。

まんまと食べ物で釣られてしまった玲二だが、一応は兄としての矜持《きょうじ》を保つために口添える。

「……来週になったら、引越し先探しぃや」

「分かっとるよ。でも見つかるまで、いさせてぇな」

しおらしく答えると、向いに座ったミーナは取り皿にちらし寿司を大皿より少し取り分けて食べはじめた。なんだかこうしていると、昔に戻ったみたいだ。

「そういや、お前その金髪でよく学校卒業できたなぁ」

「ああ、これね。卒業式前には黒に戻しとったし、楽勝よ。うち意外に真面目だし」

「そうか？　おかんが『ミーナは学校から帰ってきたとおもたら、すぐどっか行って何してるかよう分からん』って嘆いとったの聞いたで」

「そりゃ家にいたってつまらんしな。大丈夫、学校には毎日行っとったし、酒屋んとこの息子みたいにグレよったりやんちゃしたりは絶対せんで」

　あいつ、まだ実家帰ってきとらんしな……と付け加えられた言葉に、何でもないふりをして頷《うなず》く。ミーナが非行に走らないどころか、そちらの道に興味すらなかったことには安心しかない。だが引き合いに出された「酒屋の息子」も、幼少の頃は玲二によく懐いてきたという思い出があるだけに、胸の内では手放しで喜べなかった。

「それよりも、玲ちゃんの周りで変なこととか、面白い事件とかってなんかない？　あれば聞かしてもらってええ？」

　唐突にミーナから質問を浴びせられる。一瞬「なんでそんなことを聞くんだ」と面食らったが、気まずい話題を変えるため適当に振っただけにすぎないだろう。玲二はちらし寿司のお礼代わりに気前よく答えた。

「そうじゃなー。俺の後輩の話じゃけど、小学校時代の同級生に大学で再会したって」

「へー、それって県内ならありそな話じゃない？」

「それが、小さい頃親の仕事の都合で東京に住んでた頃に、同じクラスだった女の子なんじゃと。その子はずーっと関東のどこぞに住んでたらしかってん。広島で再会するなんてわりとレアじゃろ」

「ほうほう。で、その子はかわいい？　やっぱり偶然出会って恋に落ちたりしてるんかね？」

かわいい……方に入るだろう。悔しいけれどそれは認める。そして第二の質問は、久美子が去ったあとに奈央矢が見せた態度を見ると99％「ＹＥＳ」だ。少なくとも下心は抱いていた。

でも後輩《あいつ》の気持ちを推測して勝手に決めつけるのは、いくら身内との与太話の上でも気が引ける。玲二は適当にお茶を濁す方針を選んだ。

「さぁ……。俺はそこまで詳しく聞いとらんし、分からん。ただまぁ、もしそうなら、応援したい関係ではあるよな」

「ふーん……」

ミーナは噛みしめるように深く相槌を打った。

実家では全く見せたことのない真剣な表情。なんだその反応は。今の話のどこにそんな感銘を受けるポイントがあった？　疑問に思いながら残りの寿司を掻き込んでいると、先に食べ終わったミーナが「うんしょ」と立ち上がった。

「ちーっと見させてもらたんだけど、台所の横の、押入れみたいなスペース。あそこほっとんど使っとらんよな」

ああ、と短く返答する。ちなみに、当該スペースは「ウォークインクローゼット」だと不動産屋からは説明をされた場所だ。

「したら、今日はあそこで寝させてもらうわ。布団だけ貸してね」

「……ドラえもんかよ」

「それならうちはドラミちゃんじゃな。出来の悪い兄に対し、かわいい妹。まんまじゃろが」

全面的に同意しかねる。「ドラミちゃんは押入れで寝とらんじゃろ」とツッコんだが、ミーナはそれをスルーした。

「そうそう、藤子不二雄《ふじこふじお》先生もなー、上京したての頃は二人で二畳の部屋でずっと頑張っとったんだって。じゃけぇ、一人で暮らすなら一畳ぐらいあれば十分やわ。あ、でも今度ドンキ一緒行こうな。玲ちゃんちょっと調理器具持ってなさすぎじゃろ。おたまも持ってないとか引くわ。今までどうやってご飯たべてきたん？」

……ほとんどまかないか半額の弁当で済ませてきたとは、より厳しいツッコミを受けることとなりそうで言えなかった。

天然ちゃんと素直になれないくん　第2話「二人を繋ぐ偶然（ハプニング）」

	場面		セリフ
1	○季節は梅雨になる		
2	ミコは休日、友達と別れてカフェでお茶。そろそろ帰ろうかと建物を出る、外は雨が降っていた		
3	庇の下で、空を見上げながら途方に暮れるミコ		ミコ「どうしよう……」
4	ナオが黒い傘をさして通りかかる		ナオ・ミコ「あっ！」 ナオ「……どうしたの？」 ミコ「今帰るところなんだけど、でも傘持ってなくて……」
5	ナオの持つ傘の柄に二人の視線が集まる		ナオ「……一緒に帰る？」 ミコ（真っ赤になってうなずく）

6	雨の街を相合傘で帰る二人 緊張しているので会話が弾まない		ナオ「……今まで買い物してたの？」 ミコ「うん。お腹すいたからそろそろ帰ろうと思って……」
7	肩が触れ合う。ドキッとして謝り合う		ナオ「ご、ごめん」 ミコ「こ、こっちこそごめん」
8	雨の中、歩く二人 小学生時代の記憶を思い出してキュンとするナオ		ミコ「そういえば昔、こうやって二人で帰ったことがあったねー。傘とられちゃったって、すっごい慌ててたよね。あのときは、私の傘で帰ったんだけど」 ナオ「そんなことあったっけ……」 ミコ「忘れちゃったの？　結局、隣のクラスの子が間違えてもって帰っちゃってたんだよー。『僕の傘どこいっちゃったのー!?』っておおさわぎしてたのに」 ナオ「あーっ、いいよもう！　そんな昔のこと」

9	路面電車の停留所が見えてくる		ナオ「あの……っ！」 ミコ「？」
10	ナオがミコに、傘を無理矢理押しつける		ナオ「俺、ここから電車乗るから、これ、使っていいよ」 ミコ「えっ……」
11	ナオ、有無を言わさぬまま、路面電車に乗り込む		
12	ミコ、黒い傘を差して電車を見送り、顔を真っ赤にする		ミコ（M）「うわあああ、小学生の自分、なんで平気で一緒に帰ろうとか誘えたの！　距離が近い、近いよぉぉおおおお！」
13	電車の中。ナオは先ほど触れた肩を撫で、顔を真っ赤にする		ナオ（M）「いや全然憶えてたから！　あのときもドッキドキだったから途中で傘とかホントはどうでもよかったから‼」
			（つづく）

（は？　またここにもなかったんだけど、どういうこと？）

コンビニ店員の「こちらのレジにどうぞー」という掛け声を背中越しに聞きながら、玲二は落胆に肩を落とす。陳列された雑誌の向こうに拡がる川沿いの街は、花をも冷やす六月の雨に霞《かす》んでいた。

玲二が探しているのは一冊の少女漫画雑誌だ。もちろん彼が読むものではない。そもそものきっかけは、半時間ほど前に遡《さかのぼ》る。


『ミーナ：玲ちゃん、バイトおつかれさま♡♡♡……』

学校が休みの土曜日。駅前のビルでオフィス清掃のアルバイトを午前八時から昼の三時までこなした玲二のスマホに、妹からのメッセージ通知が入っていた。妹は先月の終わりから玲二のアパートに住み着いていて、一向に出て行く気配はない。一体なんのつもりだろう。首をかしげつつメッセージの続きを確認する。

「ちょっと相談があるけぇ。いつでもいいから電話して♡」

既読になってしまったため、しらばっくれるわけにもいかない。玲二はミーナに電話した。

『あー、帰りにちょっとコンビニ寄ってきくれんかのう。「カスタード」って雑誌買ってきてほしいんよ』

「はぁ？　『バスタード』って、まーたえらく物騒な名前じゃの」

『読者ディスってどうするんよ。「バ」じゃなくて「カ」だってば。「バ」「カ」。少女漫画じゃけ。代金はあとで払うよ』

『バ』『カ』という物言いに大いなる悪意を感じる。しかし何故ミーナが少女漫画なんぞを所望するのだろうか。実家にいた頃、ミーナがマンガを好んで読んでいたような記憶はない。腑に落ちないものを感じつつ、玲二はあっさりと懇願《こんがん》を退《しりぞ》けた。

「自分で行けや」

『おねがーい！　今月、うっかり発売日に買うの忘れとって。買ってきてくれたら夜になんでも好きなもん作っちゃるけぇ！』

こいつ……。兄（俺）の扱いを心得てきてやがるな、と玲二は直感した。

現在、ミーナは玲二のアパートにある一畳半のウォークインクローゼット（押入れ）に寝泊まりしている。元来ミーナには散らかし癖があり、一緒に住んだら絶対イライラするだろうと片付け命の玲二は憂慮していた。だが、今のところクローゼットに引きこもっていることが多いせいか、想像していたよりも散らかり具合はだいぶ軽微だ。

そして最初の宣言どおり、ミーナはアルバイト（ファストフード店の接客係）も見つけてきて、よく家事も手伝っている。ますます出て行くのが遅くなった気がしないでもないが、結局ミーナの作る手料理にほだされる形で、奇妙な同居生活は続いている。

玲二は「分かった」と返事をする代わりに、少しして「それじゃ今日はベトナム風生春巻きを作ってくれ」と打って送る。この際だから、好物の中で一番手のかかりそうなものをリクエストしてやった。

建物の外に出ると、空全体が分厚い雲に覆われたせいで昼間とは思えないほど暗かった。ポツポツと雨も降っているのでゴアテックスのジャケットを頭から被《かぶ》り、サドルに跨《また》る。降りはじめた雨脚は曲がり角を過ぎる度に強くなり、フードに覆われていない前髪はすぐにじっとりと重たくなった。

通り沿いにあるコンビニに着くと、さっそくミーナに頼まれていた雑誌を探す、が、売り切れなのかそもそも入荷していなかったのか、陳列棚に見当たらない。

（あー……、マジかよ……）

このまま手ぶらで家に帰ったとしよう。その場合、一言「ごめん、売ってなかった」と謝れば済む話かもしれない。でも、妹に貸しは作りたくない。幸いなことにもう一軒別のコンビニがこの近くにあるから、そこで買って帰ればいい。

だがあいにく、二軒目にもミーナが口にした名を冠する漫画雑誌は見当たらず。少し脚を延ばして三軒目、やはりここにも置いておらず、玲二は現在頭を抱えている最中である。

ここからもう一軒となると、昔ゆかりが住んでいたマンションに近い場所にあったはずだ。こんなことになるなら最初から本屋で買ってくりゃよかったと思うがときすでに遅し。外はもう土砂降りと呼べる雨模様になっていた。玲二はサウスパークのケニーよろしく被ったフードを顔が見える最小限まで絞り、愛車に跨り四軒目のコンビニへ走り出した。

——本当だったらこれ以上寄り道なんぞせず、一刻も早く家に帰りたい。三軒も回ったんだからもういいじゃないか、そんなに妹と張り合ってどうするんだと俺の挑戦を嗤《わら》うやつもいるだろう。だが違うんだ。これは己《おのれ》の業《カルマ》との戦いなんだ。不運の星に取り憑《つ》かれた俺の、真の実力《バッドラック》を占ってやる。

向かい風に乗った雨粒が顔をビシバシと叩いていく。ロバート・マイルズの「Children」が心の中で流れる。目指すコンビニが見えてきた。よし、ゴールまでもう少しだ！

軒下に自転車を駐《と》めると、ジャケットに付いた雨粒を軽く振り払い、不審者に間違えられぬようフードを脱いだ。自動ドアの前に立つとドアは玲二を招き入れるように左右に割れた。

「え」

「あ」

ドア付近にいた女性客と目が合った。細い体躯、湿度100％の雨模様もなんのそのサラサラヘアー、色白のつや肌……こいつは、奈央矢が「ミコちゃん」と呼ぶあの女《久美子》じゃないか。

おいおいなんでこんなところにいるんだよ……って、住んでるマンションに近いから当たり前か。どっちかというと「どうして俺がここに」か。自己ツッコミを入れていると、久美子は玲二を見上げて怪訝そうに首を傾げた。

「なんですか、びしょ濡れじゃないですか。これ使ってください」

持っていたビニール袋からおろしたてのタオルを差し出してくる。でも玲二には恩を受ける義理もない。「いいよ大丈夫だよ」と退けると、久美子は強引に玲二へタオルを押し付けた。

「さっきクジ引いたらもらったんで、あげます。そんなびちょびちょのままうろうろされたらお店に迷惑です」

いちいち言い方が癇《かん》に障《さわ》る女だ。久美子が言う「くじ」とはここのチェーン店で定期的に行われている「〇〇〇円以上買うと一回抽選！」というアレだろう。タダで貰ったものならば、とタオルを受け取った。

フードで覆いきれなかった頭と顔、それから腕を拭《ぬぐ》って雑誌コーナーへ向かう。陳列された雑誌を右上から一冊一冊タイトルを確認すると……

（あった‼）

女性誌が置かれた棚の、一番下の段に「カスタード」が頭をこちらに向けて鎮《ちん》座《ざ》していた。

どうだ、俺だって大事なところではツイてるんだ！　高揚する心をゴアテックスパーカーの中に押し込めつつ、被っていた埃《ほこり》を丁寧に払って、「だって胸キュンがしたいんだもん……♡」と煽りが書かれた少女漫画誌を持ってレジへ向かう。

商品をカウンターに載せたところで、斜め後ろから声がした。

「へー……、そういうマンガ読むんですか」

しまった、下手こいた、と玲二は小さく舌を打った。まだ久美子は帰っていなかった。なんだよ、もう買い物終わったなら帰っていいだろ。言い訳しようと振り返ると、案の定久美子はニヤニヤと意地の悪い含み笑いを浮かべていた。

「これは、妹に頼まれて仕方なく……」

「妹さん？　やっぱり二次元的なアレですか」

「違《ちげ》えって、リアルだし！　今うちのアパートに転がり込んできてんだよ！」

「そうですか。でもそれにしたって、こんな雨の中マンガ買いに行ってあげるとか、ずいぶんかわいがってるんですね」

「言っとくけど全っ然かわいくねーぞ！　あれだったらやっさだるマンの方が百倍かわいいから！」

店員が「四四〇円です」と小声で言ったので、玲二は慌てて財布を取り出した。店員の顔は俯いていたが、よく見ると肩がプルプル震えている。いやもう、笑いたかったら堂々と笑えよ。バレバレだぞ。

くっそーどいつこいつも……！　けどここは男子として最低限の度量を示さねば。玲二はぼそっと久美子に聞いた。

「君、コーヒー好き？　飲める？」

「え？　普通に飲みますけど？」

「それじゃ、コーヒーの小さいのと、カフェラテ、一個ずつ」

店員は「六九〇円になります」と言い直した。財布の中を確かめる。ああ、よかった。ギリギリあった。小銭を店員に渡した。

会計を終わらせてセルフ式のコーヒーのカップを受け取ると、ひとつを久美子に差し出した。

「さっきのタオルのお礼。君だって、ホントはだいぶ寒いんだろ。なんか顔色悪いぞ」

相手が誰であれ、礼はきちんと返すのが自分の流儀だ。でも一番安いコーヒーだけどね。タダで貰ったタオルの代わりなら、こんなぐらいでちょうどいいだろう。

薄着の久美子は呆気にとられながらも「ありがとうございます」と小さく頭を下げ、カップを受け取った。

コーヒーの抽出《ちゅうしゅつ》を、二人並んで待つ。

「今日休みだよな？　何やってたの？」

別にそこまで興味があるわけでもないけれど、間が保《も》たなくなって尋ねた。

「……今日は友だちと買い物して、カフェで喋ったあと中古レコード屋とか雑貨屋めぐりとかしてました」

「へー、なんか意識高い」

「それはありがとうございます。あ、そういえば帰りに偶然ナオくんと会いましたよ。

傘も借りてしまったので、先輩からもお礼伝えておいてくれますか」

偶然……にしてはできすぎている気もするけれど、自分の「元カノの家に突撃したら、同じ大学のキャンパスに通ってる女子（しかも後輩の幼馴染）がすでに住んでいた」なんてのもだいぶ確率的に低い話だから、世の中そういうもんなんだろう。

抽出が終わると、飲食スペースで久美子はちびちびとコーヒーに口を付けた。玲二は少し冷めるまで待った。「猫舌なんですね」とまたもくすくす笑われた。

店内後方にある時計を見上げ、久美子が言った。

「それではもうそろそろ宅配便が来る時間なので。エア妹さんによろしくです」

「だからエアじゃねーって」

久美子は玲二の反論を聞かずに店から出て行ってしまった。相変わらずいけ好かない女だ。

（あー……、ほっこりするー……）

ひとりになりのんびりカフェラテを味わっていると、店の中から「あなた、どうしてここに……！」という女の声が聞こえた。

何事だ、と振り向くと若い男女が目を潤ませて見つめ合っていた。

「ずっと探してたんだ！　もう君を離さないぞ。一緒に行こう……！」

「どこにでも連れてって……！」

突如目の前でメロドラマが始まり、玲二はあんぐりと口を開けた。ここ、どこだと思ってんだよ。広島市内のコンビニだぞ……ツッコミを禁じ得ない。

その他大勢の心境など全く与《くみ》する様子もなく、盛り上がる二人はガシッと抱き合うと、手を取り合って駆け出した。「今のはなんだったんだ」という空気が店内に充満する。

まぁ、生きてりゃいろんな場面に遭遇するわな、と気を取り直した玲二は、カフェラテを飲み干し、カップを捨てて店の外に出た。まだ雨はザーザーと音を立てて降っていた。

軒下でフードを被り、横を向く。

（あれ？）

あるべきものがあるべき場所にないことにすぐに気づいた。

（あれ？　ちょっと待って、俺の自転車は……⁉）

先ほどここに駐めておいたはずの愛車の姿が見当たらない。まさか、と思って通りに出て見渡すと、二人乗りの自転車が雨に霞む視界に今消えんとしていた。

こんな雨の中だし、ちょっとの間だけだと思って鍵をかけなかったのがまんまと裏目に出た。入学以来二年ちょっと玲二の相棒として活躍し、たまに変なところでギアが切り替わって玲二を転倒させ、そのカラーリングからあらぬいちゃもんを付けられることもしばしばだったおちゃめな奴。訪れた突然の別離に、玲二はやりきれず雨空に吼《ほ》えた。

「ふっざけんなクソが……ッ‼」

窃盗を働いたのは状況から言って先程の男女二人組に違いない。自分たちの世界に酔うのは勝手だが、それは他人に迷惑をかけない範囲でのことだ。そもそもあんな派手な自転車盗もうとする神経が分からない。ともかく、もし次に見かけたら容赦《ようしゃ》はしない。ガッツリ警察に突き出してやる……！

（あーぁ……）

我に返ると深い深いため息が口から漏れた。新しい自転車を買い直さければならないのはもちろん、当座の大問題はここからどうやって帰るかだ。マンガ買って金はないし、タッチするだけ簡単、便利なＩＣカード・ＰＡＳＰＹは家に置いてきた。キャッシュカードも持ち歩いてないし家まではここから二キロ以上ある。そしてこの雨。運が悪いにも程がある。

がっくりと肩を落として歩き出す。雨脚《あまあし》は往路とほとんど変わらず激しい。だが玲二は、さきほどまでのように急ごうとは思わなかった。

信号待ちで水たまりに右足を突っ込む。濡れたスニーカーがさらに水を吸って、玲二の足取りを鈍くさせた。

足、どろどろ。髪、ぐしゃぐしゃ。慢性的な寝不足の上に、無駄に走り回ったぶん体力消耗してコンディション最悪。そしてトドメの自転車泥棒。あのコンビニでのんびり時間を潰していたから愛車がパクられた。もっとサクサク事を済ませていれば自転車はパクられずに済んだと思うと、あそこで久美子なんぞに遭遇して捕まってしまったことが心底恨めしい。

運がない自分だけど、今日は特にボロボロだ。冷え切った指でアパートの部屋のドアノブを回す。中敷きまで重くなったスニーカーを靴下もろとも玄関に脱ぎ捨てると、即刻ずぶ濡れのパーカーと湿ったインナーと裾が泥に染まったジーンズを身から引き剥がし、その場に放置した。

「おい、ミーナ」

部屋の中に呼びかける。声色《こわいろ》には苛立ちが滲《にじ》んでいただろう。詮方《せんかた》ない、ミーナが買ってこいと言った漫画のために大変な思いをしたんだ。分かったらさっさと受け取りに来やがれ。そう叫びたい気分だった。

だがミーナからは返事がない。もしかしたら自分の空間《クローゼット》にいるのか。だとしても「おかえり」の一言ぐらいあってもいいじゃないか。親しき仲にも礼儀ありだぞ、と台所の横にあるクローゼットの扉を手荒に叩き、最低限の礼を示してから把手《とって》を引いた。

（うっ……）

玲二は中の様子を見て息を止めた。ベニヤ板でできた床には予想通り足の踏み場もない……が、実家にあるミーナの部屋とはだいぶ様相が異なり、玲二を驚かせた。

ぬいぐるみや洋服、メイク道具などはあまり持ってきていないのか、クローゼットの中にはほとんど置かれていない。その代わり、雑に畳まれた布団一式の他には、書きかけの線画、力任せに丸められた紙、うず高く積まれたジャンル雑多な漫画本、愛玩《あいがん》するには程遠い関節だらけの人形、手の模型などが散らばっていて、スペースをほとんど占拠してしまっているローテーブルの上には、ノートパソコン、ならびに周辺機器が鎮座していた。

早速足元に散乱した紙へと目を落とす。人体や風景の模写が多く、素人目に見ても結構上手い気がした。これをあのキャバ嬢もかくやという妹が描いたのだろうか。状況的にはそれしかないが俄《にわか》に信じがたかった。

そして、テーブルの上のパソコン類……。キーボードの前に置かれているのはペンタブと呼ばれる種類のものだ。また無防備にもつけっぱなしになったノートパソコンの画面では、画像処理ソフトが実行中であった。画面上の端っこに処理中のファイル名が表示されている。「天然ちゃんと素直になれないくん」……なんだそりゃヒネリもなんもねぇな。苦笑いを浮かべたときだった。

「見ーたーなー」

凄みのある声に振り返る。ミーナが腕を組んで仁王立ちし、玲二を見下ろしていた。

Tシャツにパンイチという情けない姿の玲二は愛想笑いを浮かべた。

「お前、これ……」

言い終わらないうちに、観念したミーナが言葉を続ける。

「うち、マンガ描いとるんよ」

「……それで家出してきたん？」

「そう。実家じゃ何も刺激ないし、家のこと手伝えとかうるさいし。友達とかにはこの歳から描きはじめて、遅いとか言われたくないし絶対内緒にしたいんじゃ」

慌ててパソコンの画面を消し、玲二が買ったまま放置してあったビニール袋を引き寄せた。漫画を取り出すと雑に立ち読み防止のシールを剥がし、バラバラと中身をめくった。

「……Bクラスかぁ。『絵はいいですが、話がイマイチ』……そんなの分かっとるよ」

玲二がかつて購読していた少年漫画誌でも新人の投稿を募集しており、定期的に結果発表が誌上でなされていた。不躾《ぶしつけ》にならない程度にミーナの手元を覗き込むと、やはり「漫画スクール」のページが開かれていた。どうやらミーナがこの雑誌を買ってくるように懇願したのは、結果が知りたかったから、らしい。

「もう投稿しとるんか」

ミーナは特に表情を変えることなく頷いた。

「普段はWEBとかでちょこちょこ描いとるんじゃけど、一回プロの編集に見てもらお思って。でもなんか、すっぱり諦めもできんし、かといって才能ほめられたわけでもないし、一番微妙なとこだった」

「普段はWEBで……」

何気なく反芻《はんすう》すると、ミーナは突如茶化すように笑った。

「あーっ、玲ちゃんうちがどんなの描いてるか探そうとしとる？」

「はぁ？　身内が描いとるもんなんか金貰っても見とうないわ。気色悪い」

心外もいいところだったので、ぶっきらぼうに否定する。しかしミーナは玲二の顔を覗き込んでニヤリと頬を吊り上げた。

「そうかなー。でも玲ちゃんってこれっぽっちもデリカシーないから信用できんなぁ」

「お前、世話になっとるお兄様に対し、さすがに失礼じゃろ。何を根拠にそんなこと言うんか」

「だってデリカシーある人だったら、勝手に居住スペースに入ってきたり、妹の前とはいえズボン脱いだまま平気でいたりせんじゃろ。そんなガサツじゃけ、付き合ったどの彼女とも長続きせんのじゃろな」

何故それを知っている……口ごもったほんの数秒の間に、ミーナは理解してしまったらしい。

「あー、やっぱ玲ちゃんってそうなんじゃー。そらそうじゃわ。見た目は悪くないけど、気遣《きづか》いゼロやし空気とかゴリッゴリに読めんもんな。そら愛想つかされるわ」

「……ええ加減にせんとしばくぞ」

「まぁ、ここいらでやめとくわ。ってことで、今日は春巻きナシね」

「は？」

耳を疑った。このガキ俺が何のために雨の中四軒もコンビニはしごしたと思ってるんだ。約束を守らないとかそもそも人としてどうなんだ？　あまりの華麗な掌《てのひら》返しに、睨みつけることもできずにただ間抜けに口をぱくぱくさせる。

「女の子を暴力で脅すなんてダメじゃろが。そもそもうち生春巻きなんか作ったことにゃーで。グリーンカレーつくってやるけ、我慢してぇな」

グリーンカレー……、自分が激辛苦手なのを知っての狼藉《ろうぜき》だろうか。鼻を利かせると、ミーナが出て行ったドアの隙間からオリエンタルなスパイスの風味が漂ってくるではないか。おそらくミーナは最初からカレーを作ると決めていたのだろう。

妹の口八丁にまたも騙されてしまった哀れな男は湿った頭を項垂《うなだ》れた。

（ああ、もう俺って……）

情けないけどどうしようもない。ミーナがカレーを作っている間に風呂に入り、出てくると買ってきた『カスタード』をぺらぺらとめくった。どれも似たような学園恋愛ものように玲二の目には映った。

（これの何がおもしろいんかのぅ……）

もっと手に汗握る冒険とか巧みな心理戦を描くサスペンスとかはないものか。そのうちの一ページに、ヒロインと男子がＬＩＮＥでやり取りをしてるシーンがあった。あ、そうだ、と思い出した玲二は奈央矢へＬＩＮＥを送る。

『02kshr：さっきお前の昔の知り合い（フライターグのトートの子）に会ったぞ。傘のお礼言っとけって言われたよ』

『708：うん。ミコがこの前友達とLOFTに買い物行くって喋ってるの聞いてさ。なんとなく近くまで行ったらやっぱり会った。偶然ってすごいよね』

……それは、偶然というより待ち伏せとか張り込みに近いのでは。思ったけれど、本人の意志を尊重して「そうなんだすごいね！」と話を合わせた。

しっかしどいつも《奈央矢》こいつ《登場人物》も愛だの恋だのに浮かれおって……。もっと世の中に大事なことは沢山あるだろう。再び漫画をめくってツッコミを入れているうちにカレーが完成し、皿などがテーブルに並べられた。

「おこちゃま舌の玲ちゃんのために、ココナッツミルク多めにしといたけぇ。さっそく食べよか」

一口スプーンで掬《すく》って味見してみる。確かに食べやすいけどやっぱり辛い。玲二は少しずつ冷ますようにして口に運んだ。

「……そういやさっき、マンガ雑誌見てみたぞ。あれって何が楽しいん？　どれも全部同じようにしか見えんかったんじゃが」

するとミーナはフフフと含み笑いを浮かべた。

「ちゃうんよ玲ちゃん。うちが思うに、『似たような話』だからこそ需要があるんじゃにゃーかな。いつの時代も若者の初々《ういうい》しいラブストーリーってのは好きな人が多いけぇ。誰しもが経験したことがあるよな『キュン』こそ求められてる要素なんよ」

「へー……、そういうもんかねぇ……」

　さっぱり理解できない世界だ。激辛が好きな人と同じぐらい理解できない。

「そうだよー。手が触れて意識したりとか、意味深なセリフ言われて悩んだり、目が合ってドキッとか。『あれ、今日はやけに目が合うな。もしかして見られてるのかな、あ、違う、自分があいつのこと見てるからだ。どうしよう、ドキドキする……』みたいな。そういう経験、女心に疎《うと》いボンクラの玲ちゃんにだって一回くらいあるじゃろ？」

「……あるような、ないような」

「題材は同じでも、時代によって小道具とか環境とかが変わったりするからなぁ。そういう変化を取り入れつつ、どれだけ『あるある』って頷けるものが書けるかっていうのが作家の個性だったりするんよー」

　とうとうと解説されるが、何一つピンと来ない。そしてミーナが「個性」なんて単語を使って会話をしていることにビックリだ。何かの受け売りか？　と玲二は訝《いぶか》しんだ。

「あ、それよりもさ、玲ちゃんの後輩くん、あの幼馴染の子となんか進展あった？」

　またもや唐突すぎる話題変更だと思ったが、不毛な創作論を続けるのもかったるくて、玲二はそれに従った。

「あー、さっき街でその子と偶然（？）会って、傘貸したりしたらしいぞ」

「うわ、いいわぁ。そのベタでお約束っぽい感じ。なんだかんだで萌える定番シチュじゃなー。で、相合傘でもしたんか？」

「さぁ。そこまでは知らん」

「うん、でもネタ提供ありがとね。それも今度マンガで使おー」

「……ミーナよ。お前ももうちょっと社会的なもの勉強して、ためになるマシな話描いてみんか?」

うっかりこぼした玲二の苦言に、ミーナはぺろっと舌を出して応じた。

「やーだよ。そんなの読んだって分からんし、余計なお世話じゃゃ。うちはうちの描きたい話を描いとるんよ。難しい話はそういうのが得意な人が書けばええじゃろ。だいたい、そんな固い話描いても女の子は誰も読まんよ」

確かにそれも正論ではあるが、でもやはり「分からない」と言って毛嫌いするには勿《もっ》体《たい》のない名著もたくさんある。だけど「余計なお世話」と言われたのがぐっさり来ていて、「意外に読めば面白いんよ」とボヤくに留《とど》めた。

天然ちゃんと素直になれないくん　第3話「I LOVE HER, TOO」

	場面		セリフ
1	○授業終了後の休み時間@廊下 ミコとその友人二人が話している		友1「この前、バイト先の先輩に、とうとう『今度よかったら一緒に出かけませんか』って誘われちゃった」 友2「いいなぁ。で、どこ行くの？　泊まり？」 友1「やだなー。まだOKの返事もしてないよ。軽く見られたら損じゃない」 友2「バカ。向こうが『もういいや』って諦めたらどうすんの。餌に掛かったら早めに釣り上げないと！」 ミコ「二人とも、楽しそうでいいなぁ。私もあやかりたいな」
2	友1・2　同時にピクッと反応する		友1「ちょっと待って。この前もあたしが紹介した男子に『遊びに行こう』って言われて断ったって女が何言ってるの？　何が嫌だったの？」

	3	4	5
	友1、ふと気がつく	ぬっと背後に背の高い男子が現れる	驚く三人。いつのまにか長身のクール系イケメンが立っていた。ゲッと顔をしかめる友1・2。ぽかんと口をあけるミコ
ミコ「それは、たまたま予定が合わなかっただけで……」 友2「じゃぁ、他の人紹介するよー。ちなみにどんな人がタイプ？」	友1「そういえば、この前幼馴染っぽい男の子と一緒に喋ってなかった？　ちょっとかっこいい感じの子と」 友2「なにそれ？　もうちょっとくわしく！」 友1「なんか二人、すっごい仲良さそうだったよね。やっぱあの子が本命なの？」 ミコ「別に彼とはまだそんな……」	男子「へぇ。僕もその男の子と会ってみたいな」	友1「あー、アンタね。いつかこの子にロックオンすると思ってたけど、とうとう来たか……」 男子「ロックオンって。人聞き悪いよ。ただちょっと仲良くなりたいってだけ

	６	７
	友１・２の攻撃を躱しながら、ミコに目配せをする。不意に目が合ってビクッととする	小声で言うミコにかまわず、話を進める友人たちとイケメン男子
なんだけどな」 友２「どの口がそれを言うんか。アンタ、最近チャラいってよーけ噂されとるよ」 男子「誤解だって。僕は悪いことなんて何もしてないから。遊んでたって証拠ある？」	男子「石油王じゃないけどお昼ぐらいなら奢れるから。よかったら今日これから一緒にどうかな」 友１「え、ホントに？　そしたら担々麺食べに行こーよ！」 友２「したらいい店紹介しちゃるけ。すぐそこなんだけど……」	男子「ごめん、君たちの彼氏と未来の彼氏に悪いから、店だけ教えてもらえる？」 ミコ「あの、私……」 友２「今ＬＩＮＥ送った！　クーポンもあるから使ったらええよ」 男子「ありがと。それじゃ、早く行かないと

			混むかもしれないから、行こうか」 友1・2「あとでどうなったか教えてねー！」
8	女友達に無理矢理背中を押され、流されるまま男についていくミコ		ミコ（M）「いやいや無理ですイケメンくんとか何喋っていいか分かんないですってかナオくん以外の男の子とかどうやって接したらいいんですか助けて」
9	不安な表情のミコに男子が話しかける		男子「どうしたの？」 ミコ「えっ、ううん。ちょっと、突然のことでびっくりしちゃって（必死）」
10	男子の内心		男子（M）「あー、この慣れてない感じマジ最高。もっと恥ずかしがらせたい。そういうプレイもありかなー（ゲス顔）」
11	にやついた表情の男子を不審がるミコ		ミコ「そっちこそどうしたの？」 男子「なんでもないよ」（爽やかスマイル）
			（つづく）

「へーっくしょん！」

ひときわ大きなくしゃみが、紙屋町《かみやちょう》のアーケードに鳴り響いた。平日の昼間では、市内随一の繁華街であれど買い物客の姿はまばらだ。バイト先の事務所がある雑居ビルを出た玲二は、鼻をすすりながら自転車に跨《また》がった。

愛車の「トレインスポッティング号」との突然の別離を経て、玲二の元には次のマシンが転がり込んできた。同級生たちに「自転車盗まれた。死ぬ（意訳）」と愚痴をこぼしたところ、同級生の中でも比較的経済的に余裕のある社会人学生が、「もう使わなくなったから」とママチャリを譲ってくれたのだ。フォルムはダセェしギアもついてないけど、あるとないとじゃ大違いなのでありがたく使わせてもらっている。いつか出世したら恩返しする、と心に誓った。

今日はとみに体調がすぐれない。雨に打たれてミーナのための漫画雑誌を探して以来、二週間ほど経つがまだ関節にずっしり来るようなだるさが抜けていない。

それにしても蒸《む》している。太陽は照りつけていないけれど、梅雨の湿度はハンパない。もう少ししたらかき氷の美味しい季節になるだろう。最近は高級路線のかき氷も多いけど、自分が店を出すならどうするかな。地域の特色を活かして、広島採れの瀬戸内《せとうち》レモンのやつなんかどうかな。あ、愛媛《えひめ》のみかんジュースでできたかき氷もアリだな。むしろ同じ柑橘《かんきつ》類ってことでコラボさせたら最高だな。どっかの企業でこのアイデア買ってくれないかな……。微熱でぼんやりする頭で妄想しながら、川沿いの道を駆け抜けていく。

信号待ちのところで、大型トラックの排気をもろにかぶり反射的にむせる。咳き込んで潤んだ視線の先に、緑色の公園が見えた。学校までもうすぐだ。

少し着くのが早すぎてしまった。ちょっとコンビニでも寄っていくか、と遠回りする。大通り沿いの担々麺屋の前に見知ったゆるいパーマ頭が見えた。奈央矢だ。彼は商店街にある飲食店の店内を窺うように背を丸めていた。

強くブレーキを握って減速する。古いせいかキキーッと耳障りな音を立てた。

「おー、お前何やってんだ？」

奈央矢が肩を震わせて玲二を振り向いた。

「あ、なに？　食いたいけど迷ってる感じ？」

「え、あ、まぁ……」

「それじゃ、俺が奢《おご》っちゃるから入ろうや」

ちょうど昨日振り込まれたバイト代は、契約外だった汚部屋清掃のヘルプをしたお陰でいつもの月の三割増しだった。風邪も治りきらずだるいから、ちょっとあったかいもを食べるのもいいだろう。多分これくらいの辛さなら何とかなる。店の引き戸を開けた。

「いらっしゃいませー！」

威勢のよい掛け声がこだまする店内は、ごま油とかすかに肉の焦げる臭いで充満しており、カウンター席と四つあるテーブル席とカウンターはどこも埋まっていた。

（どうする、他行く？）

遅れて入ってきた奈央矢に目配せすると、入り口近くに座っていた男女の会話が聞こえてきた。

「物理は絶対苦手だから避けて通ってきたのに、まさか大学入ってやることになるとはね……」

「そうなんだ。僕は結構物理得意だったけど。教えようか？」

「ホントに？　それじゃ、高校のとき使ってた参考書とか貸してもらっていい？」

この声は……恐る恐る確かめる。

「あれっ、ナオくん！　……とその先輩」

やはり久美子だった。四人がけのテーブルに、背の高い（座高から推測）男子と向かい合って座っている。若干エラは張っているものの切れ長の目に通った鼻筋が特徴の、なかなかの男前だ。どこぞのメンズ系雑誌にそのまま載ってそうな服装がぴったりはまっている。クール系オシャレイケメン、といったところか。

座るとこないならここ来る？　と、相席を申し出た久美子は、早速空いた隣の席を引いて手招きした。向かいに座る男子もすぐに空席に置いてあった鞄を膝に載せた。だが一瞬彼が困惑気味に眉根を寄せたのを、近眼ではあるが動体視力は悪くない玲二は気づいてしまった。

おい、二人の邪魔しない方がいいんじゃないか。気を利かせようとした玲二が注意するよりも早く、奈央矢はさっさと久美子の隣に座ってしまった。久美子が店にいたことに対し、特に驚く様子のない奈央矢に玲二は違和感を覚え、その理由に思い当たり息を飲んだ。

（もしかして、こいつ……）

最初から久美子の様子を観察するために店の前に立っていたのか？　いやいや俺のかわいい後輩がそんな変態チックなことをするはずがない。でもこの前も雨の日に久美子を探して張り込みとかしてたんだよな……。

懸念を抱く玲二をよそに、久美子が明るく奈央矢に話しかけた。

「よくここ来るの？」

「ううん。今日は先輩が入ろうって言ったから」

「え」

人のせいにすんなし。いや、間違ってはいないけどよ……。なんだろう、最近の奈央矢はイレギュラー連発のツッコミどころ満載で、どうにも処理が追いつかない。

今度は玲二の隣に座る男子が、久美子に尋ねた。

「いそぽん、この人たちは？」

「えーと、私が小学校時代にちょっと同じクラスだったこともある米倉奈央矢くんと、その先輩のカジワ……」

「柏原な」

「そうそう。ゆかりが大好きな柏原さん」

お前も名前間違えそうになった上に余計な情報付け加えんな。もしかしてわざと俺を怒らせようとしてんのか？　失礼極まりない後輩二人に、頬がピクッとしそうになる。

隣の男子が深々と頭を下げた。

「柏原さん、米倉くん。はじめまして、滝沢《たきざわ》です」

「私と学部は違うんですけど、彼と私の友達の凛子《りんこ》と愛菜《まな》がオリキャンで同じ班だったみたいです」

「下の名前が冬吾《とうご》なので、ごっちゃんと呼ばれています。磯貝さんと同じ千葉出身です」

オリキャン、とは「オリエンテーションキャンプ」を略した安芸大特有のビッグイベントで、入学当初の一年生の春にそれぞれの学部や学科単位などで学生を募《つの》り（医歯薬は合同）、山奥でキャンプを行い、そこで得られる経験を元に学生同士の交流を深めることが目的とされている。学校公認の野外合コン的な側面もあり、そこでめでたくカップルになる学生もちらほら存在する。また変なあだ名を付け合うのもオリキャンの恒例で、「いそぽん」「ごっちゃん」もそのとき付けられたものだと推測された（玲二も一年生時に参加するつもりだったが、前日の夜に季節外れの感染性胃腸炎を発症し、敢《あ》えなくキャンセルとなった思い出がある）。

しかしごっちゃんとやらは、見た目は若干《じゃっかん》チャラそうだがなかなか礼儀正しいじゃないか。久美子ともよくお似合い……いや、失礼で裏表のある久美子にはちょっと勿体ないレベルかもしれない。隣の男子に尋ねる「何学部？」「医学部です」「医学科？」「はい」おおお……、ホント勿体ないな。

「二人は付き合《お》うとるの？」

奈央矢も気になっているだろうと踏んで、敢えてストレートに尋ねる。久美子は即座に顔の前でパタパタと手を振った。

「やだ、違いますよ。まだ初めて喋ったばっかりだしそんなんじゃないです」

「いそぽん、否定しすぎ。傷つくなぁ」

滝沢が軽く笑って諌《いさ》める。気があることを匂わせつつも明言しない、実にスマートな返答に女慣れしてそうな貫禄を感じる。うちのかわいい奈央矢はというと……おお、やっぱり目が笑ってない。

これって三角関係ってやつだろうか。妙な事態に巻き込まれてしまったことに心の底から辟易する。やだわぁもう、若いものどうしご自由にやっていただけないかしら。年寄りには付いていけんのう。

米倉くんはどこの人なの？　ふつーに市内だけどアンタは？　僕は……と綱渡りの会話を続ける二人を眺めていると、玲二の尻ポケットが震えた。

軽く腰を上げてスマホを取り出す。まっさんと呼ばれるサークルの女性部員・葛巻《くずまき》からＬＩＮＥが入っていた。

「ん？」

『くずまき：あきクロのレッドことナオコ、見参！　紅葉色のハートを狙い撃ち♡』

なんだそりゃ、と意味不明の文章に添付されている写真を開く。写真には、戦隊モノっぽいアイドルの格好をした女性がポーズを決めて写っていた。ぱっちりした二重の目と通った鼻筋、欧米人に似た肌の質感が特徴で、奈央矢とよく似ていた。

「先輩、どうしたんですか？」

「いや、これ誰だろうって」

深く考えずに奈央矢にスマホの画面を差し向ける。奈央矢は画面を見た途端に血相を変えた。

「あーっ、ちょっとこれ、どこから……！」

横から画面を覗き込んだ久美子の目が「えっ⁉　これ……ナオくん？」と好奇心に輝く。スマホと顔とを興味津々に見比べられ、奈央矢は観念したように呟いた。

「実は俺、十一月の学祭で、女装してアイドルの曲を踊ることになったんです……」

「えっ、アイドル？」

冬吾も話に加わってきたので、玲二は隣にもスマホを見せた。じいっと凝視したあと、

「これなんてやつ？」と奈央矢に尋ねた。

「『はるいろクローラー』ってアイドルいるでしょ。それをもじって『あきいろクローラー』っての」

「へー、どっかで聞いたことあるよな話じゃな。にしても、ナオが人前で踊るとはねぇ。しかもアイドルのコピーって。どういう風の吹き回しよ」

「俺、一応アクロバットとかできるから。本部キャンパスの方でダンスやってる友達に『やろう』って誘われちゃって。女装するとか知らなかったです」

「それで西条ちょこちょこ行っとんたっか」

ぶすっとしたまま奈央矢が頷く。本人は大いに不満そうだが、もともと女顔だし写真で見る限り衣装も似合っている。「はるクロ」は激しいダンスが売り物だから、すばしっこく運動神経の良い奈央矢にはぴったりだろう。

「へぇ」と感心したように久美子が呟く。

「アイドルかぁ……。よく知らないけど、ナオくんが一番かわいかったね」

「僕もはるクロはちょっと……。でもやるなら見に行くよ」

滝沢の一言に奈央矢が露骨に顔をしかめたが、帰り支度をしていた滝沢の目には入らなかったようで、「それじゃ行こうか」と久美子に声をかけて席を立ってしまった。先に食べ終わった二人を見送る。

「せんぱい」

奈央矢がデスボイスで呼びかける。あ、これ怒ってる。激おこだ。

「とりあえず、今日の授業のあと済研のみんなで食べに行くから、ばっくれないで来ること。今日の夜はバイトないって知ってるからね」

「はい……」

汁なし担々麺が運ばれてくる。奈央矢は一味唐辛子のフタを開けると、玲二の前の丼に、麺が見えなくなるほど唐辛子をふりかけた。「逆らったらＯＵＴ」と危険信号を察知した玲二は、おとなしくそれに箸をつけた。

食べ終わる頃には、額に脂汗が滲んでいた。


「あのねぇ……あそこで画面見せる必要ないですよね？　『なんでもない』って答えればいい話じゃないですか。なんでわざわざミコちゃんにも見えるような角度で見せてきたんですか？　アホなの？　死ぬの？」

「いや、そんなつもりはなくて。ホントにあれがナオだって気づかなかったんだよ」

「コスプレとか絶対に知られたくなかったんですけど。森戸の学生には誰にも言わないつもりだったのに。一番知られたくない人にバレるとか、どうしてくれるんですか」

「ごめん……。言い訳もできん。気の済むまで詰ってくれ」

　キツく説教をされて玲二は俯いた。今は居酒屋でサークルの仲間と会食をしている最中だ。参加人数は八人。だいたいいつもこれぐらいで飲んだり喋ったりしている……らしい。何故確証が持てないのかというと、玲二は大抵の場合バイトが入っていたり睡眠不足だったりして、定例集会や飲み会に不参加のパターンが多いからだ。

ちなみにサークルの活動内容は、「経済雑誌などで業績のよさげな企業を調べて、仮想口座で株式投資をして、定期的に損益を発表する」というものだ。サークルとしては現金を動かすことはしていないが、メンバーの個人的な口座開設は制限しておらず、中には博才を発揮してやけに裕福な奴もいる。

「ってか、あの滝沢って奴、マジ感じ悪かったなー……。『は？　アイドル？』みたいな。俺、ああいう奴バカにした態度取る奴ホント無理」

「まぁまぁ、落ち着いて」

「髪型と服装で誤魔化してる雰囲気イケメンのくせしてよー。なんなんだよアイツ……なんでミコと二人でいるんだよ……」

どうやら滝沢冬吾は一瞬で奈央矢に嫌われてしまったようだ。そんな悪い奴でもなさそうに思えたが、変に擁護《ようご》すると逆上しかねないので黙っておいた。

「そら、どっちかが誘ったんじゃろ。あの様子だと、ごっちゃんの方からじゃろうな。磯貝さんの方にはそんな気ぃなさそうだったし」

「きっとミコが断れないの知ってて、しつこく誘ったんだろーな……」

なんだその世迷《よま》い言《ごと》は。どう考えても久美子はそこまで気弱でも受け身体質でもない。

見ているのは「磯貝久美子」という同じ人物のはずなのに、どうしてこうも差があるのか、玲二にはよく分からなかった。

「そういや磯貝さんって、昔どんな子だったん？」

「……ホントにお人好しで。面倒なこと頼まれてもおとなしいから断れない感じ。当時はあんまり目立つタイプじゃなかったな」

「ほう」

「でも、あんまり人を信じすぎるっていうか……。今日だって滝沢みたいな奴にも普通に接してたでしょ。そういうところ、ホント心配で」

（……俺の「クローゼットちょっと見てきて」って頼みはバッサリ断ったぞ）

こいつにそれ教えたらどんな顔するだろう。玲二は少しだけ想像してすぐにやめた。

「その頃から仲良かったんか？」

「いや……、小学生の男女だから、一緒に遊んだりとかはなかったです。でも隣の席になったりして、話しやすくていい子だな、って思ってました。宿題も見せてくれましたし」

思いっくそ利用しとるがな。

「転校しちゃったときは本当にショックで……。でも女の子に引越し先とか聞けないじゃないですか。再会したのも神様が巡り合わせてくれたとしか考えられないんですよね」

言ってて恥ずかしくなったのか、奈央矢がぐしゃぐしゃと柔らかな茶髪を掻き混ぜた。

まるで蜂《はち》の巣だ。すると隣で飲んでいた数少ない女子部員のまっさん（本名・葛巻《くずまき》千春《ちはる》、

笑った。

「そんなことしたらかわいい顔が台なしだぞ奈央矢少年、もといあきクロレッド」

彼女は「久しぶりだな、玲二」とついでのように挨拶すると、ぎこちなく口元だけで一人称ワシ）が声をかけてきた。

奈央矢が低い声で答える。

「……まっさん、アンタでしょ変なLINE先輩に送ったの。あの写真、他の知り合いに見られてすっげー恥ずかしかったんですけど」

「あー、すまんすまん。極秘ルートで入手したんだが、奈央矢少年がノリノリで女装して踊ってるっていうシチュエーションが楽しくてな。この喜びを誰かに分かち合いたい、と思ってしまったのだよ。許せ。ってか、もっといい写真選べばよかったかな？」

「そういう問題じゃないでしょー！」

のらりくらりのまっさんに、奈央矢も立つ瀬を失くす。まっさんは四年生だが浪人をしていないため、玲二と同い年だ。口八丁で何故か情報網が広く、ショートカットにユニセックスな服装と、見た目にもあまり女子っぽさを感じさせない存在である。

そんなまっさんが言うには、例の写真はダンスの練習中に偶然通りかかった学生によって撮影され、何人かの伝言ゲームを経てまっさんにたどり着いたとのことだった。見た人からは「すごーい、当日絶対見に行く！」と概《おおむ》ね好評だとのことだ。

「こりゃ大人気間違いなしだな」

「そんなこと言われたって、俺ほんとイヤだったんですからね」

奈央矢が頬を膨らませたまま吐き捨てた。不機嫌全開の奈央矢に、まっさんは何故か玲二に身を寄せて、肩をポンと叩いて言った。

「ってなわけで、ここは柏原先生が誠心誠意のお詫びをするってことで一つ」

「だからもうしたって……、気が済んでないなら仕方ないけど」

会話を漏れ聞いていた同級生の剛《つよし》が、茶々を入れてきた。

「なんだ玲二、まーた奈央矢いじめてんのか。許せねーぞ、ちゃんと詫びろや」

「いじめてるわけじゃ……」

「まぁまぁ剛。玲二も反省してきてるみたいだから、そんなに強く言いなさんな」

「まっさんがそう言うなら……まぁ……」

あっさりと剛が引き下がる。こいつ、ほんっと女に弱いよなぁ、と呆れながらカルピスサワーをずずっとすする。他の部員も玲二に次々と話しかけてきた。

「そういや柏原さん、集まりに顔出すの久々ですね。完全に幽霊部員になったと思ってました」

「あーっ、そうそう玲ちゃん、この前ドンキで金髪のキャバっぽい女の子と一緒にいなかった？　あれ誰？」

唐突に発せられた質問に、その場にいた七人全員の視線が玲二へと集中する。もちろん挙げられた特徴に該当する人物といえば、妹のミーナに他ならないのだが……

言い訳する前に、血相を変えた剛が玲二に詰め寄った。

「玲二、てめぇ、ゆかりちゃんと別れたと思ったら早速新しい女か！　死ね！　死んで地獄に落ちろ！　なんでお前ばっかいい思いしてんだよ！」

「違う！　それは妹だ！　今実家出てうちに転がり込んできとるだけだ！」

奈央矢が「ゆかりって？　なんで先輩の元カノみんな知ってるんですか？」と疑問を口にすると、まっさんが「ああ、そうか」と解説を始めた。

「山中ゆかりは他の大学の子だけど去年の後期にうちの学校の授業取っててな。それで柏原先生と知り合ったんだと。新学期になってからは来なくなったから奈央矢少年は会ったことないかもしれんけど、去年まで済研の集まりにも何度か顔を出してたんよ。健気《けなげ》でいい子じゃったよー」

「ほんっとにあの子フるなんてもったいねぇ。俺にしときゃぁよかったのによ」

「だからぁ……」

俺がフったんじゃない。向こうに捨てられてたんだ。しかもNTR《ネトラレ》……。ああ、口にも出したくない。

「そういや最近あんまり玲ちゃんのこと自習室で見かけんもんな。ってことはあれか。新しい女といちゃいちゃするんで忙しいんか」

「あ、いや、そういうんじゃなくて……」

今年の年度が始まったぐらいまでは、学部の勉強も採用試験の対策も結構コツコツ頑張っていた。だけどフラれたショックで向学心にも相当のダメージを受け、そのせいで自習室にあまり行かなくなってしまった。声を大にして言えることではない。

「まぁ、ええよ。しっかし金髪のキャバ嬢ってまた極端な方向に振れたのー。くれぐれも借金だけは作らないように気ぃつけんさいよー」

「いやむしろ、彼女の方が玲ちゃんに夢中なのかもよ。『玲二くんが卒業するまで、アタイが稼いじゃるけぇ……！』と彼女は慣れないメイクを施《ほどこ》しドレスを纏《まと》い、夜の蝶として流川町《ながれかわちょう》に繰り出すのだった……」

「ってことは、柏原さん、女のヒモってこと？　うわー、最低」

あ、これは迂闊《うかつ》にツッコんだら延焼するアレだ。サークルの飲み会ではしばしばこうやって玲二をイジる流れとなるが、こういう場合は真剣にとりあってもろくなことにならない。唯一味方となりそうな奈央矢はまっさんと「ちょっと一人暮らししようと思ってるんですけど……」なんて喋っているし、こうなったら黙って嵐が過ぎるのを待つしかない。玲二は口をつぐんで心の中で覚えたての経を唱《とな》え始めた。観自在菩薩《かんじざいぼさつ》……

「な。こんな既視感《きしかん》溢れる中途半端なルックスの男にどうして女が寄ってくるんだろうな。わけ分かんねぇ。俺、最初の何回かは玲二の顔とか覚えられなかったもん。あんまりにも特徴が薄すぎてさ」

「分かる。たまに玲二のことイケメンって言ってるヒトおるけど、『はぁ？　どこが？　イケメンの定義って変わったんか？』って思うわ。唇厚いし目なんか腫れぼったいし、スタイルもマンチカン並の胴長短足だし、しかも脱いだらギャランドゥじゃろ。そう言うとるヒトに、大学入りたての頃のこいつ見せてやりたいわ」

「あー、俗に言う『イモ原』時代ね。ホント田舎臭い感じだったよな～。ちょっと垢《あか》抜けたぐらいで調子に乗っちゃってねぇ。大学デビューってマジで質《タチ》悪いわ」

不垢《ふこう》不浄《ふじょう》……次なんだっけ？　あ、不増《ふぞう》不減《ふげん》だ。この辺は不〇不〇が続くんだよな……。少しだけ反論させてもらうと、俺はモデルみたいにシュッとしてはいないけど、ごく標準的な日本人体型をしているだけだ。そりゃボトムの裾《すそ》上げは必須だし、切った裾見ると長くてヘコんだりするけどよ……。あとイジりが過ぎて悪口の域に達してるぞ。そういうのはせめて本人のいないところで言ってくれ。わりと傷つくから。

「ちなみに垢抜けた頃に、美容師の卵かなんかのシャレた女と付き合ってたらしいよ。なんちゅーか、分っかりやすいよなぁ」

「なるほどねー。磨くだけ磨いてもらって、小綺麗になって用が済んだら相手のことすぐポイってか。そういやゆかりんと別れんのもRX－7並の速さだったもんな。ゲットするのはそれを上回る音速だったけど」

そりゃ、初めて授業で見かけたとき「君、他の大学の子？」って話しかけたらゆかりの方から「帰りに夕飯食べにうちにこないか」って誘ってきたんだ。ゲットされたのは俺の方だ。あとさり気なくRX－7ディスんな。俺はゆかりと一応半年続いたぞ。マツダが誇る名車がそんなにトロいわけないだろ。……じゃねぇ、遠離《えんり》一切《いっさい》……おちつけ、おちつけ……

「えっ、何？　もしかして、ゆかりちゃんと別れた原因が玲二の女性問題にあるって説もマジなわけ？」

「さっすがヒモ原」「むしろタラシ原」「チャラ二」「備北《びほく》の火野正平《ひのしょうへい》」「その例えは流石に古い」「圧倒的汁男《しるだん》優フェイス」「いるいる（笑）そのうち単体に出るかもな」

あれ、是大明呪《ぜだいめいじゅ》、是大神呪《ぜだいしんじゅ》、どっちが先だっけ。あー、もう、ごちゃごちゃうるさい。思い出せんわ。あともう少しだってのにちょっと黙ってくれよ。だいたい別れたのはどいつも100％向こうのせいだからな、何で俺が傷つけられた上にこんな雑なイジり方されなきゃいかんのじゃ。……理不尽だふざけんな！　色即是空《しきそくぜくう》とかこの際どーでもええわ！

そして二年生に「よっ、暴れん棒将軍！」と煽《あお》られたのと同時に、玲二の堪忍袋《かんにんぶくろ》の緒《お》はついに切断された。

「違うっつっとろーがうっさいんじゃボケェぇええ!!　女なんかどうせ裏切りよるし嘘ばーっくし、あんなん俺の人生にいらんわクソがあッッッ!!」

やけになったついでにサワーをイッキに飲み干す。ついでとばかりに向かいの男が飲んでいた焼酎も奪って飲んだ。病み上がりの体にアルコールは強烈で、得も言われぬ快感を玲二にもたらし、次から次へと酒を頼んではジョッキを空《から》にした。

そして上り方面の市電の終発時間が近づく。次々と帰り支度を始めるメンバーたちをよそに、玲二は座敷でごろっと横になったままだった。

「あー……、もう、一歩も動けん……」

気づいた部員が声を上げる。

「おーい、玲二がくたばっとるでー」

「ああ、コイツんち宇品《うじな》じゃろ。したら歩いたって帰れるわ。ほっとこ」

冷静かつ合理的な友人たちは「それもそうだな」と玲二を置いて全員先に帰ってしまった。くそう、薄情な、と思ったが立ち上がる気力もない。

日付が変わる直前、店員に「もうそろそろ閉店しますんで」と声を掛けられようやく身を起こす。リュックサックを持ち上げると、見慣れない雑誌が放置されている事に気づいた。位置関係から察するに、隣に座っていた奈央矢のものだろう。

（なんじゃ……、あいつ、忘れてったんか？）

住宅情報誌だった。酔いでまだフワフワする怪しい手つきで持ち上げると、落とした拍子に折り目のついていたページがバサッと開いた。所狭しと掲載された物件のうち、比治山イオン近くのマンションには蛍光ペンで◯《まる》がつけられていた。比治山イオンといえば、元カノのゆかり……そして奈央矢がご執心の久美子の家のご近所だ。一気に酔いが醒めていく。

……お前、マジでヤバくないか。思いながらも玲二は見なかったふりを決め込むことにして、雑誌をリュックにしまい込んだ。

天然ちゃんと素直になれないくん　第4話「いっせーのーせ」

	場面	セリフ
1	試験が終わり、開放的な気分で校舎をうろつく学生たち ミコは友達と廊下を歩いていく	友達「明日からさっそく実家帰るよ。あー、島だしなんもない。つまんないよー」 ミコ「え、うらやましいよ。海もキレイだしお魚もおいしいでしょ？」 友達「毎日そればっかりじゃ飽きるよー。ミコも遊びに来てー」 ミコ「うん。ちょっと行けるようがんばってみるね」
2	夏休み直前の学校内は、誰も彼もそわそわしている	ミコ（M）「でも……、ちょっとさみしくなっちゃうな……（さみしげな顔）」
3	友達と別れて角を曲がる。外を歩いていた人とぶつかりそうになる	ナオ「あっ……、とごめん」 ミコ「えっ……（どきっ）」
4	そのまま二人で話し込む	ナオ「どうしよう、試験ギリギリでやばい……。追試かも……」 ミコ「がんばって。楽しい夏休みが待ってる

	5	6	7	8	9
	ミコ	ミコとナオ、同時に	戸惑いながらも話す二人 ナオ、戸惑いつつも頷く	ミコとナオ、同時に	呆気にとられたあと、破顔する二人
よ（くすくす笑う）」 ナオ「だといいんだけど……（きまり悪そうにうつむく）」	ミコ（M）「思い切って聞いてみようかな」	ミコ・ナオ「あのっ……！」	ミコ「あ、ごめん。先いいよ」 ナオ「ううん。俺も大したことないから、そっち先言って」 ミコ「私も大したことないし（頬赤らめる）」 ナオ「そんなこと言われてもハードル上がるって」 ミコ「それじゃ、せーので一緒に」 ミコ「せーの！」	ミコ・ナオ「連絡先教えて！」	ナオ「見事にハモった」 ミコ「ねー」

10	場面切り替わって、ミコの部屋 部屋着を着てベッドでゴロゴロつろいでいる		
11	スマホがメッセージを受信する ナオ：ミコに似てる猫みつけた		
12	まっしろな猫の写真が添付されている。次に同じ猫を抱いてかわいがっている写真 ナオ：なんかすごい懐かれてる		
13	ミコ、返信を試みるも、		
14	テンションが高すぎておかしな文章しか出てこず、何度も書き直す		
15	一方、男の子の部屋では…… ナオ、家にまで着いてきた猫にひっかかれて、腕、傷だらけ		ナオ（M）「あー早く返信こないかなとっくに既読になってんじゃんなんでもいいから反応が欲しいです神様！」
			（つづく）

「おー、とうとう納車されたんですね。思ったよりずっと状態いいじゃないですか！」

夏休みも掛け持ちしてバイトして、ようやく手に入った中古で格安の軽自動車。型は古いし燃費は最新型よりずっと悪いけど、まだまだ走るから全然構わない。駐車場も安さが最優先で、貧乏学生でも賄《まかな》える程度なのはいいけど家からちょっと離れたところになってしまった。

「まぁ、八万キロ超えてるしいつ壊れるか分からんけどな。あるとないとじゃ違うからな」

玲二は珍しく誇らしげに笑ってみせた。早速どんなもんかと見に来た奈央矢がべたべたとボディを撫で回している。指紋がつくじゃろが、と言いたいところだが、めでたい日に小言はなしだ。あとでこっそり拭いておこう。

「でも、この車種ってどっちかっていうと女の人がよく乗ってるやつですよね」

思えばコロンとしたかわいらしい形と色のラインナップが若い女性に人気だった車だ。値段と故障歴で決めたから全然そんなの意識してなかった。

「まぁ、ええじゃろ。ってことでナオ、どっか行きたいところある？　ちょっと出かけてみようや」

「えー、先輩とならどこでもいいです♡」

愛い奴じゃ……。「その後メシ奢ってください」って顔に書いてあるような気がするけど、そういう分かりやすいところもまたかわいい。

ただ、時間的にあまり遠出はできない。買い物……というのも余計な出費はしたくないからナシだ。と、なると……

「やっぱ海かな」

「ですよねー！」

奈央矢を助手席に乗せ、ドライブが始まる。のんびりと国道を東へ走る。

「あー、先輩いいなー。一人暮らしで車もあるって、ちょーうらやましー」

そうか？　と首を傾げる。車はともかく、自分のような辺鄙《へんぴ》な場所出身からすると、通学できる範囲に実家がある方がずっと恵まれている気がする。それに、今は一人じゃなくてクローゼットに座敷わらし……もとい妹が住み着いている。……と、そこで玲二は気がついた。

「ちょっと前に『一人暮らししようと思てる』ってまっさんに言ってなかったたっけ？　あれ、どーなったん？」

奈央矢が途端にぶすっと顔をしかめた。

「あー、あれですか。親に反対されてナシになりました。『こんなに学校まで近いのに、わざわざ一人暮らしする必要あるの？』って」

ご両親の言うことは尤《もっと》もだ。奈央矢の家は市電とＪＲを乗り継いでも、学校までドアｔｏドアで四十分ほどの距離だ。これだけ近ければ学校の近くにわざわざ家を借りるメリットも少ない。玲二はホッとしつつ笑顔で慰《なぐさ》めた。

「まぁ、そうなるじゃろ。でも、一人暮らしは無理だったけど、車の方はどうにかならんか？　夏休みの間に免許でも取りに行きゃぁよかったのに」

「……ダンスの練習が忙しくてそれどころじゃなかったですよ。春休みになったら行こっかなー……」

そう奈央矢が嘯《うそぶ》くのを聞きながら、国道を大きく右に曲がった。南へ南へ走り、橋を渡って離島に着く。海浜公園の駐車場に車を置き、並の打ち寄せる桟橋《さんばし》へたどり着いた。

瀬戸内海に沈む早秋の西日は、今まさに沈まんとしていた。

「うわー、綺麗。どうせならデートで来たかったー！」

「おーい、ナオちゃん、心の声が漏れ漏れだぞー」

いや、一人で運転するのは退屈だしいいんだけどよ。奈央矢は悪びれた様子もなく笑って見せると、そのうちスマホを構え、写真を取り出した。

「せんぱい。ちょっとモデルになって」

言われてフレームにインする。撮った写真を見せてもらったら、逆光になっている人影と、オレンジ色に蕩けた太陽、その色を溶かした海の色がなかなか素敵な一枚だった。

「これ、インスタにＵＰしてもいいですか？」

「ああ、ええよ」

写真メインのＷＥＢサービスへの投稿の可否を尋ねられる。この手のＳＮＳはしばしばプライバシーへの配慮が問題となるが、顔も分からないしいいかな、と素直に承諾する。

さっそく「いいね！」がついた画面を、奈央矢はちょっとうれしそうに見せてきた。

「そーいや前から気になってたんだけど、アカウント名の由来ってなんなん？」

画面には「708Balloon」と表示されている。風船？　何故？　とずっと思っていた。

「うちの家紋が桔梗《ききょう》なので。だから英語の『BalloonFlower』からとりました」

疑問が解決され、玲二はようやく腑に落ちた。

「ＬＩＮＥも同じＩＤだよな」

「いろいろ変えてると分からなくなりますから。ＳＮＳのＩＤは共通にしてるって人、多いんじゃないですか？」

ふと二人で顔を見合わせる。そして奈央矢は突如スマホをいじり出す。こいつがいきなり張り切り出すときは、最近じゃある共通点がある。まさかまたか、と思いつつ尋ねる。

「何見てんだ？」

「いや、なんでもないです」

「えー、ちょっと教えろよ」

ふざけて奈央矢のスマホの画面を覗き込んだ。その瞬間に奈央矢の肘鉄《ひじてつ》が玲二の顎《あご》に当たってしまった。

「ぐぇっ‼」

たまらず叫ぶと、奈央矢は焦って詫《わび》てきた。

「すみません、先輩大丈夫ですか？」

「いやいや、平気だけど……」

軽く窒息しかけただけで、大したことはない。玲二は顎をさすりながら尋ねる。

「なんか、変なことしてるんじゃないだろうな」

「ちがいます。ちょっと、ＬＩＮＥのＩＤで検索してみただけですよ！」

画面に表示されているはインスタの画面。そして「935_clumsygirl」の文字。

やっぱり……、と玲二は肩をがっくりと落とす。予想していたとおりだった。935は「くみこ」の意味だろう。奈央矢の周りで「くみこ」と言ったらもう一人しかいない。

「多分これミコちゃんのインスタですよ。アイコンまでＬＩＮＥと一緒ですもん」

奈央矢は開き直って言い放った。マジでガチでやべぇぞお前。だけどどう諭《さと》せばいいのかよく分からない。その間にも奈央矢はキャピキャピと楽しそうにスマホの画面をスワイプしている。

「昨日はまだ実家にいたみたいですね。いつ帰ってくるんだろ……」

そのうちに奈央矢が「えっ！」と驚愕の声を上げた。

「男の写真があった……！」

「へー、誰？　ごっちゃん？」

「違う……。多分うちの学校じゃない奴」

　奈央矢に画面を差し向けられたので、確かめてみる。黒っぽいTシャツを着た男子がどこぞの駅のベンチに座っている。口元を手で隠しているので顔の造形自体はよく分からないが、眼鏡をかけた目元は細くあっさりとした印象だ。写真に添えられた久美子のコメントは『いっくん、ちょっと大人になったね』というものだった。

「こいつ何……。いっくん？」

「知らんけど、ただの友達と違う？」

「でもミコの高校女子校だし、ただの友達って言ってもなぁ……」

　そうブツブツ言いながら、奈央矢は真剣な眼差しで投稿を遡《さかのぼ》り出した。

「あっ、先輩、これ見て」

　思わず画面を覗き込む。そこに表示されていたのは、ケーキの載った皿を掲げて微笑む栗色の髪をした女の子だった。ギャルっぽい服装をしているが、ちょっと欧米人のような雰囲気もあるかなりの美人だ。類は友を呼ぶということわざは本当なんだな、と思う。

『えっちゃん、一日早いけどお誕生日おめでとう。明日はいっくんとデートかな？』

　えっちゃん＝久美子の友達、さきほどの眼鏡男子＝えっちゃんとデートする間柄、ということは……

「……なーんだ、友達の彼氏か」

　奈央矢が露骨にホッとため息をつく。気持ちは分からないでもない……けれど。

「そういうのって、なんだ……、ちょっとしたネットストーカー予備軍候補の可能性が微粒子レベルに存在するっちゅうか……」

やんわりと釘を刺す。好きになった女の子のことが気になって仕方がない。そう思う気持ちはかつての自分にもあったから強くは咎《とが》められない。だが勝手にプライベートを探ったりするような行為には手を染めなかった。自分の倫理観ではそれは「ナシ」だったからだ。

しかし奈央矢は、悪びれた様子もなくきっぱりと答えた。

「えー、でも嘘ついてなりすましたり勝手にログインしたり、コメント欄に張り付いたりしてたらそうでしょうけど、一応全世界に向けて公開されてるもんを見てるだけだし、ネットストーカーとかじゃないですよ。ちょっとＩＤで探したら出てくるものだし、偶然見つけたのとほとんど一緒でしょ？」

あんまり奈央矢が堂々としてるので、玲二は一瞬反論の言葉を失ってしまった。奈央矢レベルのルックスをもってすれば、こういう行為も女子には「一途でかわいい♡」って許されるんだろうか。いやはや、イケメン無罪おそるべし、である。

「そりゃそうだけどよ……。本人に知られたら確実に引かれると思うぞ」

「分かってます。先輩も、内緒にしててくださいよ」

内緒も何も、久美子本人と喋る機会なんてそうそうないだろう。ちらりと見ると、奈央矢は相変わらずインスタを探っていた。

ああ、もう付き合いきれない……。太陽も沈んだしそろそろ帰るぞ、と腰を上げる。

「水着……、ミコほっそい……えっちゃんも横乳すご……」

……ちょっと気になるけど無視だ無視。ポケットに手を突っ込んで車の鍵を探す。鍵と一緒にスマホを取り出すと、玲二のスマホにもメールの通知が一件あった。

「なんじゃろ」

『題名：（なし）

本文：父ちゃんが倒れた。玲二、たのみがある　柏原真由美《まゆみ》』

母親からだった。ビクッとするような内容に、玲二は奈央矢から離れてすぐに実家へ電話をかけた。

「もしもし……」

『あー、玲二？　よかった、あんたがつかまってよかったわ』

電話に出た母親は、存外にゆっくりとした口調で「たのみ」の内容を玲二に告げた。

「……はぁ？」


（あっちぃ……）

珍しく袖を通したスーツに汗が滲む。玲二はいとこの結婚式に出席するため、和歌山《わかやま》は南紀白浜《なんきしらはま》まで出向いていた。式には父母が出席する予定だったが、父親が家庭菜園作業中に熱中症になってしまったため、代わりに急遽玲二が呼び出された。

『まぁ、一日寝てりゃ治るってお医者さんに言われたから大したことないけど、ちょっと和歌山は遠いわ。席を空けるわけにもいかんけぇ、玲二明日来てくれんかのぅ。交通費なら出す』

もともとバイトを入れてなかった日なのでいいけど、としぶしぶ了承したのが昨日の話。

朝イチの新幹線に乗り、結婚式に出席。式が終わると、こっそりと集団から抜け出し、急いでバスターミナルへと向かった。親から特急に乗れるだけの交通費は貰っていたが、時間に余裕があるので大阪までの高速バスを選んだ。

大阪では、まずは食べログで人気のカフェで夕食を済ませ、その後はデパートなどを見て回った。地下食品売り場のスイーツコーナーは割引タイムとなっていて、どれを買おうかと玲二は贅沢《ぜいたく》な悩みに浸《ひた》った。

それからとっぷり夜遅くなってから、玲二はＪＲの駅へ向かった。フワフワした頭で新幹線の券売機の前に立ち、タッチパネルを操作した。次に来る新幹線の指定席を確認すると、珍しく二人がけの窓側（Ｅ席）に空きがあった。

おお、今日はなんてラッキーなんだろう。Ｅ席は人気でなかなか座れないのに。よし、白浜からケチった分、ここで贅沢させてもらうことにしよう。窓際は充電タップもあるし、スマホのバッテリー瀕死《ひんし》だったからホント助かる。

ルンルン気分で改札を抜け、新幹線ホームにたどり着く。

（あー……、なんか、充実してたな）

せっかくの夏休み最終日が親戚の用事で潰れることになったときにはヘコんだけど。

でも自腹じゃなくて南紀白浜～大阪見聞できたから文句は言うまい。

博多《はかた》行きの「のぞみ」が滑り込んでくる。指定席だから急いで席確保しなくてもいいんだもんね♡　とのんびり後方より車両に乗り込んだ。

ガヤガヤと混雑した車内で、窓の上の座席案内表示と切符を見比べて席を探す。えーと、10番のEだから……

「すみませーん。ちょっと通らせてもらっていいですかー」

10番通路側のD席に座っていた女性に声をかける。

女性がイヤホンを外して振り返る。

「あ……」

どっかで見たことある……というか。

「また君かよ……」

「……またってほど会ってませんけど」

玲二の呟きにD席の女が露骨に眉を顰《ひそ》めた。聞き覚えのある標準語のイントネーションを発するこの女は、玲二の天敵である磯貝久美子だ。

（マジか……）

なんてことだ。今日はここまでツイてたのに、広島行きの新幹線なんて何本もあって席だって無数にあるのに、最後の最後でこいつと隣合わせになってしまうとは。しかも、この子と偶然エンカウントするたびに嫌味を言われるし、その後ろくなことが起こらないのも非常に堪《こた》える。もうこうなってると呪われてるとしか思えない。

通路に突っ立ったままでいる玲二に、久美子は冷静に言い放った。

「嫌なら自由席に移ったらいかがですか。ここからなら空いてると思いますよ」

思わずムカッとして言い返す。

「そんなん言うんなら君が移ればええじゃろー!?」

「私は先に乗ってましたから。それに私は隣に座ってる人のことなんて気にしませんので。どうぞ、お好きに」

「俺だって別に……」

後ろから乗客がやってくる。「邪魔なんだよテメェ」という視線を感じ、玲二は渋々久美子の脚を跨いで窓際の席に着いた。

（せっかく指定席取ったのに……）

貧乏性だから今から移るなんて勿体ないことはしないけど、こんなことなら最初から大人しく自由席にしておけばよかった。まぁでも、久美子の言うとおり隣の乗客のことなんて気にしなければいい。自分に言い聞かせながら玲二は引き出物の入った紙袋を足元に置き、上着を脱いでネクタイを緩《ゆる》めた。

「つめたーいビールにお茶ー、おつまみはいかがですかー」

パーサーがワゴンを押してやってくる。久美子がよそゆきの口調でパーサーに頼む。

「すみません、お茶いただいていいですか」

「あ、俺にも氷結一本おねがいします」

もうこうなったら飲んでやる。座席裏のテーブルを広げて缶チューハイを置く。さっそく缶を開けてを飲みはじめると、意外にも久美子が普通に話しかけてきた。

「結構飲まれるんですか？」

「うーん、たまにな。でもビールとかチューハイぐらいだけどね」

「日本酒は？」

「そんなに好きじゃない……ってか受け付けない」

臭いが苦手なんだよなぁ、と付け加えると、久美子は何故か一瞬俯いた。

「そういえば、結婚式出てたんですよね。どこまで行かれてたんですか？」

何故それを知っている、と驚愕したが、「その格好でその荷物なら分かります」と先を読んだように諭された。

「白浜。同い年のいとこが結婚してさ。田舎だから早いよな。ぶっちゃけデキ婚だけど、一応式を挙げるの偉いよなぁ」

「白浜？　ああ、和歌山のですね」

引き出物の入った紙袋の中に、ホテルの売店で買ったお土産が寝っ転がっている。和歌山の話題が出たついでに、久美子にも自慢することにした。

「ほら見てみ、パンダ。かわいいじゃろ。やらんぞ、奈央矢へのお土産じゃけ」

パンダの形をしたクッションを久美子の目の前で揺らして見せる。だが何も反応がない。

スベったかな、と玲二は話題を変えた。

「明日から学校だけど、君は帰省してたんだよな。どうだった？　友達とたくさん会えた？」

「そうですね。みんな相変わらずでした」

「向こうで滝沢くんだっけ？　彼と会ったりしたの？　確か地元同じだよな」

奈央矢がインスタをチェックした限りでは、会っている形跡はなかったようだが。ずっと奈央矢が「あいつにだけは渡せん……！」と滝沢の動向を気にしていたのでこっそり探りを入れた。

「いえ、彼は東葛《とうかつ》で私は南総《なんそう》なので。同じ千葉でも結構離れてるんですよ」

「……もっと分かりやすく」

「広島市内と三次《みよし》ぐらいです」

「そりゃ遠いわ。でも一回ぐらい遊べんか？」

「なかったですね。私もあちこち旅行とか行ってて忙しくて全然時間がなくて。彼も実家にほとんどいなかったみたいですし……なんでそんなこと聞くんですか？」

　玲二は持ち前の適当さで即答した。

「もちろん、君のことが気になるからだよ」

「……実感がこもってなさすぎますよ。言い訳するならもっとマシなの出てこないんですか」

　まぁ、バレバレだよな、と笑って苦言を受け流す。

　久美子への聞き取り調査も一段落ついたので、玲二は若干買いすぎた荷物を整理することにした。先ほどデパ地下であれもこれも、と買った好物たち。この中で賞味期限が短そうなのは……

（やっぱこれかな）

　円柱状に切り抜かれた、フランボワーズのムース。淡いピンク色をしたムース層の上は、鮮やかでつややかな赤いピューレがコーティングされている。とにかく見た目の愛らしさが抜群で、見た瞬間から『これ買おう』と心を撃ち抜かれた。

　貰ったおしぼりで手を拭いてから、プラスチックのスプーンでムースを切り崩す。酸っぱくて、甘い。結構酒にも合うな、と悦に入った。

「随分かわいらしいもの食べてますね。引き出物ですか？」

　久美子に質問される。あ、なに、まだ話しかけてくるの？　ほろ酔い気分で判断力が落ちている玲二は特に繕《つくろ》うこともせずに答えた。

「いや、デパ地下でうまそうなの見つけたんだよ。実際ガチでうまいわ」

またも久美子が微妙な表情を浮かべる。怪訝な視線の先にあるものに気づき、「ああ、これ食べたいんだな」と思い当たった。

「いる？　もういっこスプーンあるよ」

久美子は即座に首を振った。

「いりません。ていうか、そういうのが好きなんですね」

「は？」

「乙女っぽいというか。実際乙女ですよね」

「なんか君誤解しとる？」

「誤解というか、事実を述べたまでですけどね。パンダといいそのケーキといい。この前の少女マンガも、実は先輩ご本人の好みだったんじゃないですか？」

「あのなぁ……」

あまりの率直かつ不躾《ぶしつけ》な物言いに、開いた口が塞がらない。乙女呼ばわりされて喜ぶ男は世の中そうそういない。自分は美味しいものが好きで、後輩と妹を普通にかわいがっているだけだ。それを何故、たかだか数回喋っただけの年下の女子に馬鹿にされなきゃならんのだ。イジられることは多い自分だけど、流石にこれは納得いかない。

ごくっと残りの缶チューハイを飲み干しテーブルの上を片付けると、目には目をとばかりに久美子へストレートに尋ねた。

「君、奈央矢とかの前と俺に対するのとじゃ、えらい態度違うよなぁ？」

　奈央矢や滝沢の前ではほんわかした癒やしのお嬢さん風なのに、自分に対しては随分と辛辣《しんらつ》で失礼だ。人によって態度を露骨に変えるというのは、あまり品の良い行いだとは思えない。

　すると久美子は、特に怯《ひる》んだ様子もなく答えた。

「あー、すみません。正直者なもんで、つい」

「……俺がなんかした？」

「それは、ご本人が一番よくご存知かと」

　一番ご存知？　……なんだっけと首を捻《ひね》る。

　この前は担々麺屋で四人で会ったけど、既にそのときは今と同じ態度だった。その前はコンビニで鉢合わせ……向こうからケンカふっかけてきた。ってことはその前……学校で会ったとき。あのときはチョコの皮被ったデスソースのせいでろくに喋ってないはずだし……ダメだ、酔いが回ってきたせいか、全然頭が働かない。

　ああ、視界がクラクラする。今日ははしゃぎすぎたかな。これ以上の言い争いは不毛だし、とりあえず寝たふりでもしよう。まぶたを静かに閉じて体の力を抜く。電車の揺れって心地いい。なんだか本当に眠くなってきた。

「先輩、あのと……って、聞いてます？」

　――ごめん、無理。俺のことは放っといて。

ゆらゆら漂《ただよ》う大きな船の上にいるみたい。混濁《こんだく》した意識の中を泳ぐのってなんて気持ちがいいんだろう。

『せんぱい』

どこか遠くから声がした。せんぱいってなんだ。俺のことか。

声の主は更に呼びかけてくる。

『せんぱい　かぜひきますよ』

うるせーなちょっと寝させてくれ。黙っているうちに自分を包んでいる空気が少し温もりを帯びた。ますます意識がはっきりしなくなる。自我さえ危うくなってきた。

食べ終わったはずのフランボワーズのムースがもう一つむくむくと形作られる。そして目の前に現れたぽっちゃりの女の子が、ムースを銀のスプーンですくって美味しそうに食べた。

『玲きゅーん、これ、あかりのために選んでくれたの？　ありがと、おいしいねー』

『あ、あかりちゃん！』

「声優になる」と言って東京に出て行ってしまった最初の彼女。夢に出てくるのもひさしぶりで、玲二は反射的に付き合ってきた頃のような笑顔になってしまった。

あかりは作ったようなアニメ声で言った。

『あかりね、玲きゅんみたいに優しい彼氏がいて、ホント幸せ～』

『そっか。よかった……。ねぇ、あかりちゃん』

『ん、なに？』

『なんでもない……。また買ってくるね』

スプーンを咥《くわ》えまま幼稚園児のような笑顔を見せるあかり。ああ、あかりちゃん……。君が好きだったからスイーツにも詳しくなったんだよな……。「あかりちゃんがきっとよろこぶから」「あかりちゃんの笑顔が見たいから」って言ってわざわざ遠くの洋菓子屋にも買いに行ったりして。ずっと「彼女いない歴＝年齢」だったから、「玲きゅんのこと好きかも」って言ってくれたときにはめちゃくちゃ嬉しかった。

そんで、あの頃はせっかく出来た彼女に嫌われたくなくて、メールもマメでデートもいろいろ張り切ってやっていた。それなのに結局気恥ずかしくて「ちゃん」付けがとれないままで別れることになろうとは……。恋愛は多く好きになった方が負けなのかな、って学習したもんだ。

あかりの幻影がふにゃふにゃと溶けていく。今度は『ねぇねぇ』と後方から呼ばれた。

『かっしー、今夜流星群が見られるんだって。今から車借りて、山の方行こうよ！』

『えっ、でも……』

振り向くとそこにいたのは二番目に付き合った彼女だった。

『あしたの授業なんてどーでもいいじゃん。どうせ夕方からでしょ？』

そんな風に俺をいつも振り回していた、かおり。かおりの影響で髪型も服装も、見た目全般的が大幅に変えられた。そういうセンスのいいところは嫌いじゃなかったし、外見が垢抜けたことで自分の意識も変わっていくのが結構楽しかった。話も面白かった。

もし二股が発覚しなかったらどうなっていただろう。そのうち俺が本命に繰り上げられたりして、今でも続いていたんだろうか。今になってはもうよく分からない。ただ、付き合うのも別れるのも向こうが一方的に決めていた。「どうしても別れたくない」と勇気を持って言えばもしかしたら関係も少しは変わっていたのかもしれない。

かおりの体がだんだんモザイクがかってきて、次にクリアになったときには姿形はゆかりのものとなっていた。

『まさか、授業で出会いがあるとは思ってなかった。奇跡ってあるんだね』

『同じぐらいの年齢の奴らが集まれば、気の合うやつぐらいおるじゃろ』

『……玲二くんってクールだよね。やっぱ私よりいろいろ経験してるからかな？』

不思議ちゃんでも派手めでもないのに、やったことは一番ゲスかった女、ゆかり。わざわざ他の大学の講義を取りに来るぐらいだから、勉強にも熱心で真面目で、しっかりしていて大人しい子……に見えた。

『私、お父さんが忙しくてあんまり構ってくれなかったから、男の人苦手で……』

『今までずっと寂しかったけど、玲二くんがいれば平気』

『玲二くん……。こんなにヒトを好きになったの初めて』

……とかお前さんざんゆうてたじゃろ。俺だっていつも「ゆかりといるときが一番安心できる」って思っとったりしてたんじゃぞ。それなのに話も聞かずに他の男に鞍替《くらが》えするとかどうかしている。俺なんてお前にとってその程度の存在だったんけぇ。くそ、涙が出てきそうじゃ……。

また他の女子の声がした。

『どうしたんですか？　大丈夫ですか？』

ってかさっきからしつこく呼んでくるお前は誰じゃ。ああ、小さい頃「にーちゃんにーちゃん」とまとわりついてきた……

「ミーナ……？」

呼ぶ声がようやく聞こえなくなった。そこから空に浮かぶコットンキャンディの上にある楽園の夢を見た。

『せんぱい……。ほんといいんですね？』

久々に声が聞こえた。何がいいんだ？　周囲で物音がするたびに、玲二の眠りは少しずつ浅くなってくる。

ぼんやりとした気分でまぶたを開けると、はめ殺しの窓越しに、煌々《こうこう》と照らされた駅のホームが見えていた。そして大きな案内表示には「ひろしま」の文字。

ハッと気づいて隣の席を振り返る。座っていたはずの久美子はすでにいない。

（やべぇ‼）

慌てて荷物を持って席を立つ。デッキに付いたのとほぼ同時に、玲二の目の前にあるドアが閉まった。

ゆっくり車体が動き出すがショックのあまりドアの窓に張り付いて離れられない。完全にスピードが出る前に、キャリーバッグを引きながらホームを歩いていた女の子を追い越して行った。

すれ違いざま女の子と一瞬だけ目が合ったような気がした。彼女はこちらに向かってあっかんべーをしているように見えた。

「なんで昨日は起こしてくれなかったんだよ‼」

翌日、登校すると学部棟の前で久美子を見かけた。なんでこっちの学部棟にいるのだろうという疑問もすっ飛ばして詰め寄る玲二に、久美子はしれっと答えた。

「起こしましたよ」

「はぁ⁉」

「『先輩、広島ですよ。わたしもう降りますよ』って何度か声掛けました。でもあんまり気持ちよさそうにお休みでしたし、そもそも広島でお降りかどうか分からなかったので、無理には起こせませんでした」

「あれ～、たしか『明日から学校だ』って君と話してなかったたっけ～？」

久美子は大きくため息をついてから持っていたお茶を一口飲んだ。

「授業の前にどこかお立ち寄りになる可能性もなきにしもあらずだと思いまして。そこまでおっしゃるなら、寝る前に一言『広島に着いたら起こして』って言ってくれればよかったでしょう？」

昨日の新幹線は、珍しく博多行きの新幹線だったのだ。お陰で玲二は隣の徳山まで連れて行かれた。もちろん着いたときには広島方面の最終電車は出たあとで、所持金もない玲二は徳山駅前のファミレスで一晩過ごすハメになった。当然、ろくに眠れずそのままバイトに直行したので体はヘトヘトのボロボロだ。

「どうせアレだろ。いい気味だと思ってワザとほったらかしにしといたんだろ」

「まさかそんな。ナオくんが尊敬してる先輩にそこまで酷いことできるわけないじゃないですか」

久美子は涼しい顔でお茶を飲んでいる。うっかり言い分を信じそうになる……けど、ホームで追い越したとき、電車の中に取り残された自分と目が合って笑っていた。だからあれは絶対に故意だ。

（この女……ホントクソかわいくねぇ！）

「先輩、何があったんですか？」

玲二に遅れること六十秒、登校してきた奈央矢に声をかけられる。自分が久美子と言い争いをしていたことに気づいていたらしいので、不機嫌を隠さずぶちまけた。

「新幹線でこの子と偶然隣になって……」

「広島で降りられなかったのは私のせいだって言うんです。居眠りしてたご自分が悪いんじゃないですか」

「しょうがないじゃろ？　疲れとったんじゃけぇ！」

「ああ、そうですね。随分いい夢でも見てるみたいでしたね。ずっと寝てればよかったのに」

「あー、やっぱり気づいてたんじゃろ。俺、あのあとすぐ起きたとか言ってないよな」

久美子は玲二の恨み節を軽く無視すると、奈央矢に「久しぶり」と明るく笑いかけた。

奈央矢もふんにゃりと相好《そうごう》を崩す。

「メッセ読んだよ。俺に渡したいものって何？」

「そうそう、ナオくんにお土産買ってきたんだよ」

「えっ」

「腰古井《こしごい》っていってね、千葉の地酒なんだ。お父さんお酒好きだって言ってたよね」

大きめのトートバッグからビニール袋を取り出した。奈央矢が袋を開けて中を見る。

つられて覗き込むと日本酒の同じ小瓶が二つ入っていた。

「二本ともいいの？」

「うん、サイズも小さいしすぐ飲んじゃうでしょ。私持って帰っても飲めないし、お父さんに喜んでもらえたらいいな」

「えーっ、ほんとにいいの？　ありがとう！」

なんなんだよ父親にまでアピールして点数稼ぎがうまいなこいつ。奈央矢もすっかり骨抜きなのか顔が真っ赤だ。

「ごめん、俺なんもお土産とかなくて……」

「いいよ気にしないで。私もたまたま買ってきただけだから」

久美子は「それじゃまたね」と奈央矢にだけ言い残し、これから授業の二人を置いて帰っていった。

奈央矢がくるりと玲二に向き直る。

「あのねぇ先輩、ミコがワザと起こさないとかそんなはずないでしょ」

「あぁ!?」

「ミコはそんな子じゃないし。そもそも先輩に意地悪する理由なんて何もないですよね？　どうしていちゃもんつけるんですか？」

それがそんな子なんだよあいつは。しかもあっかんべーまでしてた疑惑すらあるぞ。

「ってか新幹線で偶然隣ってなんですか。そっちこそわざとなんじゃないですか？」

お前じゃあるまいしそんなことするか！　むしろ狙ってとなりの席がとれるならそれもすげーわ。東海道新幹線が日に何本あると思ってんだよ……！

あーもー気分が悪い。奈央矢に買ってあげたパンダはやらん。ミーナへのお土産にしてやる。フンだ。

「お前はよかったな、お土産貰えて」

多少の嫌味も交えて呟くと、奈央矢は再び茹でたての有頭エビのように真っ赤になった。

「俺、貰えるとは思ってなかった……。ヤバい、バリ嬉しい」

「そんなか？」

「だって、向こうにいる間も俺のこと思い出してたってことでしょ。それってやっぱり……、特別っぽいじゃないですか」

彼女の方にそこまで深い意味があったかどうか分からんけどな……。思ったせいぜい喜んでおけばいい。もう相手にするのも飽きてきた。

しかし、同じものを二本とは若干妙な話だ。誰か他に渡すつもりで「要らない」とでも言われたのだろうか。

寝不足のせいで頭がいつも以上にぼんやりする。こんなことなら家に一旦帰ったときもうちょっとしっかり仮眠すればよかった。気を抜くとあくびが止まらない。

奈央矢が神妙な表情で呟く。

「先輩」

「なに？」

「俺、そろそろ、二人で会おうって誘ってもいいですかね？」

大層なことをでも言うのかと思ったら、意外にしょぼくて拍子抜けした。

玲二は脳に酸素を大きく取り込んでから、しばらく引っかかっていたことこの際だからと尋ねることにした。

「とっとと誘えばええじゃろ。ってか、なんでそんなにまどろっこしいん？」

かわいい顔をしている奈央矢のこと、女の子には普通にモテていたし、高校のときにも既に付き合っている彼女がいた。そこまで純情で奥手ってわけでもあるまいに。

「いや、いきなり告《コク》って失敗してもダサいし、ガンガン行くと相手にもバカっぽく見えちゃうでしょ」

「へ」

「あんまり下手に出ると、付き合ったあと不利になるかもしれないし。運命を感じさせつつ距離を縮めていくのが、おとなしい子には一番効くんですよね～」

……こいつ、顔からは想像できないけど結構エグいな。玲二は口元を隠しつつ慄《おのの》いた。

「でも運命感じさせるて。どうやって……」

「たとえば食べ物の好みとか行きたいとことかこっそりリサーチして、『俺これ好きなんだけど』って偶然装ってアピるとか。そうすると、向こうの食いつきが違うんですよ」

それがテクニックというものなんだろうか。あまり積極的に女子を誘ったことのない玲二にはよく分からなかった。

「そしたらデート……、どこがいいかな」

奈央矢はスマホを手に取って画面をスワイプし出した。久美子のインスタでもチェックしてるのかと思ったら案の定そうで、おそらくホーム画面にブックマークを登録してるんじゃないかというスピードだった。

珍しくやる気に満ちた奈央矢の横顔が眩しい。惜しむらくはそれが、ネットストーカー案件すれすれの行為の最中であることか。

学校の課題もそれぐらい一生懸命やってくれねぇかな、と、奈央矢の追試レポートに付き合わされた玲二はため息をついた。


夜、部屋で洗濯物を畳んでいると、玲二よりも遅くミーナが帰ってきた。

「なぁなぁ玲ちゃん。都会の若者ってどの辺でデートするん？」

バイト仲間と居酒屋で女子会をやっていたというミーナより、突如質問を浴びせられる。

「若者って。お前のが若いくせに何ゆーとるんじゃ」

「まぁまぁそう言わずに。プリン買ってきてあげたから答えてよー」

紙袋の中からガラス瓶入りのプリンがひょっこりお目見えした。

玲二は素直にモノに釣られることにした。洋菓子店の濃厚なカラメルプリンを、飲み込むように一気に平らげる。

「そうねぇ……。映画とか買い物とか、夏なら花火とか？」

「そういうのってなんかありきたりっぽいんよなー。もうちょっと捻《ひね》りたいんよ」

聞いておきながらケチつけんな。だったら自分で考えろ。

そう口にしかけたとき、ローテーブルの上にもう一個、先ほどとは色の違うプリンが差し出された。

（そういえばこの前奈央矢がなんか言ってたな……）

期間限定のマロン味プリンを舌で転がしていてふと思い出した。

「あー、相手の趣味にもよるんじゃけど、博物館とか美術館の特別展示とか結構面白いかも」

「ほーぉ……」

ミーナが感心したように頷いた。どうやら回答が刺さったらしい。

「なんじゃ。相手はどんなんタイプなんか」

「えーっと、真面目な学生……かな？」

「したらぴったりじゃろ。そんときしか見れん貴重な展示も多いけ。学割も利くし話題性もあるし、ありきたりなデートに飽きたらありなんじゃないか？」

奈央矢は久美子のインスタを精査して、夏休み中や実家にいる頃などに、各地の美術館や博物館に多く訪れていることを突き止めた。ちょうど海沿いの呉《くれ》市にある美術館で、東欧のなんちゃらという特別展がやっている最中らしい。それを見に行かないかと誘うつもりだと言っていた。

「ミコちゃんみたいなオシャレ女子は絶対こういうの好きですよ！」と熱く語っていたことも思い出す。先程の「そのときしか見れない」「学割も利く」というのは完全に奈央矢の受け売りだ。

ああ、うん、とミーナが深く頷く。おお、とうとうミーナにも春が来たか……？　相手が真面目な学生じゃ難しいかもしれないが、兄ちゃんはお前の味方だぞ。心の中でエールを送る。

それでここから出て行ってくれないかな。ついでに玲二は願った。

天然ちゃんと素直になれないくん　第5話「きみのいきたいところ」

	場面		セリフ
1	○学校の教室 ミコは友達二人と話している		友1「チェコの絵本とアニメ展？　別に興味ない……」 友2「うん、悪いけどひとりで行ってちょーだい」 ミコ「えーっ、そんなぁ！　巨匠たちの原画が見れる貴重な機会だよー！」
2	○ミコの部屋 悩むミコ		ミコ「一人で行くのもなぁ……」
3	スマホにメッセージが入る ナオ：先輩から「チェコアニメ展が面白かった」って聞いたんだけど、ホントかなぁ		ミコ（M）「えっ⁉」
4	メッセージのやり取り ミコ：私も興味ある！！！　まだ行ってないけど！		

	ナオ：それじゃ、一緒に行こうか ミコ：よかったー！ 行きたいけど誰も行ってくれそうになくて、ホントうれしい。ありがとーだいすきー！	
5	顔を真っ赤にした後、	ミコ「あっ」
6	クッションに顔を埋めてベッドの上でジタバタする	ミコ（M）「どどどどうしよう既読になってるし削除とかするのも感じ悪いよねしっかりしろ2分前の自分！ 今のはウソ……いやむしろ本心なんですけどまだ全然心の準（備が）……」
7	○ナオの部屋	
8	ナオ スマホを見て悶絶する	ナオ「かわいすぎ。無理」
		（つづく）

第二章
必ず「脇役」による邪魔が入る

「ってなわけで、大成功です」

「へー、よかったね」

玲二《れいじ》は完全なる棒読みで答えた。なんだよどいつもこいつも浮かれやがって……。そんなことで俺を休日に学校まで呼び出すな。ってか今だけだからなそんなに楽しいの。いずれ裏切られて傷つけあってドロドロぐっちゃぐちゃの臓腑《ぞうふ》を血で洗うような破滅を迎えるんだぞ、と心の中で毒づいた。

奈央矢《なおや》は美術館の特別展示「東欧ホニャララ」をダシに、無事久美子《くみこ》を誘い出す約束を取り付けた。ただし、久美子はバイトの予定があり、奈央矢も学園祭で披露する女装ダンスの練習があるためなかなか日にちが合わず、デートの日は特別展最終日である三週間後の日曜日になってしまった。

まあ、それぐらい時間があった方が準備ができていいよな、と玲二が心にもないことを言うと、奈央矢はパァッと目を輝かせた。

「そっか、新しい服買いに行かなきゃ！　先輩、付き合ってください♡」

ああ、ええよ、と了承すると、奈央矢は玲二を引っ張り込むように市電に乗り、繁華街の中心部で降りた。

「えっとー、どこ行こうかな……」

「んー、そしたらまずはパルコ行ってみよかー」

メンズフロアのあちこちの店を見て回る。試着しては他の服と比べるのを繰り返す。愛想のいい奈央矢は、店員さんにも笑顔を振り撒《ま》きまくっていた。見目の良い奈央矢がいろんな服を着てるのは見てるだけで結構楽しく、当初乗り気でなかったことをすぐに忘れるほどだった。

その中で、新館二階の若干値の張る店を冷やかしているときに、軽い気持ちで羽織《はお》ったジャケットが今までにないほど奈央矢にぴったりだった。斜めにジッパーのついたちょっと個性的なデザインだが渋めの色使いで、着ると非常に洒落《しゃれ》て見えた。もともとダサい方では決してないが、甘い顔立ちから子供っぽい印象の拭えなかった奈央矢が、それを身にまとうと一気に大人っぽくなる。他の買い物客もすれ違いざまに二度見していくほどカッコいい。

「これ、ナオに似合うけどちょっと高いよなぁ……」

すでにシャツやボトム、靴を新調している。値札を改めて見るが明らか予算オーバーだ。セールで半額になったとしても買うかどうかためらうかもしれない。そもそもこのブランドは、玲二は古着でしかお世話になったことがなかった。

どうする……とちらりと窺う。店員も事情を斟酌《しんしゃく》しているのかそこまで強くは勧めてこない。

「でも、せっかくの機会だし……。決めた、これ買う！」

おお、と奈央矢の思い切りに驚愕させられる。奈央矢の家は一般的な共働き家庭で取り立てて裕福ではなく、本人もゆるゆると飲食店でバイトをしている程度で小遣いもたかが知れている。そんなに久美子との初デートに気合いを入れているのか、と思い知らされた。

「いいけど、お金足りる？」

店員に聞こえないよう小声で耳打ちすると、奈央矢は折りたたみの財布を開いて「あっ！」と呟いた。

「ギリギリちょっと足りないかも……」

「いくら？」

こっそりと指を二本突き出してくる。玲二は自分の懐から紙幣を二枚抜いて奈央矢に握らせた。

奈央矢が会計をしている間、玲二はトイレに立ち寄った。「Bouquet 一夜限りのスペシャルライブ ただいまワシら、帰ってきたけぇ！」と書かれたポスターが貼ってあった。

（ふーん、こんなとこでやんのか……）

パルコには最上階にライブハウスがある。今月末、広島出身のアイドルトリオ・Bouquetが凱旋《がいせん》帰国ライブを行うらしい。Bouquetはすでにスタジアムを埋めるほどの人気だが、こんなに狭いハコでやるとは驚きだ。そこは地元ならではということか。この日はあんまりこの辺近寄らん方がええな、と軽く記憶に留め、玲二はその場を後にした。

田舎者の玲二がここ一・二年で知ったことだが、買い物って意外に疲れる。そしてお腹が空く。

奈央矢に「奢ってやるからちょっと一休みせんか」とお伺《うかが》いを立てたところ快諾されたので、玲二が以前から気になっていた近隣のカフェに入ることにした。コームハニーパンケーキが美味いらしい。内装が笑っちゃうぐらい少女趣味で、男子二人だとちょっと浮いてる気がしたが、テンションの上がっている奈央矢は特に反対もしてこなかった。

「あとは、髪もうちょっとさっぱりさせて、美術館の近くのご飯屋さんとか調べて……」

玲二は半分聞き流しながらパンケーキを食べた。ホロホロで美味い。しかも目の前には天使のような後輩がニコニコの笑顔を浮かべている。相手があの裏表激しい女子だと思うと少し微妙な気分にもなるが、本人が彼女を求めているのだから仕方ない。

座っているソファ席に並べられた紙袋たちを撫でながら言う。

「しっかし買いすぎたー！　来月はバイトもっと入れないと……」

「ああ、まぁええけど体壊さんようにしんさいよ。学祭も近いんじゃけ」

勉強がどうの、などと野暮《やぼ》な台詞《せりふ》は言わないことにした。目標があって頑張るのはいいことだ。

「楽しみすぎて生きるのが辛い……」

奈央矢がフォークを握ったまま感無量に呟く。腹黒かったり微妙にキモい行動もするけど、こういうところが健気で嫌いになれないし、構ってあげたくなってしまう。

そんなに楽しみなのか。いいなぁ……いや、俺はもう恋なんかしないけど、と玲二は思い直す。

「あ、あとお金、ありがとうございます後で必ず返しますから……」

「まあええよ。貸した金はやったもんだと同じと思っとるからな。無理して返さんでもええよ」

格好つけたいわけでもなく本気でそう思っている。奈央矢はこの何倍も散財したのだし、これ以上苦しめるのも先輩として忍びない。あの服を最初勧めたのは自分だし、ガチで似合ってたから思い切ってくれてよかった。

そして奈央矢の本望が遂げられたなら言うことなしだ。

「頑張れよー」

一番ありきたりな日本語で励ますと、奈央矢は出会って以来最高の笑顔で答えた。

「はい！」

「玲ちゃん、せっかくの日曜日なのに、たまには浮いた話の一つぐらいないんか？　バイトして勉強して腹筋して寝るだけって、どう考えても青春無駄にしとるじゃろ」

余計なお世話じゃ黙っとれ。心の中で毒づいた。

早朝からのバイトを終えた玲二がヘロヘロの体で家に帰ると、ミーナが食べたばかりの昼ごはんの片付けをしていた。「食べる？」と聞かれたので「いらん」と答えた。それより眠いので寝る、と付け加えると、ミーナはまだ食い下がってきた。

「うち嫌だよー。玲ちゃんがひとりさみしく惨めな老後送るの。趣味もそんなないしこのままじゃ孤独死まっしぐらじゃろ。うちはよう面倒見きれんからねー」

なんだその全国の独居《どっきょ》老人を敵に回す言い草は。再びイラっと来たが、ミーナが玲二を上手く利用するときがあるように、玲二もまたミーナの取説を学んできている。こういうときは、言い返すよりもモノで釣った方が早い。

「あー、ミーちゃんや。これあげるからちょっとゆめタウンでピザパンとブリオッシュ買ってきてくれんかのう。釣りはいらん」

千円札をテーブルの上に置いて頼むと、「ちょうど漫画ばぁ描いてて疲れてたとこだった」と嬉しそうにおつかいへ出てしまった。

よしよし……これでミーナは一時間ぐらい帰ってこないだろう。

その間に本格的に寝てしまおう。五分ほどでシャワーを済ませ、コンタクトを外して寝入る準備をする。座布団状に圧縮されたクッションを二つ折りにし、枕代わりにして寝っ転がった。

『ピロン♪』

枕元のスマホがメッセージを受信した。誰からだろうと思い手に取る。奈央矢からで、ラテアート写真が添付されていた。上手かつオシャレな写真で思わず顔がほころぶが、こりゃあかんな、とすぐに気づいた。

『02kshr：デート中にスマホいじってる場合か』

今日は奈央矢と久美子の記念すべき初デートの日だ。確かお昼でも一緒に、という話だったから着いててておかしくない頃だろう。二人でいるときにLINEなんぞしたら相手の心象を悪くするだけだ。

するとすぐに返信があった。

『708：だって来ないいんだもん』

（えっ）

『02kshr：来ないって。あの子は、どうしたん？』

『708：分かんない。でもまだいない。連絡もできない。既読にもならない』

どういうことだろう。

『708：なんかあったのかな』

奈央矢のたどたどしい文章から、隠しきれない不安が滲んでいる。

――てなわけで、大成功です！

奈央矢の笑顔を思い出してズキッと胸が痛む。

ちょっとゲスいけど、かわいい後輩。どれだけ今日を楽しみにしてたか知ってるのは自分だけ。頼りにもされてる。

そしてあの子の家を知ってるのも――

（……あーっ、もう‼）

頭を掻き毟ってから、眼鏡を掛ける。車のキーと財布とスマホだけを掴んで、裸足をスニーカーに突っ込む。

「ちょっと外出する。パンは食っていい」

玄関先に書き置きを残し、部屋を出た。

（何やってんだよあの子……！）

いなけりゃいないで構わない。ちょっと様子を窺うだけだ。そうは思っていてもハンドルを持つ手は滑りがちで、減速の度にサイドとフロントガラス越しの景色を見渡して、見知った通行人がいないかくまなく注視した。

比治山のイオンの前を通り過ぎ、路地に入りマンションの近くまで車を走らせる。

（いた！）

今すれ違ったロングスカートの女の子。あれは久美子だった。

急いでUターンを決める。そして窓を全開にして叫ぶ。

「何やってるんだ⁉　もうとっくに待ち合わせの時間だろ！」

「え……、なんでそれを」

「いいから乗れ！　奈央矢が待ってる！」

助手席のドアを開ける。ここから駅までバスに乗って早くて十分、さらに目的地までJRに乗って三十分ちょっと。発車まで待つ時間もあるから一時間はかかるだろう。直通のバスにしても同様だ。だったら車で送った方が早い。玲二は久美子を半ば引きずるようにして、車内へと連れ込んだ。

大通りに出ると、すぐに信号に捕まった。青になっても二車線ある車道は少しずつしか進まず、きまずい空気が車内に充満し始める。

「ごめん……、やっぱ電車に乗った方が早かったかも……」

助手席に座る久美子は、「充電器貸してください」と玲二に断ってスマホを充電ケーブルにつないだ。凛《りん》とした横顔は相変わらずだ。

「今、ナオくんにもうちょっと時間かかるって連絡しておきましたので、そんなに焦らないでください」

「……なんかあったの？」

「今日はバイトのない日だったんですけど、欠員が出てどうしても来てほしいと言われてしまって、午前中だけなら、と了承したんですが結局わたしの代わりの人もなかなか来なくて……。スマホのバッテリーも、画面がいつの間につけっぱなしになってたみたいで、切れちゃってたんです」

同情すべきか不注意を諫《いさ》めるべきか、よく分からないパターンだ。「ちなみにバイトって何やってるの？」と聞くと「結婚式場の配膳《はいぜん》です」とのことだった。確かに、バイト中に携帯電話をチェックできなさそうな職場ではある。

「先輩はナオくんに、頼まれて来たんですか？」

「頼まれた」というと若干語弊《ごへい》がある。どちらかというと、自分が勝手にしていることだ。

「奈央矢から待ち合わせ場所に君が来ないってＬＩＮＥ来て。バリ心配しよってるみたいだから、ちょっと様子見に行こうと思って来たんじゃ。俺、君んちなら分かるし」

「え？」

「あ？」

「ああ……、そうですね。知ってるんですよね。そうでした……」

「もちろん気づいてたよな？　君んちの鍵開けて入ろうとしたの俺だって」

「ええ……。あのときは、冷たい対応してしまってすみませんでした」

（あれ？）

なんだかいつもと久美子の感じが違う。送ってもらっている手前大きく出られないからだろうか。

別に今更謝ってほしくて言い出したわけじゃない。むしろ、反省すべき点は自分にこそある。

「いや、ゴメン。俺の方こそどうかしてたよ」

あのあとわりとすぐ気がついていた。ゆかりに出て行かれたショックで冷静さを失っていた、と。

「素性も分かんない若い男が勝手に家に入って来ようとしたら、誰だって怖いと思うよな」

「……正直あのときは『もうちょっと付き合う男選んでくれよ、ゆかり』って思いました」

「はっきり言うねぇ、君」

思わず笑ってしまった。久美子には自分が『別れた彼女に半ストーカー化しているしつこい男』だと捉《とら》えられていたようだ。そう思われても、あの場合は仕方がない。

信号待ちで一旦完全に停車すると、久美子は「それじゃ、ナオくんにはこういう説明でいいですか」とスマホの文章作成画面を玲二に見せた。

『イオンの近くで、車で通りかかった柏原《かしはら》先輩に拾ってもらった。今車でそっちに向かってる』

事実と印象は異なるが、とりあえず嘘は言っていない。「うん」と頷くと、久美子は奈央矢にメッセージを送信した。そして充電中のスマホをダッシュボードに静かに置いた。

「あのとき探してたの、そんなに大事なものだったんですか？」

尋ねられて言葉に詰まった。大事なもの……自分にとっては間違いないが、たかだか本のために、という反応をされる可能性もあるだろう。

でも伝わらなくても、当事者でもある久美子に聞かれたら答えるしかない。

「ああ……。本なんだけどさ。あいつに貸したまま返してもらえてなくて。それ自体はまだ売ってるんだけど、監修やってる人のサイン入りだったから『このままパクられてたまるか』って気になっちゃってたんだよな」

「……なんでそんな貴重なもの、貸しちゃうんですか」

「向こうが読みたいって言ったんだよ。『玲くんの一番お気に入りの本って何？　私も読んでみたい』って。で、結局返してくれないし、読んでる感じでもなかったし。意味分からんわ」

「それは、先輩と仲良くなりたいからでしょ」

想定外の発言に、ブレーキを踏んだまま軽く横を見た。目が合った久美子ははにかんでから俯いた。

「好きな人の好きなモノって、どんなのか気になるじゃないですか。それで、一緒の趣味共有できたら楽しいし。きっと最初は、ちゃんと読むつもりだったんだと思いますよ」

「へー……、そんなもんかねぇ」

言われてもピンとこない。そんな殊勝《しゅしょう》な志《こころざし》がゆかりにあったのだろうか。なんとなく場つなぎで発言しただけで、実際本を押し付けられて迷惑だったのでは、と思う。真に受けて大事な本を貸してしまった自分も馬鹿みたいだ。

「ちなみに、なんてタイトルの本だったんですか？」

「『裁《さば》かれざるもの』っていう小説。若い女の裁判官の話なんだけど、知ってる？」

首を横に振られる。やっぱりな、と玲二は軽く目を伏せた。

『裁かれざるもの』は世間をゆるがした殺人事件（実際に起こった事件を模している）と、その審判の中で「本当の悪とは何なのか」を問うていく社会派の小説だ。主人公は事件の担当となった二十代の女性判事補で、彼女が挫折《ざせつ》や葛藤《かっとう》を経て成長していく姿もまた描かれている。

全体的に重い話だが、「てきとーの木藤《きとう》さん」と呼ばれる登場人物が物語の清涼剤となっていた。木藤はちゃらんぽらんでいい加減な性格の裁判所職員で、定年間際であることから普段はあまりやる気も窺えない。だがここぞというときには少年たちの心に寄り添って、重要な証言を引き出すという役どころを担《にな》っていた。浪人時代に図書館でなんとなく借りて読んだが、その後どうしても手元に置いておきたくなり、結局マケプレで一円出品されていた「いたずら書きあり」の単行本を買った。するとそれが監修者である弁護士（作者ではない）のサイン入りだったのだ。それからは何度も読み返し、玲二にとっての「一番好きな本」の座を不動のものとしていた。

玲二はあらすじを解説しようと一瞬口を開いたが、ミーナに「女の子は固いお話好きじゃない」と言われたことを思い出した。まさにあの本は「固いし重い話」だろう。

「……まぁでも、ちょっと暗い内容だし、俺は好きだけどそんな面白くもないかもな」

そう久美子に告げると、その話題を終わらせた。

車はどこぞで事故でもあったのか、渋滞にハマり遅々《ちち》として進まない。玲二は舌打ちしたい気持ちだった。

「しっかし、全然動かんなぁ……。歩いた方が早いレベルだよなぁ」

ひとり言《ごと》のように呟くと、久美子がそれに反応した。

「気にしないでください。どこで渋滞になるかなんて、誰も予想できませんから」

あれ……と、またも拍子抜けする。今度こそ「そうですね、先輩のせいで余計遅れそうです」とか「そう言うんならここで降ろしてください」とか言われてもおかしくないと思っていたのに。

……と、なると、久美子はもともとこのように素直な性分《しょうぶん》なのかもしれない。でもその素直さに甘えるわけにはいかない。

「いや、俺のせいだ」

え、とバックミラーの中で久美子が玲二を振り向いた。

「俺、すっげぇ運がないんだよ。乗ってる電車が事故るとかザラだし、早弁すりゃ俺だけバレるし、カープ応援したら絶対負けるし。今回も、俺と一緒にいたから君まで巻き込んだ」

「そうですか？　悪いことだけ覚えてるだけじゃないですか？　良いことより記憶に残りやすいから」

「ああ。こんぐらいならまだ笑えるけど。マジで人生に関わるぐらい運悪いよ」

これ以上続けるのはおしゃべりが過ぎるかも、と躊躇《ちゅうちょ》した。だが久美子が「何があったんですか」と耳障りでないトーンで返してきたので、ゆっくりと声を震わせた。ここから呉までまだ長いから、暇潰しにでもなればいい。

「まず生まれるときヤバい早産で、仮死状態で生まれたらしい。何軒も病院断られてさ。『もう五分遅かったらこの世にいなかった』って小さい頃からよく聞かされとった。あとは、現役のとき、結構行きたかった東京の私大受かったんじゃけど、合格発表の日にオヤジの勤め先が潰れて断念したりとかな」

「それは……大変でしたね」

当時を回想しながら淡々と続ける。まだちょっと、本当は辛かった。

「ああ。もし俺にどうしても行きたい、卒業したい、っていう気合いがあったら、借金でもなんでもして行ったんだろうけど……。やっぱちょっと遊びたいとか、そういう気持ちもないとはいえなかったし、どれくらい金がかかるか計算したら、そんとき高校生だった俺にはどうしようもないぐらいの額が出てきたのな。そしたら落ち込んでる両親に『俺どうしても東京行く』とは言えんかった」

憧れの東京生活への切符を手に入れたと思った矢先に、突如浴びせられた冷水。それまでの頑張りが突然無になった。理不尽すぎて悔しかったし、親が困っているというのにそんなことに不平不満を抱いている自分自身にも嫌悪した。当然好きなところに通わせてもらえると思って、のんびり暮らしていた自分にだって負い目はある。未練は山ほどあるけれど、やりきれない思いで「行かない」という決断を下すしかなかった。

「でも、進学はしたんですね」

「うん。でも、それは次の年にな。やっぱ親が学がなくて苦労してたのとか見てたから、大学ぐらいは出ときたいなって思っててさ。特に俺なんか、そこまで体力もないし、大した顔もしてないし。親父は一応再就職できたけど、またいつどうなるか分かんないし。イザってことが起こっても、あんま金かかんないとこにしとこうってのはあったな」

身の上話を一気に吐き出す。退屈な話だったかもしれない。「まぁ、またセンターで盛大なマークミスやらかしたけど」と付け加えると、聞いていた女の子はくすくすと笑った。

「気遣いする人って大変なんですね」

「え？　そうか？　妹にはいつも『空気読め』とか『塩対応通り越して無味無臭』とか言われてるよ」

「それは、先輩に甘えてるんですよ」

確かに甘えられてる感はひしひしと感じる。ただ、幼い頃兄・涼一へ妹が見せていた尊敬の混ざった眼差しとは全く違うが、それも親しみの裏返しだったりするんだろうか。今まではそんな風に考えたこともなかったけれど。

「妹さんっていくつなんですか？」

「ミーナ……、あいつはこの前の三月に高校出たばっか……だから、君と同じかな」

ミーナ……と久美子が小さく反芻する。

「君みたいに優秀じゃ全然ないけど」

玲二の言葉に久美子が急に反論した。

「私、優秀じゃないです。正直受験もまぐれで受かったようなものなので」

「そんなことないだろ」

「いや、ホントに大したことないです。うちの学部、進級も厳しいし、勉強についていくだけでいっぱいいっぱいです」

謙遜《けんそん》も含まれるとは思うが、おそらく実際に大変なんだろうな、と口調から感じ取れた。

「それじゃ、追試になった？」

「それは、ギリギリで大丈夫でした。せっかく受かったんだし、入ったからにはちゃんと単位も落とさずにとろうと思って」

「へぇ」

「ただ、家ではあんまり集中できないんですけどね。試験の前なんかはカフェ代がかさんで大変です」

（真面目だなぁ）

自分も学費免除がかかっているので周りの学生よりは勤勉な方ではあるが。一年生の頃は田舎から出てきたこともあり、さすがにもっと浮ついていた。見た目よりずっとしっかりしているんだな、とファーのついたピアスが揺れる横顔に思った。

「いいなぁ、まだあと何年も卒業まであるもんな」

彼女は六年制の一年だから、あとたっぷり五年は学生でいられる。それだけ時間があれば未来についてゆっくり考えることもできるだろう。羨《うらや》むわけではないが、今の自分よりは余裕のある立場にいることは間違いない。

「文系の三年生って就活もう終わってるんでしたっけ」

「いや、まだもうちょい先。地元帰ってのんびり暮らすか、県内の企業ちょこちょこ受けようかなって、それぐらい」

久美子が「なるほど、まだこれからなんですね」と頷いた。全く耳障りにならないその相づちに、つい留めていた本音がまた溢れてきた。

「一応やってみたいことあったんだけど、受けてももうムダだろうな。倍率もエグいし」

「倍率エグい……。なんですか？　アナウンサーとか？」

予想外の発想にプッと噴き出した。なんとなく、まだ十九歳の子っぽいところもあると感じた。

「そんなんじゃない。もっと地味な……でも、なかなかなれないのは同じかな」

「へぇ……、なんていう職業なんですか？」

「んー……、君とかきっと聞いたこともないと思うよ。お世話になることもないだろうし」

玲二が受験する予定でいた採用試験は、ほぼ毎年倍率が十を下らない。冷やかしで受ける人間は少なく、それなりに知識もあって対策も練った者の中から選ばれるのだから、非常に狭き門と言える。春先にあったトラブルからしばらく試験対策をサボっていた遅れは、取り返しがつくとは思えなかった。

「……年下がこんなこと言うのって生意気かもしれませんが」

何を言われるのだろうかとドキッとする。

「もともとダメなら、挑戦して失敗したって失うものなんてないんじゃないですか？」

「でも動機もすっげぇ不純だし、筆記も大変だけど面接なんか運ゲー要素しかないっていうからなぁ。とことん俺向きじゃないよな」

「そっちの方がいいじゃないですか。今までツイてなかった分、めっちゃツキが来るかもしれませんよ」

「そうか？」

「そうですよ。ラッキーとアンラッキーって、ちょうど同じぐらい訪れるっていうじゃないですか」

あ、私の場合ラッキーの方がちょっと多めだと思いますけど、と付け加える。

（なんだそりゃ）

苦笑しつつも、あくまで前向きな言葉を掛けられて、頑《かたく》なだった心が少しだけほぐれた。単純だとは思うが心地は悪くない。もうずっと前から、誰かにこんな言葉を言ってもらいたかったような気さえした。

「なんか、分かるな」

「えっ？」

「奈央矢、君に大学で会ってからすごい変わったんだよ。楽しそうだし、いろんなこと自分で考えるようになったし。高校生のときとかもっとずっといい加減で、やる気なかった」

久美子のようなポジティブな人間には、多くの人が引き寄せられ、次第に影響を受けていくのだろう。心強くて、ホッとして、どこからともなく自信が持てて。彼女と最悪の出会いを果たした自分でさえそこは認めてしまうほどだ。奈央矢は久美子のことを「かわいい」としか言わないけれど、きっと惹かれたのは顔だけじゃない。

「君の、お陰だな」

「そんな……」

車内に流れていた曲が切り替わった。玲二がドライブ用に編集したＭＰ３ファイル集の中から、洋楽のダンスナンバーより、日本の若手ロックバンドのメッセージソングになった。

「あっ……」

話の途中で久美子が動揺した。

「どうしたの？」

「いやちょっと、思い出のある曲なんで」

この曲はScotish Short Hairという若手ロックバンドの曲だ。友達からＣＤを借りて、気に入った曲を数曲ファイルに変換しておいたのだ。

「どんな思い出って、聞いていい感じ？」

「大学入る直前にＳＳＨのライブ見に行って……。そのときのオープニングがこれでした」

そういえば初めて会ったとき、SSHのTシャツを着ていた。

「あ、そうなんだ。いい曲だもんね。俺も好きよ」

「そうですか……」

おや、と首を捻った。思ったよりリアクションが薄い。ライブに行ってグッズまで買うぐらいだから、熱心なファンだと思ったのだけど違うのだろうか。

「あと、結構デビューしたてのときの曲とか。なんだっけ。『恋なんかじゃ死なないからまた立ち直れよ』みたいなやつ――」

「えっ……」

久美子の声には戸惑いが滲んでいた。これまた意外な反応だ。SSHの中でも有名な曲を挙げたつもりなのだが。

「知らない？」

「いや、もちろん分かります。私もその……好きなので」

ああ、それならよかった。くだんの曲はアップテンポで切ないメロディラインの、聴いているうちにクセになる系のスルメソングだ。ど忘れしてしまった曲名は……「なんとかかんとかボーイ」だった気がする。

ただ、間違いなくいい曲なんだけど歌詞がちょっと若いというか、綺麗事っぽいというか。何度も苦い思いを経験して捻くれきってしまった者としては、ツッコミたくなるところもある。玲二は思い出して苦笑いした。

「確かに失恋したって死なないけどさ。傷ついたらやっぱ臆病になるし、いっそ死んだ方がマシだったたって思うこともあるよなぁ」

「そうですね……」

覇気《はき》のないトーンで久美子が呟く。冗談で言ったつもりなのに妙に真に受けられてしまった。もしかして触れたらまずいところに触れてしまっただろうか。

間奏のとき赤信号になり、ブレーキを踏みながら横目で左を窺う。久美子はじっと俯いて曲を聞いていて、胸が変な感じでざわついた。

「磯貝さん、ちょっと」

呼びかけると久美子は顔を上げて、こちらを振り向いた。玲二はかけていた眼鏡を一旦外し、寄り目になってさらに唇を捲《めく》り上げて見せた。

「……ッ……‼」

脈絡なく繰り出された玲二の変顔に、久美子はたまらず噴き出した。

「ちょっと、いきなりなんなんですか⁉」

口元を隠しながら染まった頬で久美子が抗議する。その反応に、玲二はしてやったり、とばかりに悠然《ゆうぜん》と眼鏡を掛け直して言った。

「せっかくのデートの前に、そんな暗い顔しとったらダメだ。奈央矢ががっかりするじゃろ」

「え……」

奈央矢はこの子の清らかで柔和《にゅうわ》な雰囲気が好きなんだろう。だとしたら、過去に何があったとしても今だけは楽しそうにしていてほしい。久美子には、影のある表情は似合わない。

「君は、笑ってた方がええ」

よほど玲二の言葉が意外だったのか、久美子は口を開けたまま固まってしまった。助手席越しに見える左車線がゆっくりと流れはじめていたので、ブレーキを外して少しずつ前の車との車間を詰めた。

またすぐ車は止まり、アウトロのギターリフが終わると車内には低い燃焼音だけが響いた。

「先輩」

なんの用だ、と左を振り向くと、じっとこちらを見ていた久美子と目が合った。

そして久美子が両目の目尻と口角を指で挟んで引き寄せた。元の造形からは想像もつかないほどの全力の変顔が不意打ちで披露される。

「っ……！」

口を押さえて噴き出した。普段はお嬢様風の美人がこんなことをするなんて。「負けた」と思うと同時にがっつりツボに入ってしまった。ダメだ、笑いが止まらない。

（なんだよ、手を使うとか反則だろ……！）

腹を押さえて引き笑いを続ける。すると、後ろの車から「ププッ」と短くクラクションを鳴らされた。顔を上げる。いつのまにか信号が変わっていて、慌てて発車させる。

助手席からすかさず冷静に注意される。

「先輩、前見て運転してください」

君が話しかけてきたんだろ。言い返そうと思ったけれど、どうしても顔が笑ってしまいそうで、玲二は言葉を飲み込んだ。

渋滞箇所をようやく通り過ぎる。車はそれまでのノロノロ運転が嘘のように順調に走り出した。

高速道路まであと少しだ。

素直じゃないけど君が好き　第6話「はじめての×××」

	場面		セリフ
1	○美術館近く ようやく待ち合わせ場所に着き、走ってナオを探すミコ		
2	建物の前の石段に、ずっとナオは待っていた		ミコ「ごめん……っ！」 ナオ「ああ……」 ミコ「それじゃ、行こうか」 ナオ「あの、最終日は早く閉まっちゃうみたいなんだけど」 ミコ「じゃ、早く行かなきゃ！」
3	美術館の入り口にたどり着く。最終入場ギリギリに入り、急いで展示を見て回る		ミコ「……せっかくここまで来たのに、全然ゆっくりできなかったね」 ナオ「それじゃ、ちょっと歩こうか」 ミコ「⁉」 ナオ「待ってるときに、すごく景色が綺麗な場所見つけたんだ。一緒に行こう」

4	石段を上る二人。丘にある公園にたどり着いた		ミコ「うわ……っ、すごい！」 ナオ「眺めいいよなー」
5	はしゃぐミコを眩しそうに見つめるナオ		ナオ「ホント、ずっと見てたい……」 ミコ（どきっ）
6	ベンチに腰を掛ける二人。目の前には海に沈みゆく夕日が		ミコ「そういえば、学園祭のダンス、うまく行ってるの？」 ナオ「ああ……。最初はいやいやだったけど、結構楽しくなってきた」
7	アイドルの格好をして踊るナオの回想		
8	真面目な顔で海を見るナオ		ナオ「もうちょっと真面目にダンスとかやってみようかな……」 ミコ「いいじゃん！　わたしナオくんが飛んだり跳ねたりしてるとこ、見るのすごく好きだった」 ナオ「えー、そんなの覚えてるのかよ」 ミコ「うん、あの頃のナオくん、キラキラし

		てて、一生懸命で、すっごい素敵だったよ。私にはできないなぁって思いながら、ちょっと憧れてた」
9	カッと赤くなるナオ 二人の間に置いた手が触れる	ミコ「あっ……」
10	顔を赤らめながらも手を離さないナオ	ナオ「俺もミコのことが……」
11	その後ろから、突然声が	？？？「あー、いたいた。おーい忘れ物が……」 ミコ・ナオ「せんぱい⁉」
		（つづく）

（うっ……わー……）

しまった、と玲二は久美子のスマホを持ったまま呆然とした。奈央矢の大きな目から発せられる視線が痛い。

久美子を無事美術館前の道まで送り届け、疲れきっていた玲二は海沿いの公園の駐車場へ移動し、一眠りしてから帰ることにした。しかし案外深く寝入ってしまい、起きたときにはすでに夕焼けの時間帯となっていた。

せっかくなので写真でも撮ってから帰ろう、と車を降りようとしたところで、助手席の前に見慣れないパステルカラーのスマホを発見した。これは久美子のものだ。充電器につないだまま忘れていたらしい。

他の忘れ物だったらともかく、さすがにこれはマズかろう。車から降りて夕陽と潜水艦を眺めながら、さて奈央矢にＬＩＮＥでもするかと思った瞬間「あっ」と思った。遠くからどこかで見たような二人組が歩いてくるではないか。

これはナイスタイミングだと、車からスマホをとってくる。戻ってくると二人はベンチに並んで座っていた。後ろから近づいて声を掛ける。

「あー、いたいた……」

驚いて振り返った二人を見てすぐさま後悔する。なぜなら二人の間に置かれた手は重ね合わされていたからだ。

「あの、磯貝さん、これ……」

「あ、ありがとうございます。助かります」

久美子は戸惑いながらも立ち上がると、玲二からスマホを受け取った。いたたまれなさに心臓が逸る。

渡されたスマホの画面を見て、久美子が「あっ」と呟く。

「私、そろそろ帰らないと」

「え」

玲二と奈央矢が同時に反応する。

「明日のドイツ語のテキスト、全然読んでないんです。できれば全部訳しておきたいので……」

真面目か！　って、真面目なんだったなそうだったな。でもここに着いてまだそんなに時間も経ってないだろう。もうちょっとゆっくりしていかないのか。じゃないと俺も送ってやった甲斐《かい》が……ていうかここで俺たちを二人にされたら困るんだけど。

お前も何か言えよ。奈央矢の方をチラ見すると、ようやく何が起こったのか理解した様子で「もう帰るの？」と久美子に尋ねていた。

「ごめんね。今日は誘ってくれて楽しかったよ。それじゃ、先輩のことよろしくね」

（え、俺？）

「先輩、ラクレットチーズが食べてみたいって車の中で言ってたよ。帰りに一緒にお店に行ってあげるといいんじゃないかな？　じゃあまた学校でねー！」

　ちょっと待て、と呼びかけるよりも早く久美子は軽《かろ》やかにスカートを翻《ひるがえ》し、手を振って駅の方面へと消えてしまった。

「……先輩」

　背後より地を這《は》うような声がした。恐る恐る振り返ると、奈央矢は青白い顔で唇をわななかせていた。そんな怖い顔したらかわいい顔が台無しだぞ☆……などとおちゃらけるような雰囲気ではとてもない。「はい……」となるべく感情を逆立てないよう小声で返事をする。

「確認しときますけど、ワザと邪魔してるんじゃないですよね？」

　断じてそのようなことはない、と平謝りするしかなかった。


　国道31号線の日暮れた道を走る狭い軽自動車の車内、ヒゲ面の眼鏡男が色白の美少年に延々と説教を食らっていた。

「俺べつに、ラクレットとか食べたくないんですけど。前からうすうす思ってたんですけど、なんなんですかその女子っぽい好み。まっさんが『柏原先生、奈央矢に惚れてるんちゃうか』言ってたけど、そういう理由で俺のことかわいがってるわけじゃないでしょうね？　それで今日わざと声かけたとかですか？」

違う、とうんざりしながら否定する。

結局奈央矢が「疲れたから早く寝たい」とむずがりだしたので、これ以上機嫌を損ねられても敵わないと、夕飯は一緒に食べず奈央矢を家まで送って帰ることにした。

「それじゃ先輩。また明日」

最低限の挨拶をして車から降りた奈央矢を、玄関の中に入るまで見送る。

ほんじゃあと五㎞、ぼちぼち帰りますか、とイグニッションキーを回す。……だがエンジンをかけても車が動かない。

（えっ？）

もしかして……と恐る恐るガソリンの残量表示に視線を合わせる。見事に空っぽを示す「Ｅ」の文字が点灯していた。

おかしい、この前給油したばっかりなのに。ガス欠になるの早すぎじゃないか？　一瞬混乱したが、そういえば今日は渋滞にハマったから、そんなに距離は走ってなくてもガソリンを余計に消費してしまったのかもしれない。メーターをチェックしておかなかった迂闊さに愕然とする。

貧乏学生はもちろんＪＡＦに入る余裕はない。保険にもロードサービスは付帯していない。致し方なく最寄りのガソリンスタンドまで歩き、さらにクソ重たいタンクを持って車まで戻る。

なんとか給油を済ませ、タンクを返しにガソリンスタンドに立ち寄った。再びどっと疲れが押し寄せる。すっかり気力を削がれてしまった玲二は、外食はせず自分もすぐにアパートに帰ることにした。

「ただいまー……」

ぐったりとしながらドアを開けると、妹がクローゼットの扉の中から顔を覗かせて言った。

「玲ちゃん、ずいぶん遅かったねー。どこ行っとんたんか？」

「あー……、ちょっと、海の方」

ミーナは「そっか」とそっけなく返事をした。とりあえず腹が減っているので冷蔵庫をぱかっと開ける。だが見事なまでにすっからかん。調味料の他は玉ねぎぐらいしか残っていない。諦めて冷凍庫を開ける。こちらにも保冷剤ぐらいで食べられそうなものはなかった。

「おーい、なんか食べるもんは……」

「えー？　明日安売りの日じゃけ、何もないよー。腐らせちゃうのも嫌だし、食材とか計算して、週末は食べきるようにつくっとるんよ」

それはそれで結構なことだけど……

「ピザパンとブリオッシュは？　お遣い頼んだよな？」

「それも食べちゃったよー。食うてええ書いてあったじゃろ」

全く悪びれずに告げられたので、目の前が暗くなってきた。

恋なんかじゃ死なない。けど、寝不足と疲労と空腹のトリプルパンチはいくら健康な成年男子でも相当キツイ。今から再び家の外に出る気力はとうにない。こんなことなら大人しく奈央矢とどこぞで食べてくればよかったと思うが後悔先に立たず。

玲二は空っぽの冷蔵庫に向かい、思わず呟いた。

「……俺、死ぬかも」

素直じゃないけど君が好き　第７話「デート・その後」

	場面		セリフ
１	ミコ、デートのことを思い出して赤面		ミコ（Ｍ）「あのときナオくん、なんて言おうとしてたんだろう……」
２	回想　先輩による邪魔が入る		
３	教室、ミコの友人二人が、長身のイケメン・ごっちと話している		友１「ごっちん、ミコが幼馴染くんとデートしたらしいよ」 友２「どうするのあっちに取られちゃったら。夏休みも何もできなかったんでしょ」 ごっち「まぁ、ちょっと忙しかったから……」
４	ごっちを励ます二人だが、本人は上の空		友１「やだあんた、もっと頑張ってよ！　協力するからさー」 友２「そーだよー、あんたちょっと微妙なとこあるけどいいヤツだし、ミコのこと幸せにしてよー」 友１・２「そんで上手くいったら奢って！」 ごっち「……」（遠くを見て考え込む）

5	ごっち、ミコの傍にやってくる		ごっち「なんか浮かない顔してるね」 ミコ「え……。そうかな」 ミコ（M）「違うんです気が緩むと顔までニヤニヤしちゃいそうで我慢してるんです……！」
6	取り繕うとするミコに、さらに近づくごっち		ごっち「幼馴染くんとのデート、楽しくなかったの？」 ミコ「ううん、そんなことないよ！」 ごっち「ナオくんだっけ。彼かっこいいもんね。彼がどういう話するのか、よかったら教えてくれないかな」
7	何か意味深に言うごっちに押されるミコ		ミコ「そういうの詳しいんじゃないの？」 ごっち「全然。ホントに誤解だから。言ったよね。僕は君と同じだったって」 ミコ「……うん（そういえば言ってたかな）」
8	ごっち、微笑みながら		ごっち「似た者同士として、協力してくれないかな？」
			（つづく）

（……答えは5の『トルコの人口は七五〇〇万人以上』かな？）

解答をチェックする。おお、合ってた。これで数的処理は全問正解だ。

その日、玲二は自習室に出向いて、今年の就職試験の教養問題を解いていた。昔取った杵柄《きねづか》とかやらで、得意の択一問題はほぼ難なく基準点をクリアした。半年間のブランクは痛いが、もしかしたら……とかすかな希望が宿る。

少し疲れたので、学食に行きお茶をする。腕を上げて凝り固まった肩甲骨《けんこうこつ》をほぐしていると、がら空きになった脇腹を何者かに掴まれた。

即座に身を捩《よじ》って抵抗すると、手の主は「相変わらず脇が甘いな」とぼそっと呟いた。

「柏原先生。珍しいな、こんな時間に学校にいるなんて」

「まっさんこそ、学校に来ることあんまないじゃろ。どしたん？」

「うむ、たまたま近くを通りかかったからな。誰か喋る相手でもいるかと思って」

まっさんは玲二と年齢は同じだが、現役合格組なので四年生だ。双方向やら課外授業やら、早めに授業を取りまくって、卒業に必要な単位をすでに取得済みのまっさんは学校で見かけることすら困難なレアキャラだった。ちなみに今は学校に来る代わりに、熱狂的な時代劇オタクとしてロケ地巡礼など、全国あちこちを旅しているらしい。

「柏原先生がいるなら、奈央矢少年もいると思ったんだけど……」

「え、なんですか？　俺がどーしたの？」

ひょこっと奈央矢が現れた。図ったようなタイミングだ。最近とみに引き締まったような気がするのは、ダンスを頑張っているからかもしれない。

「あー、いたか。いや、実はさっき、君がご執心の……久美子嬢と言ったかな？　彼女が、雰囲気イケメンっぽい男子と歩いてたの見たぞ」

「えっ⁉　どこどこ？　どっち⁉」

奈央矢が急に血相を変える。

「そこのコンビニの前にいたから……まだその辺いるんじゃないか？」

「もうちょっと詳しくどの辺にいたかちょっと教えて！」

ああ、とまっさんが頷いて立ち上がる。慌ただしく食堂から出て行きそうになったところで、「何やってるんですか先輩、来てください！」と振り返って叱られた。

……なんで俺まで。ツッコミたい気持ちはやまやまだったが、若干沸き起こった好奇心には逆らえず、二人の背中を追いかけた。

学校の横にあるだだっぴろい公園のベンチに二人は腰をかけていた。近くのコンビニの物陰からこっそり様子を観察する。

「おー、あれか。なんかいい雰囲気だな」

「まっさん、しみじみ解説してる場合じゃないでしょー！」

「ときに奈央矢少年。あの彼の名前はなんだっけ」

「滝沢冬吾……。千葉なんかから来たいけ好かない奴」

それを言うならお前の大好きな久美子ちゃんだって同じとこの人だろうが。

「へぇ。千葉。どの辺？」

「確か松戸《まつど》って言ってた気がする。でも高校は、都内にある魚籃坂《ぎょらんざか》高校だって」

奈央矢がすらすらと答えたので、玲二は思わずぎょっとした。

「よく知ってんな」

「担々麺食べてるとき言ってたし、俺、もともと東京に住んでましたから」

ああ、そうだっけ？　ピンとこない、という顔をしていると、まっさんが「歴史はあんまり古くないけど、進学実績がいいってんで最近人気っぽい男子校だな」と解説してくれた。

「そういやたしかワシの知り合いが、奈央矢と同い年で魚高の出身だったな。ちょっとどんな奴だったか聞いてみるか」

さっそくまっさんがスマホを操作し、望遠で写真を撮った上で何者かにメッセージを送った。しかし、尋常じゃない情報網の広さである。いやはや敵に回したくない……。

久美子は手振りつきで何かを滝沢に説明している。滝沢もそれを微笑ましい感じで見守っている。確かに楽しそうではある。彼の前では変顔なんかしないんだろうけど。

「ミコ、あいつのこと好きなのかなぁ……」

「……好きならナオとデートしたりせんじゃろ」

「でも……」

奈央矢が突然声を張り上げた。

「あーっ、もう、ウジウジ悩んでんの飽きた！　俺ちょっと邪魔してくる！」

「待て、何する気だ？」

「再来週『あきクロ』見に来てって。あいつにも来いって言ってくる！　宣戦布告じゃー！」

そう言い残すと、奈央矢は二人の座るベンチに突撃していった。

「あ、二人ともすげー驚いてんな」

「そりゃそうだよな」

まっさんと二人、物陰から感想を言い合う。声までは聞こえないが、どうやら奈央矢の企みは上手くいったらしい。

「いいねぇ、奈央矢少年、青春してるねぇ」

しみじみ呟くまっさんに同意すると、ふと顔を振り返って聞かれた。

「どう、柏原先生は。最近ときめきなんかあった？」

「俺か？　俺は……相変わらずだな」

聞かせて楽しいような話ならば、ない。でも心の持ちようは少し変わった。来年の試験に向けて本気になりはじめたところだ。「またちょっと、忙しくなりそうだし」と付け加えると、まっさんは苦笑いして「体壊すなよ」と言ってくれた。

そしてまたベンチの方を注視する。

「奈央矢少年の想い人、ずいぶんかわいらしいタイプだな。性格もよさそうだし、ありゃーモテるのも分かるわ」

何気ないまっさんの一言にドキッとした。

そういえばなんで、久美子はまだフリーなんだろう。奈央矢はちょっと思い込みは激しいものの かわいくて面白いし、滝沢なんかも奈央矢は嫌ってるみたいだけど、女の子にしてみたら悪くない条件を兼ね備えている男子だ。この前車の中で「失恋したら臆病になる」という一言に過剰に反応していたように見えたけれど、やっぱりそれが原因なんだろうか。

（……俺が考えても仕方がないか）

バキバキになった首を回す。すると、スマホにメッセージを受信したまっさんが「おっ」と反応した。

「えっ……？」

「どうしたんだ？」

尋ねるとまっさんがスマホの画面を見せてくれた。

『滝沢って名前のやつは、同級生にはいなかったよ。上の学年にもいなかったと思う。顔にも見覚えないない。ホントにうちの高校？』

「これ、どういうこと……？」

まっさんと顔を見合わせて呆然とする。滝沢は嘘をついている？　なんのために？

悪い人間ではないと直感した自分は騙されていた？

もしや出身地なども、久美子と近づくための嘘なのだろうか。何故そこまでして……

と得体の知れない執念にゾッとする。

「どうしたの？」

奈央矢が戻ってきた。顔が上気していることから、おそらく宣戦布告は上手くいったのだろう。

なんでもない、とまっさんと二人で笑ってごまかす。ベンチにいた二人はいなくなっていた。

素直じゃないけど君が好き　第8話「君はアイドル」

	場面	セリフ
1	回想　ナオから学園祭のステージを見に来てくれと誘われた	ナオ「俺、ミコのために頑張ったから。一生懸命踊るから。絶対見に来て」
2	妄想でニヤニヤするミコ	ミコ（M）「そんなの、言われなくても見に行くけど……。あー、絶対かわいいんだろうなー」
3	そんなミコを見ながら、同じく学園祭に来いといわれたごっちは困惑	ごっち「彼、ホントにアイドルの格好して踊るんだね」 ミコ「えっ……、ああ、そうみたいだね」 ごっち「僕にも見に来いって、どういうことだろう？」 ミコ「うーん、お客さんは一人でも多い方がいいからじゃない？」 ごっち「そうかなぁ……」

4	難しい顔をして考え込むごっち		ごっち「アイドルにハマる人の気持ちって、どんな感じなんだろうね」 ミコ「うーん、よく分かんないけど、キラキラしてたりかわいい人が一生懸命飛んだり跳ねたりしてるのって、見てて勇気がもらえるよね！」 ごっち「なるほどねー。それじゃ、君は衣装着て飛んだり跳ねたりしないの？」
5	意味ありげに見つめるごっち		ミコ「いやいやいや、無理だよそんなの！」 ごっち「そう？　彼より君の方がずっと似合うんじゃない？」 ミコ（M）「えええ、私がナオくんと一緒に踊るとか……」※そんなことは言ってない ミコ「絶対無理、です！」
			（つづく）

日曜日。

玲二がようやくその日の勤務を終えると、すでにお茶の間では大河ドラマが流れている時間になっていた。最近では平日のパチ屋清掃のシフトを減らした分、土日のワックスがけの比重を多くしている。今日も「ポリッシャーの玲二」の異名通り完璧な仕事でオフィスを磨き上げた。帰りに事務所でシャワーを浴びたらシャンプーが切れていて、石鹸で髪を洗うハメになったのも最早ご愛嬌だ。

すっかり暗くなった繁華街を自転車で横断する。パサパサの髪が夜風に寂しく靡《なび》く。ううう、早く帰りたい。

自転車乗り入れ禁止のアーケードを避けて自宅へと向かう。いつも通り器用に人を避けながら新天地の公園の前を通ったとき、見慣れない光景に出くわした。近くにあるパルコの裏口に、宮島名物のしゃもじを持ったヒトが多数たむろっている。異様な光景に、気になってブレーキを握って様子を窺う。

「今日のフジミキちゃんのMC、安定のぐだぐだ具合だったねー」

「ミラノっちのダンスもキレが増してましたなぁ」

漏れ聞こえる声と風貌から推測するに、どうやらアイドルグループ「Bouquet」のファン集団が出待ちをしているところらしい。

（あー、そういえば今日だったな……）

Bouquetとは広島出身の三人組アイドルで、「すみれ（す～ちゃん）」「美蘭乃《みらの》（ミラノっち)」「藤野美希《ふじのみき》(フジミキ)」と三人とも花に関連した名前がついていることから、花束=Bouquetというグループ名が付けられた、現在大人気のアイドルグループだ。奈央矢と服を買いに来たとき、「今度ここでやるんだなぁ」と思ったものの、すっかり今日まで忘れていた。

なんとなく好奇心が募って、濃いめの集団を後ろから眺めていると、「うわぁ……っ!」と集団からひときわ大きな熱気の波が立った。Bouquetの一人が建物から出てきたらしい。

歓喜に沸くファンと制止をする警備員、そして彼らが崇《あが》めるアイドルを遠巻きに観察する。

(ほー……。思ったより普通っぽいんじゃのー)

熱狂の中心にいる女の子は、着ているコートこそ高そうだったものの、常人離れした輝かしい美貌や神々《こうごう》しいオーラを持っているわけではなく、どちらかというと親しみやすいルックスをしているように見えた。だけどファンとっては格別の存在らしく、皆少しでも彼女に近づこうと必死だ。

「す~ちゃん! す~ちゃん! 僕、いつでも応援してます! こっち向いて女神!」

一人、特に熱狂的なファンがいるようだ。その声は少し離れたところにいる玲二にも聞こえてくるぐらいだから相当だ。声の主は上背《うわぜい》のある若い男性で、す~ちゃんと呼ばれた女の子も、少し戸惑いながらその姿を振り返った。

熱狂的ファンの男はす〜ちゃんにプレゼントを渡そうとしたが、警備員に注意されて引き剥がされる。その隙にす〜ちゃんは近くに駐めてあったタクシーに乗り込んで去ってしまった。

あーぁ、可哀想に、とうなだれているファンの男の丸い背中に同情の視線を投げかける。せっかくもう少しで手渡しできそうだったのに、そりゃさぞかし悔しかろう。

（……って）

よく見ると男の姿形には見覚えがあった。長めの髪に角ばった顎の輪郭《りんかく》、デカい頭身……あれは……

（ごっちゃんじゃんか）

磯貝久美子嬢の知り合いであり、奈央矢の恋のライバルの滝沢冬吾。いつだったか会話をしたときとは全く違うオタク感丸出しの雰囲気をしているが、顔の造作とスタイル、そして意外に甲高い声は間違いない。

見てはいけないものを見てしまった感はあるが、あんまりしょげている後ろ姿がかわいそうで、玲二は近寄って自転車を駐めた。

ぽん、と滝沢の肩に手を置く。滝沢の背中がビクッと震えた。すぐにこちらを振り返る。

「まぁ……、元気出せよ」

ありきたりな言葉で慰める。思わずニヤけてしまったかもしれない。

滝沢は一瞬のうちに血相を変えると、断末魔のごとき悲鳴を上げた。

「あ――――っ‼」

そんなに驚くことかよ、と虚を突かれたのと同時に肩に置いた手を強く振り払われた。

そして滝沢の持っていたしゃもじが、玲二の目元めがけて急旋回してくる。

（ちょっとお前、そんなもんぶん回したら）

あわてて上半身をのけぞらせる。間一髪でしゃもじは回避したものの……

（あぶなっ……）

急に重心を移動させたせいで足元がふらつく。玲二は後方に大きくバランスを崩した。

（い……って、うわっ！）

なんでこんなところに自転車が、って俺のか。冷静に分析してる場合じゃない……っ！

自転車のサドル部分に側頭部を打ち付ける。そのまま自転車ごと倒れ込む。ガシャーンという大きな音が響き、辺りが一瞬静まり返った。次いで生暖かいものを頬に感じた。

これは……と頬を拭うと流血が手についた。周囲が徐々にざわめき出す。

「ファン同士のケンカ？」

「うわ、血出てるじゃん。ちょっとヤバくない？」

ヒソヒソ言う声が聞こえる中で、玲二の視界に青い顔をした男の姿が飛び込んできた。

「すみませんっ！　ゆかりが大好きな柏原さんですよね！　大丈夫ですか⁉」

テンパる滝沢に揺り動かされる。お前、変なことばっか覚えてるんじゃないよ……と困惑しているうちに警備員が様子を窺いに来た。玲二は気を取り直し、大きく手を振って答えた。

「おっ、俺は大丈夫です！　通報しないでください！」


あんまり滝沢が取り乱しているので、とりあえず目についたお好み焼き店に引っ張り込んだ。

テーブル席で鉄板を挟んで向かいに座りながら、滝沢はデカい図体を縮めて頭を下げた。

「あの、申し訳ございません……、ホントに大丈夫ですか？」

玲二は自分の頬を触って確かめた。もう血は出ていないので、ヘラっと笑ってみせる。

「うん。飛び出してた金具かなんかでスパッと行っただけくさいな。頭もそんなにゴツンってぶつけた感じとかなかったし」

「ホントすみません……。これって犯罪でしょうか……」

「ええってええって。ワザとじゃないことは分かっとるし、こんぐらいの軽い怪我で前途ある若者のことよう訴えたりせんよ。驚かせた俺も悪かったし」

あからさまに滝沢はホッとした顔をした。玲二は通りかかった店員にお好み焼きを頼む。元気が出るよう餅《もち》入りだ。

「柏原さん」

真剣な響きにドキッとする。玲二は手にしていたメニュー表を片付けて「なんだ？」と滝沢に向き直った。

「僕、実はドルオタなんです」

「うん、そうみたいだね」

「しかも、結構重度の」

「だろうね」

さっきの見りゃ分かるわ。

「そのこと、知っとる人は……」

滝沢は無言で首を振った。

「なんで隠すん？」

前に奈央矢が女装した写真を見せたときも、「はるクロのことは分からない」と言っていた。言い方からしてアイドル全般に興味がないものだと思っていたから、まさかの展開だ。

「アイドルの追っかけって、知られたらみんな引きません？」

「そんなことない思うけど……」

ちょっと昔ならともかく今はオタク人口も増えていて市民権を得てきているし、そんなに偏見はないんじゃないか。むしろ好きなものがあった方が話のネタにしやすかろう。

滝沢の言い分は今ひとつ玲二の腑に落ちてこなかった。

「なんでそんなにBouquetが好きなん？」

率直に質問すると、滝沢は再び表情をこわばらせてしまった。

「……話せば長くなるんですけど、聞いていただけますか」

この分だと彼がついているかもしれない「嘘」にも事情がありそうだ。玲二はすんなり快諾した。

「うん。まだ焼き上がってこんし、ええよ」

滝沢は一度水を口に含んでから、堰《せき》を切ったように語りだした。

「僕、家が結構厳しくて（へぇ）、特に母親がものすごい教育熱心で（そっかーなるほど）、『将来は絶対医学部に行きなさい』って小さい頃からすごい言われてて（あーうん）、それなりに真面目に勉強してたんですけど高三のとき受験に失敗して（あるある）、そしたら母親が以前にも増してヒートアップして（えっ……）友達と遊ぶの禁止・スマホも取り上げられて勉強しろって言われて（かわいそう）、もともと両親は別居中だったけど僕の教育方針のせいもあって結局離婚しちゃったし（うわあああ）、それで絶対受かんなきゃって一日十八時間ぐらい勉強してたらちょっとおかしくなってきちゃって（もうやめて）、そんなとき息抜きにラジオ点けたらBouquetの曲が流れてきて（おっ？)、『今息が苦しいのは将来羽ばたくための助走をしてるから』っていう前向きな歌詞に励まされて（よかったね)、調べたらBouquetも売れなかった下積みの頃はかなり過酷なドサ回りとかもしてたみたいで（そうなんだ)、彼女たちが頑張ってるなら自分も頑張ろうって思えたんです」

「……なるほど。それで、大学はこっちに」

「そうですね。そもそも実家は出たいと思ってたんですけど、最終的に決めた理由は彼女たちの出身地だから、かもしれないです」

ようやく彼に関する謎がひとつ解けた。同窓生と思《おぼ》しき人間に「滝沢って奴はいない」って言われたわけだ。親が離婚して改姓したのだろう。一方的に嘘つきなんじゃないかと疑っていたことを申し訳なく思った。

「あと、さっき持ってたやつ。あれ何？　みんな持っとったみたいだけど」

あやうく凶器となりかけたしゃもじ。なんであんなものを手に持っていたのだろうと気になって尋ねると、滝沢はわざわざそれをカバンから取り出して玲二に差し出した。

「あ、これですか？　今回の広島公演限定グッズなんですよ。三種類あって、それぞれのメンバーにちなんだ花の絵が印字されてるんです」

手渡されたものには案の定スミレの花の絵が入っていた。ペンライトとかだったらともかくなぜしゃもじ……いや、分からんでもないけど。しかも解説する滝沢はちょっと嬉しそうだし。本当にBouquetのすみれ嬢のファンだということが、その様子から伝わってくる。

玲二は先ほどちらりと見かけた滝沢の推しメンを思い出し、ポロッと呟いた。

「でもあれじゃろ。君がイチオシのす～ちゃんって、言ったらあれだけど一番普通っぽいっつうか……」

「そんなことないです！　す～ちゃんは天使です！」

おお……っと。

「す～ちゃんはいつも笑顔で、プロデューサーの永田ヨシトク先生のムチャブリにもいつも対応しますし、MCは天下一品ですし、握手会に来た人には全員に優しくしますし、苦手だったダンスも猛特訓して他の二人に追いついて、メンバーやスタッフの誕生日にはお祝いを欠かしませんし、とにかく素晴らしい女の子なんです！」

「……そうなんだ」

やっぱりこいつ若干イタいかもしれない。このレベルだとカミングアウトするのはなかなか難しいだろう。

「やっぱ柏原さんも引きます？」

「そんなことはない。ないけど……」

続きを口にしようとしたとき、お好み焼きが一人前運ばれてきた。

鉄板の上でヘラを使ってお好みを分けると、滝沢は「あっ、美味しそう……」と顔をほころばせた。その素朴な言い方がかわいらしくて、玲二の頬も緩んだ。

「……なんか君、思てたんと違うよなぁ」

「どんな風に思ってたんですか？」

「ぶっちゃけ、もっとチャラチャラしとるんかと思っとった。意外に苦労してるし純なんじゃのー」

期待を掛けすぎる母親に加えて両親の離縁を経験するなど、なかなかヘビーな家庭環境を経験している。そりゃアイドルにハマりでもしなきゃやってられないだろうと、憐《あわ》れむ気持ちも強くなった。

滝沢はさっそくお好み焼きをもぐもぐと食べながら言った。

「僕、もともとは女の子と話すのすっごい苦手です」

「女の子が苦手？　ちーとも信じられんのぅ。君洒落てるしコミュ力もあるし、そのまんまで死ぬほどモテるんと違う？」

「全ッ然ですよ。そもそも中高の頃は女子と喋ったのなんか数えるぐらいしかないです。大学入るにあたって、『これじゃダメだ』ってファッションと会話は本とか雑誌で勉強したんですけど。本屋に行けばその手の解説本結構売ってるので、片っ端から買って読んだりして。浪人中に、体重も半分になっちゃったし」

「ちょっと待って。そういうのって、本見てどうにかなるもんなのか？」

「なってませんかね？」

改めて彼の外見を確認する。上手く輪郭の欠点を隠した髪型はよく似合っているし、襟なしジャケットのような難しいアイテムもちゃんと着こなせている。

「……いや、なっとるよ。付け焼き刃には全然見えんわ」

「そうですか。それならよかったです。学部には、何もしなくても僕より頭良くて、遊びも上手いやつとかゴロゴロしてるんで。正直そういう奴らにはコンプレックスがすごいですよ」

（賢い子ってすげぇわ）

自分はセンスある他人（元カノ）のプロデュースでマシな外見になったが。本を読むという手段も応用力さえあれば可能なようだ。つまり彼と自分は……

（同類かよ……）

どちらも高校時代まで全然イケてなかった点が共通していた。もちろん今の彼と自分を同じだと評するのは烏滸《おこ》がましいが。初めて会ったときからなんとなく彼に抱いていた好感は、ここから端を発するものだったのかもしれない。

あ、体重半分ってのは比喩で、実際には七分の四ぐらいですけど、と滝沢が付け加える。そんなことはいちいち言われなくても分かっている。それだけ痩せれば別人だろうし、同じ高校の人間でも「見たことない」と言うわけだ。

「あのさ、そんだけ努力できんのも立派にひとつの才能じゃろ。普通やれって言われたってそんなにずっと勉強ばぁようできんよ。君は本当にすごいし、偉いんじゃないの。そこはもっと誇ってええと思うよ」

体重を半分近く減らすまで自分を追い込んで、周囲との交流も断って、難関を見事に通り抜けた。それが「何もしなくてもできる」人より劣っているとは思えない。むしろそこで得た集中力は、今後の人生において何よりも大きな財産となり得るのではないか。そして、彼のそんな美点に気づくべきなのは、おそらく自分ではない。

「磯貝さんとか、そういういいとこ見てくれるとええけどな」

何気ない玲二の呟きに、滝沢はピクッと体を浮かせて反応した。次いで頬がうっすらと紅潮する。

「気づいてましたか……」

「まぁ、年長者の勘っちゅうことで」

玲二は「ていうかバレバレなんだけど」と付け加えたくなるのを堪え、お好み焼きを食べながら向かい合う男子が語り出すのを待った。

「……最初は、同じ県出身の子がいるって聞いたから、ちょっと気になってしまって。そしたらオリキャンで一緒だったりんりんとマナティが『いそぽんはすっごいいい子だよ』とか『あの子彼氏いないからちょうどいいんじゃない』なんて言ってきて、僕と同じで別学出身らしいから、もしかしたら話が合うんじゃないかって思ったんです」

「ああ。そういやそのりんりんとマナティとは普通にしゃべれんのか、君」

「あの二人は僕のこと残念な人間だと思っててめっちゃイジってくるんです。だから喋れますけど、本音を言えばそんなに得意なタイプではないですね。言ってることキツいし言葉遣いも悪いし」

　あー、うちのミーナみたいなもんか、と玲二は想像した。それが二人って……。ドンマイ、ごっちゃん。

「で、少し話してみたらホントにいい子で、オシャレでかわいいのに中身はしっかりしてて、好きになるなって方が無理でした。……ただ、僕に気がないことは分かってるんですけどね」

　不意に吐き出された自虐的な言葉にドキッとした。

「そんなの分からんじゃろ」

「いえ、僕もそこまでアホじゃないから、自分に好意持たれてるかそうじゃないかぐらいは分かります。彼女の方から誘われたことなんて一度もないし。……それでも、少しずつでもいいから仲良くなっていって、いずれ振り向いてもらえたら、と思ってます」

　なんて健気で誠実な思いなんだろう。ここまでピュアな恋心はここのところ滅多にお目にかかっていない。そこまで久美子が好きなのか、とちょっと感動しそうになる。

　でも何故か聞いていて胸が痛い。あんまりにも自分の考えとかけ離れているからだろうか。それとも……

「それに、『あんまり自分のこと好き好きアピールしてくる男の子って苦手』ってす～ちゃんも言ってるんで」

　玲二は思わずずっこけた。

せっかくいい感じで話がまとまりそうだったのに結局それかい。ってか久美子はす～ちゃんと全然タイプちがうやんけ、と口から出そうになる。そういえば玲二が知る限りでは、久美子にもそこそこオタク属性があるように見受けられる。少なくとも、音楽の趣味は結構マニアックで知識も豊富にありそうだった。

いっそのこともっと地を出した方が早く仲良くなれるんじゃないか……と思ったが余計なことは言うまい。その代わりに、玲二は滝沢に向かって笑ってみせた。

「応援はしてあげられないけど、俺、君みたいなタイプ、結構好きだよ」

ちょっとツッコミどころはあるものの、努力家で一途《いちず》な男の子。自分が女子だったらとっくにオチてるだろうし、逆に久美子がなんで揺るがないのか理解できない。

場を和ませるために言ったつもりの言葉に、滝沢は急に表情を険しくした。

「応援できない……。やっぱり、柏原さんもあの子のこと好きなんですか」

「えっ」

うっかり持っていたソース塗り用の刷毛《はけ》を落としそうになる。どうやら言葉足らずによる解釈の齟齬《そご》があったようだ。

「そうじゃなくて、俺、一応奈央矢の味方だし」

普通に考えれば分かりそうなものだが。焦りつつそう弁明すると、滝沢は俯いて鉄板の上のお好み焼きをヘラで小さく切り分け出した。

「……実は先々週の日曜のこと、いそぽんに聞いたんです。『デートってどういうことするの？』って。そしたらそんなに詳しくは教えてくれなかったんですけど。でも米倉くんのことよりも、柏原さんが車で送ってくれたってことは、なんだかちょっと楽しそうに語ってましたよ」

こいつも変なこと聞くよなぁ……と複雑な思いに駆られる。恋敵《こいがたき》（奈央矢）とのデート模様なぞ知ったところで嫉妬《しっと》や劣等感の遠因になるだけだろうに。文字通り「今後の参考」にでもするつもりだったんだろうか。

そして、久美子は自分のことをどういう風に周囲に話しているのか。少し気になってしまった。

「へぇ……あの子、なんて言ってたん？」

「確か『脇見運転はちょー怖い』とか『ヒゲメガネでいつもと感じが違って、どっかの輩《やから》に声掛けられたのかと思った』とか『内装が案の定乙女でウケた』とか」

（なんじゃそりゃ）

想定以上の酷い言い草だ。楽しそうだったっていうからちょっとドキッとしたけど、いいことなんて一つも言ってないじゃないか。結局俺のイメージなんてそんなもんだよな、と玲二はがっくりとした。

「いやー、それは単にネタとして話しやすかっただけじゃろ。あの子、俺のことボロクソに言うてくるし。全然そんな、仲ええとかじゃないよ」

一瞬変な顔をした気がした。滝沢は「もうちょっと食べてもいいですか」と言うと、玲二の分までお好み焼きをパクつき出した。デカい図体をしている分、食欲は旺盛のようだ。

（あーあ、世の中上手くいかんなぁ……）

過去はいろいろあったにしろ、現在は誰もがハイスペックと認めるだろう滝沢。このレベルの男子ですら、恋愛には苦労させられている。好きになった人の心を得るというのはそれだけ難しいものなのだ。しかも、成就《じょうじゅ》したからといって必ずしも幸せになるとは限らないというのに、こうまでして他人を求めるのになんの意味があるんだろう。

「……たまに妄想するんですよね。す～ちゃんといそぽん、同時に告白されたらどっち選ぶんだろうって。やっぱす～ちゃんは有名人だし、付き合うとかってなると大変ですよね。いそぽんだってアイドルに引けをとらないぐらいかわいいけど、す～ちゃんはずっと憧れてたからフるとかできないですよねぇ。この場合、二股したらまずいですよね？」

なんだその頭悪そうな発言。今日イチ……いや、もしかしたら今年イチかもしれない。頭いい子って、一周回ってバカそうなこと言うもんなんだな、と内心ガッツリツボに入りつつも、真面目な顔をして玲二は応じた。

「二股はまずいな。とりあえず一回、片方ずつと二人でどっか食べに行ったりして決めたらええんでないの？」

いや、意味はあるのかもしれない。少なくとも、恋はこの男の子の生きがいにはなっている。意味なんてそれで十分だ。「ちなみに俺はフジミキが好み」と言うと、「ははぁ、もしや脚フェチですね？」としたり顔で返された。

そして自分と話すことで、誰かの気持ちがほんの少しでも上向いたり、前向きになるきっかけとなったらそれはとても嬉しいことだと実感した。これから滝沢は再び周りの同級生等に劣等感を抱くような場面と出会うかもしれない。そんなとき、ちらっとでもいいから今日の自分の言葉を思い出してくれたらいい。

止まらないオタクトークに相槌を打っていると、玲二のスマホ宛にミーナからメッセージが送られてきているのに気づいた。隙を狙って内容を確認する。

『今日の夕飯はお好みだよ！』

……二連続かよ勘弁してくれ。玲二のテンションは急に下がった。

恋なんかしたって今更何も変わらない。むしろ傷つけられて捨てられて、嫌なことばかりだと思っていた。

だけど、奈央矢は恋をしてから明らかに前向きになった。滝沢は、それまでの自己イメージを大きく変えるほど努力し、それを続けている。そういう幸せな出会いもあるらしい。二人を変えたのは、同じ一人の女の子。実は自分も、少し前から彼女に影響されつつある。

「お忙しいところありがとうございます」と、ファミレスの禁煙席で玲二は頭を下げた。

向かいの席には、三十絡みのスーツ姿の男がいた。

「うーん、今からだと時間が少ないし、昔より法学出身に有利になってるとはいえ、ライバルは旧帝とかだからやっぱり独学だと相当難しいよね。だけど可能性はゼロじゃないからねぇ。柏原くんは、試験対策はどれくらいしてるの？」

「一応一般教養のテスト対策なんかは一年の頃から。専門は、まだあんまり手を付けてないです」

「そうかぁ……。それなら国とか地方の職員とも併願できるし、一応のツブシは利くね」

メモをとりながら話を聞く。ゼミの指導教官の伝手《つて》で紹介してもらったその人は、玲二が受ける予定の就職試験に以前合格した人物だ。話を聞きたいという玲二のために、多忙極まる中わざわざ時間を作ってくれた。

話を聞けば聞くほど、ここ半年ほど対策をサボっていたことが惜しくなる。だけど今からだってやれることはあるはず。玲二の目の前にいる彼も、困難な道であることを仄めかしつつも、「無理だ」とは決して言わず、プリントアウトした紙を玲二に向かって差し出した。面接で聞かれやすいポイントや、オススメの試験対策本などが事細かに書かれていた。

「自分がやったのは、こんな感じかな。あと二十九歳までなら何度もチャレンジできるから。自分の周りも、何度も落ちてる人とか他の職種経験してる人ばっかりだったよ」

「はい。ありがとうございます」

「君みたいな人がいても面白いと思うから、是非頑張ってほしいな」

玲二が深々とお辞儀をすると、「あ、そうだ。お土産。ちょっと古いけど参考になれば」と言って試験勉強に使った本を譲ってくれた。玲二はそれにも厚く感謝の意を示した上で、あまり引き止めてもよくないと、一応連絡先を交換すると「失礼しました」と言い残して早めに退席した。

（……よし、もうちょい気合い入れるか！）

ファストフード店に入り、早速貰った本をめくってみた。授業開始までやれるだけ解いてみよう。そんで、分からないところは教官に尋ねよう。

ゆかりにフラれたショックで対策を止めてしまったが、またちょっとやる気を出してみようと思った。玲二が来年受けることを決意したのは、裁判所職員総合職――家庭裁判所調査官補の採用試験だ。

浪人中『裁かれざるもの』を読んだとき、「人はみんなそれぞれ違う。だからこそ先入観なんか捨てて向き合え」と語る調査官の木藤さんの活躍に触れて、「自分がなりたいのはこれだ」と強い感銘を受けた。かつて近所の幼馴染だった子を非行から救えなかったという後悔もある。もちろん、現実は物語のように上手くいかないことがほとんどだろう。だけど、挫折だらけで、不運ばかりの自分だからこそ分かってあげられる理不尽もあるんじゃないかと思った。主役になれなくていい。脇役の立場から誰かの心を救うきっかけを与えるのが玲二の理想だった。

それでも、今まではどうせ自分には無理だとどこかで思っていたから、誰にも打ち明けたことがなかった。そんな態度を改めて、「落ちてもいいから頑張ってみよう」と、そのために情報収集をきちんとしてみようと重い腰を上げたのは、この前年下の女の子に励まされたからだ。

『失うものなんて何もないんじゃないですか?』

実際には、落ちてしまったら勉強していた時間が無駄になるから、失うものが何もないとは言えない。それでも、どうせ無駄なことばかりしている人生なのだから、夢のためにがむしゃらになってみるのもいいと思った。

(結構いいこと言うよなぁ)

授業開始の時間が迫り、腰を上げた。あの子に会うと大抵ロクなことがないし、嫌味で感じ悪い印象が強かったから、自分にあんな温かい言葉をかけてくれるとは全然予想もしてなかった。しかも変顔のクオリティもなかなかだったし、思っていたよりもずっと面白い子なのかもしれない。

考えながら学部棟の階段を登っていると、教室の前で同級生の剛がこちらに背を向けて誰かと喋っていた。相手はヒラヒラとした素材の服を着ているから女子だ。だが肝心の顔が隠されていて見えない。

「……で、うちんとこの誰かに用？　言付《ことづ》けあるなら聞いておくよ。あっ、万が一のことがあるかもしれないから、よければ連絡先も……」

誰と喋ってるんだろう。思いながら「よぉ」と声をかけると、剛は振り返り「ゲッ」と顔をしかめる。次いで剛の陰にいた女の子から「あっ」という控えめな声が上がった。

「こんばんは……。すみません、押しかけちゃって」

久美子だった。現在進行系で思い描いていた相手が目の前に現れてビクッと体を震わせた。久美子は少し伸びてきた髪を後ろにまとめていて、顕《あらわ》になった長く白い首ばかりを見てしまいそうで慌てて目を逸らした。

「なんだ、お前に用かよ。知り合い？」

剛に尋ねられ、シカトする。

どうしたんだ、と尋ねるよりも早く、久美子は手に持っていた紙袋を玲二に差し出した。

「この前、送ってもらったお礼です。遅くなりましたが、どうぞ」

「えっ」

驚きつつ受け取って袋の中を覗いて見る。この前奈央矢と買い物のあと一緒に入った「乙女な店」の名物マカロンが入っていた。

「あー、これ玲二のすげー好きなやつじゃん。よかったな、お前」

剛にバラされきまり悪く目を逸した。

「……よく分かったのぅ」

「それは……、話聞いてればなんとなく。こういうのがお好きなんだろうなって」

「あっ、そう。すまんな、気ぃつかわせて」

気恥ずかしさもありぶっきらぼうに応対するが、内心は真逆だった。

「あと、今週土曜なんですけど、先輩も見に行きますか？」

「土曜？　何があったっけ」

「お前、土曜は俺らと奈央矢の晴れ舞台見に行く言ってただろうが。忘れたんか？」

「あ……、そうじゃった」

土曜日は西条の本部キャンパスで学祭があり、奈央矢が『あきクロ』としてメインステージで踊る日だ。

「もしよかったら俺らと一緒に行きますか？　我ら済研メンバーなら誰でもウェルカムですよー」

「いえ、お邪魔したら悪いです。私は他の友達と行きますので」

剛の申し出を丁寧に断ると、久美子はそそくさと帰って行った。

後ろ姿を見送る。なんだか感じがいつもとちょっと違ったような気がした。髪が伸びてきただけではなくて、顔つきが少し大人っぽくなったような……。

（ああ、そうか）

少し色の付いた化粧をしていたんだ、と気づく。これから帰るだけだろうに、オシャレな女の子は意識が違う。「似合ってるよ」なんて冗談でも口にしてたらセクハラだったろうな。

剛が背後霊のように玲二の後ろにひっつきながら呟いた。

「またクッソかわいい子ひっかけおってからに……。冗談抜きで今度一発、金を払うから素手で殴らせてくれん？」

その申し出は、謹《つつし》んで御免蒙《こうむ》る。

『この前はありがとうございました。緑茶中のカテキンには抗菌作用があるので、是非一緒に飲んでみてください。意外に合いますよ。』

紙袋の中にはマカロンの他、メモと一緒にティーバッグ入りの緑茶が入っていた。メモに書かれた字は整った楷書《かいしょ》だった。綺麗な字だな、とひとり感心する。

「ただいまー。玲ちゃん、何やっとんの？　まだ寝とらんかったの？」

深夜にミーナが帰宅した。試験対策用の本を読んでいた玲二は一旦しおりを挟んで立ち上がった。

「ああ、待っとったんよ。知り合いからお菓子貰ったから、一緒に食おうと思って」

　意外にマカロンは賞味期限が短い。自分だけで食べきれない量ではないが、ミーナも遅くまで働いて小腹が空いていることだろう。中に入っていた緑茶と一緒に、兄妹で深夜のお茶タイムを開いた。

　箱を開けるとカラフルなマカロンが六つ並んでいた。「好きなの食ってええよ」と言うと、ミーナは機嫌よく金髪のツインテールを揺らして、ピスタチオのマカロンを選んだ。

　淹《い》れたばかりのお茶がうまい。ふぅ、とため息をつくと緊張感まで外に抜けていくようだった。

「なぁなぁ、土曜日ってなんか用事ある？　寒くなるし冬用の寝袋が欲しいんじゃけぇ。一緒にアウトレット行ってくれにゃーか？」

　それぐらいは協力してあげたい……が、玲二は申し出に首を振った。

「あー、今週末は本部の方に学祭見に行くんだわ。知り合いが踊るからみんなで見に行こゆうて」

　何ヶ月も頑張ってきた奈央矢のダンス。剛に言われるまでちょっと失念していたものの、ついさっき「踊りもメイクも完璧に仕上がっている」と本人からメッセージが届いていた。彼をかわいがってきた先輩として、ちゃんと見届けてあげたい。

「へーそっか。安芸大の学祭って結構規模とかデカいんじゃろ？　したらうちも行こうかなー。屋台で何か食べたいし」

「んー、こっからだと遠いし結構金かかるぞ。そこまでして行くもんでもなかろー」

ここから駅までは自転車で行くとしても、そこから電車で四十分、さらにバスで二十分。交通費もバカにならない。それを知っている者としてはおすすめできない。

ミーナは「あっ」と声を上げて、お茶をすする玲二の上腕を軽く叩いた。

「そしたら、玲ちゃん車で一緒に行こうよ。帰りは勝手に帰ってくるけぇ。道中退屈なら歌でも歌っちゃるわ。うち結構上手いって有名なんよー」

妹はこういうときだけ機転が利く。確かに二人分の交通費と乗り換えに伴うタイムロスを考えると、車で行った方がずっと有利だ。時間貸しの駐車場ぐらい大学の近くにあるだろう。

「寝坊しなきゃ連れてくわ」と告げると、ミーナは「玲ちゃん起きたら起こしてくれりゃええがな」と唇を尖らせた。

「オネーサン、ミーゴレン食べてかない？」

「えー、どうしよっかな。目玉焼き載っけてくれるならええよ～」

車で学校まで一緒に来たミーナは、さっそくアジア人留学生による屋台の前で立ち止まった。その隙に、と人混みに紛れる。ずらりと並ぶ屋台と、その前を行き交う人・人・

人。上手くぶつからないようにしながら、玲二は「あきクロ」の控室があるメインステージ近くの学部棟へ向かった。

教えられた教室にたどり着く。「関係者以外立入禁止」と張り紙してあったが、一応関係者になるのかな、とノックをしてから扉を開いた。

アイドルの衣装に着替えている途中の男子たちと、メイク担当の女の子が三人、そして監督っぽい体格の良い男子が一人、本番前の熱気の中にいた。

「あんた誰？」

監督に聞かれる。「米倉奈央矢の知り合いだけど……」と告げると、「アイツは今トイレだな」と返された。

「ここね。1、2、3……でターン」

「おっけ。指の位置はこう、ね」

女装をした男子達が、真剣な表情で打ち合わせをしている。もっと軽いノリかと思いきや、衣装もメイクも本格的で、気合いの充実が窺えた。

「せんぱい？」

奈央矢が帰ってきた。首から下はベンチコートを着ているので衣装は分からないが、長髪のカツラを被って、つけまつげにカラコン、アイライン、チーク、グロスと顔にはばっちりメイクを施している。身内の贔屓《ひいき》抜きにしても素晴らしい完成度だ。華奢な体格も相俟《あいま》って、知らない人ならば男子だと思わないほどだろう。

「ナオ、お腹空いてない？　なんか買ってきてやろうか？」

「いい……。これから出番だし、緊張してて食べられないから……」

奈央矢にしては珍しくナーバスになっているようだ。言ってしまえばただの学園祭の出し物のひとつなのだが、意外に人に見られることに慣れていない質《たち》なのかもしれない。

「ミコも見に来てるって。嬉しいけど、やっぱ怖いよ……」

緊張の原因はそれか、と納得する。

「大丈夫だナオ」

カツラがずれない程度に頭を撫でた。

「うん……」

「失敗なんかしない。絶対だ」

実際に踊っているところは、極秘だったので一度も見ていないけど。毎週練習に通ったり、メイクの自主練をしたり、節制をして頑張っていたことを知っている。

監督が「それじゃ、最後の打ち合わせするぞー」と号令をかけた。これ以上は、長居しない方がいいだろう。

じゃあまた本番で、と言って別れた。緊張感がこちらまで伝わってくるようだった。

しばらく展示などを見て回ってからメインステージへ移動する。「あきクロ」の次にはプロのお笑い芸人のステージが控えていることもあって、学生の発表とは思えないほど観客は多い。最前列の端っこに移動すると、あらかじめ場所取りをしていた済研のメンツと合流した。

「よーけヒトがおるのぉ」

野球場ほどの大きさの、扇状《おうぎ》になった広場。内野部分に高さのあるメインステージが設置されていて、外野部分が平面席、そして普段は階段となっているすり鉢状のスタンド席は、すでに六割ほどが埋まっている。天気にも恵まれた。このあたりは秋口でも真冬かと錯覚するほど気温が下がる日も多いが、まだ日中で太陽が出ていることもあり、外でじっとしていても寒さを感じない。皆屋台などで買ってきたスナック類を口にしたりしながら、次の出し物を今や遅しと待っている。

「メインっていつもこんなもんなんか？」

「いや、どうやらTwitterとかで拡散されたらしいな。あと他のメンバーも顔が広いのが多いらしいん」

「へぇ」

ちらりと辺りを見回す。前から二番目ぐらいの列の、真ん中に久美子がいるのを発見した。友達らしき女の子と喋りながら、開演を待っている。

（やっぱりちゃんと来てるな）

奈央矢は久美子に見てもらいたくて頑張っていた。きっと、君が見に来てくれたら最高のパフォーマンスをするはずだ。

開演時間になった。銅鑼《どら》を強打したような厳《おごそ》かな音が響き、ざわつきが一時沈まる。大音量で音楽が始まると同時に、ステージ中央に設置されていた巨大な衝立《ついたて》が破られる。「あきいろクローラー」のお目見えだ。

オレンジ、きみどり、あおみどり、あかむらさきの順で女装した男子たちが手を振りながらステージ上に飛び出す。異常に背が高かったりムキムキのマッチョだったり、正直全く女の子に見えないメンバーもいるが……

「出た、ナオコ！」

「え、まさかのセンター？」

赤い衣装を着た奈央矢が最後に走り出てきた。顔も姿も、やはり圧倒的にかわいい。今なら世界で一番だと言ってもいいかもしれない。

周りの観客も、「レッドの子、本物の女の子？」「何あれ、ぶちかわいくない？」などと言い合っている。皆の注目を一心に浴びる奈央矢は、緊張など微塵も感じさせない完璧なスマイルでステージに立っていた。

五人揃ったところで、奈央矢が裏声でマイクに向かって叫んだ。

「わたしたち、今しか会えないアイドル、あきいろクローラーです‼」

素直じゃないけど君が好き　第9話「告白」

	場面		セリフ
1	学園祭のメインステージに立ち、踊る男子たち。笑顔でジャンプしたり、息の合ったダンスを披露。大声援を浴びる		ミコ「うわ……、すごい……！」
2	声援が声援を呼んで、一曲終わるごとに観客が増えていく。メインステージの周りは満員となった		
3	そして最後の曲を演じきる。観客から割れんばかりの拍手喝采を浴びる		友1「すごかったねー……」 ミコ「うん……（ぽーっと見惚れている）」
4	舞台袖から司会が出てきて、メンバーにインタビューする		司会「いやー、圧巻のステージでしたねー。オレンジさん、おつかれさま。どうでしたか？」 メンバー「いやー、まさか自分がこんなにキャーキャー言われると思ってなかっ

			たので緊張しました」
5	司会、苦笑しつつ次はレッド（ナオ）にマイクを向ける		司会「ははは。それじゃ、最後にレッドちゃんはどう？」 ナオ「えっと……、この場を借りて伝えたいことがあります」
6	マイクを受け取ったナオが客席前方で見守っていた女の子の前にやってくる		ナオ「ミコ、見に来てくれてありがとう」
7	観客がざわめき出す。壇上と最前列とで二人、見つめ合う		ナオ「俺、君のことが、再会してから……、昔からずっと好きだった。俺と付き合って下さい！」
8	ミコ、突然の告白に、顔を赤くして混乱に陥る		ミコ（M）「えええっ、困るんだけどそんなのいきなり言われても。ってかみんなの視線が……怖い！」
9	ドキドキしすぎて意味が分からない。思わず勢いよく謝った		ミコ「……ごめんっ!!　ちょっと待って！」
			（つづく）

（ナオ、大丈夫かな）

あらゆる意味で夢を見ていたかのような学祭が終わり、月曜日になっても奈央矢は学校に来なかった。「大丈夫か」とLINEをしてみても既読にすらならず、反応がない。

火曜日、水曜日も同様で、木曜はようやく授業前にちらっとその姿を確認できたが、いつの間にか帰ってしまったらしく捕まえることはできなかった。金曜は再び来ているかどうか不明となった。

「おい、玲二。奈央矢は生きとんのか？」

「ああ……。ちょっと俺にも分からんわ」

「そっかぁ……。元気出たらメシ食いに行こう言っといて。俺らは奈央矢の味方じゃけ。ナオコ、マジかわいかったもんなぁ。もっかい見せてほしいわ」

サークル仲間の与太話に、玲二はヘラヘラと笑って話を合わせた。学祭の「あきクロ」は大成功だった。何ヶ月も前から準備して仕上げた息の合った踊りもさることながら、奈央矢の完璧なアイドルっぷりにはため息しか出てこなかった。あの日、ステージ上で一番輝いていたのは奈央矢だったと誰しもが認めるだろう。だが、その後の展開はまさしく急転直下だった。

（「ごめん」か……）

そりゃショックだよな、と同情する。おそらく前々から皆の前で告白をすることは決めていたのだろう。確かに印象的にはなるし、公開告白は断りづらい感じにもなるから普通の女の子であれば上手くいっていたかもしれない。だが久美子は違った。

久美子の返事は「ＮＯ」ではないが、あれだけ大勢の前で色のない返事をされたら精神的ダメージは計り知れない。恥ずかしいし落ち込むのは当たり前だ。

ただ、気にかかっているのはそればかりじゃなくて――


日曜日、ワックスがけのバイトが午前中で終わった。家に帰って汗を洗い流してから着替える。普段の日曜ならここから一眠りするところだけど、今日は少し出かけてみることにした。

市電に乗り十分ちょっとで降りる。天気もいいし散歩がてら歩いたってよかったな、と玲二は思った。

秋晴れの中スカイウォークを渡りきる。右手に大きな商業施設が見えた。

大通りとは別のサイドにある、広場の前。陣取っているテナントは、外装がオシャレなガラス張りの、西海岸発祥のコーヒーチェーン店だ。

玲二は広場の方から店に近づいた。ガラスの壁に向かって並べられた長いテーブル席に、一個おきに客が座っている。その中に、問題集とノートを拡げて勉強している女の子がいる。下を向いた色白の顔、大きなトートバッグ、何よりも細い手首と脚で知っている子だと確証する。

（ほら、やっぱりいた）

コンコン、と外からガラスを軽く叩くと、女の子が徐《おもむろ》に顔上げた。ちょっと疲れの滲んだ顔。何故か一瞬泣きそうに目を細くした。

『あ・い・て・る？』隣の席を指差して口パクする。ようやく久美子は少し口角を上げて軽く頷いた。

外の入り口から店内に入ると、久美子は財布だけを持って席を立った。「何飲まれますか？」とすれ違いざまに尋ねられる。メニューがよく分からないので「コーヒー」と適当に答える。しばらく席で待っていると、ホイップクリームが山盛り載ったマグカップを持って久美子が戻ってきた。「熱いですよ」とだけ呟いて、それを玲二の前に置いた。

代金を払ってマグカップに口をつける。案の定熱くて「あちっ！」と声を上げると、久美子は一瞬下を向いてプッと噴き出した。だから言ったじゃない、そう聞こえるようだった。

「……私のこと、探してたんですか？」

「まぁな。前に言うてたよな。『比治山のイオンによく行く』って」

「家だとあんまり集中できない」とも語っていた。だから、きっと家から近いここのカフェによく来るんだろうと予想して来た。大当たりだった。

きっと鋭い彼女には、自分がここに来た理由などお見通しだろう。ならば、回りくどく言い訳する必要もない。玲二は早速切り込んだ。

「あの、先週のことなんだけど」

久美子は無言で頷いた。

「周りに結構イジられた？」

「……ええまぁ、そこそこ。やっぱり、あれだけ人がいると見てた知り合いも多かったみたいで」

「そっか。大変だったな。ごめんな、ナオが迷惑かけて」

「いえ……。もう大丈夫です」

フッとお互い情けない顔で笑った。

「……で、なんですぐＯＫしてやらないんだ？」

久美子は再び顔から笑みを消すと、俯いてしまった。

「分からないんです」

「何が？」

「よく分からないんです、自分の気持ちが。ナオくんは親切だし、再会してびっくりしたし、ちょこちょこいろんなところで会うし、運命的なものを感じないでもないんですけど」

「ああ」

待ち伏せなんかわざとやってるからな、と内心で思う。

「みんなの前で告白されて、嬉しいというより戸惑いの方が先に立ってしまって。なんで戸惑ったのか、もうちょっと考えたくて」

「そういうのって、考えて答えが出るものなのか？」

「どうなんでしょう。でも私は、ナオくんとか……他の人なんかが思い描いているほど、いい人間じゃないですよ」

「そんなことないじゃろ」

「なくないです。だって……」

反論しようと顔を上げた久美子と目が合う。場を和ませるために笑って見せると、久美子は再び外を見つめて黙り込んでしまった。

「いい人間じゃなくったって、ナオとか他の奴が『いい』って言ってんならそれでいいんじゃないか？　そんなに悩みなさんなや」

人間だれしも欠点ぐらいある。それが許容範囲内かどうかは、相性次第だ。ある人にとっては耐えられないマイナスポイントでも、他の人にとっては気にならないということは往々《おうおう》にしてある。もっとも自分には、何かしらの致命的な欠点が生まれつき備わっていそうだが。

久美子はこちらを振り向き、玲二の目をじっと見つめた。何か笑わせるようなことでも言った方がいいんだろうか。

口を動かしかけたときだ。

「それじゃ先輩、ちょっと気晴らしにどこか連れてってくれませんか？」

「え」

「なんかもう、少し考え疲れました。綺麗な景色見たり、美味しいもの食べたらまたちょっと変わりそうじゃないですか」

「それは……」

突拍子もない久美子の発言に、何と答えていいか選びあぐねた。

確かに他のことをしていれば一時は悩みが軽くなることもあるが、それは楽しい時間を過ごしている場合のみだ。一緒にいるのが自分で、彼女を喜ばせられるという確証はない。

しかも、お互い特定の彼氏彼女はいないとはいえ、久美子は「後輩が告白して返事を保留している相手」というかなり微妙な立場にいる人間だ。そういう子と二人で出かけていいのかどうかよく分からない。でもわざわざ話を聞きに来た手前、無下には断れない気がした。

久美子はマグカップを持ったまま固まる玲二の顔を覗き込み、にやりと口を吊り上げた。

「先輩、私の頼み断っていいんですか？　あー、せっかくあのこと黙ってたのになー。やっぱり言っちゃおうかなー」

脅されて、心が動く。もう何ヶ月も前のことだし今更、だとは相手も分かっているだろう。バラされたくない、それよりも……

「……宮島《みやじま》でいい？」

　適当に提案すると、久美子の目がぱぁっと輝いた。

「いいですねー。私、実はまだ行ったことないんです。近くまでは行ったんですけど」

「え、ホントに？　珍しいね。こっち来たら一番最初に行くとこじゃない？」

「六年あればいつか行くだろうって思ってたんで、そんなに急ぐこともないかなーって。周りの友達も、『行ったことあるからいい』とかって言っててなかなか機会がなくて」

「なるほどね……。じゃ、そうするか」

　車持ってくるから、と告げると、玲二はまだ熱いマグカップの中身を急いで飲み干した。


　一旦家に戻った久美子を、マンションの下で拾って助手席に乗せる。

「ガソリン入ってます？　あと家にあったお菓子持ってきました。お腹空いたら言ってください。ナビも付いてないようなので、地図も一応持ってきました」

「ああ……、ちょっとガソリンみてとったわ。途中で寄ってええ？」

　なんて準備のいい子なんだろう。しかもガソリン、だいぶ残り僅少。宮島まで三十分ぐらいしかかからないけれど、この前学んだとおり油断は禁物だ。玲二は早めにガソリンスタンドに入り給油した。

フロントグラスには雲一つない秋の晴天が広がっている。久美子は助手席に置いておいたパンダのクッション（もちろん和歌山で買ったものだ）を膝に載せて弄《もてあそ》びながら言った。

「いい天気ですね」

「あー、俺、たいがい外出すると天気悪いんだけど、珍しいな」

自虐気味にそう言うと、意外にも結構ウケたようで「雨男なんですね。すごい」と笑われた。

「雨男でいいことあるか？」「雨不足とか干ばつのとき便利なんじゃないですか？」

便利って。俺は雨乞いマシンか、とりあえず試しにアフリカとかに行ってみれば、と冗談か本気で分からないトークが続く。喋っているうちに、国道二号線の左手に海が見えてきた。もうすぐ宮島口だ。

「適当な駐車場入っちゃってええ？」

「いいですよー。ちょっとぐらい遠くても平気です」

久美子は「それじゃ、これ飲んじゃお」と持参してきた広口タンブラーに口を付けた。

「P　時間貸し」の文字が前方に見えた。あそこに入ろう。

だがもうすぐだと油断した瞬間、左折車が急に割り込んできた。

「……っぶねぇ！」

「あっ……！」

慌ててブレーキを踏んだ。間一髪ぶつからずには済んだが、慣性の法則に逆らったことで、久美子のタンブラーの中身は盛大に胸元へこぼれてしまった。ハンドタオルで拭き取ろうとしているが、グレーのニットカーディガンはどんどん黒く変色していく。

「すまん……」

「いえ、先輩のせいじゃないので……。ほっとけばそのうち乾きますし、中身お茶ですから」

とりあえず目に入った近くの駐車場に駐める。後部座席に手を伸ばして、探し当てた服を助手席の方にドサッと投げた。秋冬物のモッズコートだ。

「したらそれ着てなさいよ。乾くまで時間かかりそうだし、濡れたままはちーっと目立つしな」

「でも、先輩は大丈夫なんですか？」

「大丈夫大丈夫。俺、県内でも特に寒いとこ生まれじゃけぇ、これぐらいの気温なら全然気にならんのよ。それも、クリーニングに出しといたのずーっと忘れとって、この前危うく処分されそうになって慌てて取りに行ったから置いてあっただけなんよ」

あ、変な匂いしてたら言ってな、と口添えると、久美子はようやく折れて「それじゃ、お借りします」と玲二のモッズコートを着込んだ。ちょっとゴツいデザインだけど、着てみるとそんなに違和感はない。

そこからフェリー乗り場まで少し歩いたが、港に近づくにつれてどこも駐車場は満車だったのでちょうどよかったのかもしれない。

「あっ、見えてきました、大鳥居！　ホントに海の中に立ってるんですね！」

「あんまり乗り出すと落ちるぞー」

早くもこんなに興奮するとは。テンション保つか心配になる。

（でも、楽しそうだからええか……）

柄にもなくほっこりする。一応少しは来た目的が達成されそうだ。

船を降りると土産物屋で賑わう参道を通り抜け、さっそく厳島《いつくしま》神社にお参りした。久美子は拝殿《はいでん》まできちんと真ん中を外して歩き、静かにお賽銭《さいせん》を入れて深々と二礼したあと、柏手《かしわで》を二回打ってから手を合わせた。そういえば手水舎《ちょうずしゃ》でも手と口を漱ぐ順番を間違えなかったし、この年頃の子にしては感心するぐらい正しい参拝マナーを知っている。

久美子は随分と長く祈っている。もう一度本殿に向かって一礼すると、「お待たせしました。行きましょう」と玲二の方を振り返った。

「君、神社の家の子かなんかなの？」

「いえ。普通のサラリーマン家庭です。でも、高校が仏教系だったこともあって、ちょっとお寺とか神社には興味があって。それでお参り作法には詳しいんです」

なるほどねぇ、と頷く。その後一緒におみくじを引いたところ……

「凶……」

　案の定の結果に玲二はがっくりと肩を落とした。

「期待裏切らないですねぇ」

　玲二の手元を覗き込んで、久美子はくすくすと笑った。

「君は……」

　ぺらりとおみくじが目の前に差し出される。

　なんと大吉。「四十番　白檮宮兆」と書いてあった。

「これ、どういう意味なんですかね？　あとで調べてみます」

　久美子はいそいそとおみくじを畳んで、黒い財布にしまい込んだ。

　玲二は「俺はもう見たくない」とばかりに結んで帰った。


　とりあえず小腹が空いたので、近くのお土産物屋でもみじ饅頭《まんじゅう》を買って、海沿いの段差に腰をかけて座った。海面がキラキラと秋の日差しを反射する。今はまだ満潮に近い時間のようだ。

「さっき、随分長く手ぇ合わせとったな。何をそんな願うことある？」

「ありますよ。こう見えて、結構貪欲《どんよく》なので」

「貪欲て。自分で言うことちがうじゃろ」

　そうですかね、と隣に座った久美子が首を傾げる。よく分からないが「内容にもよるけど」と呟くと、久美子は少し声を小さくして言った。

「まずは『今までありがとうございます』とお礼の祝詞《のりと》を唱えました。それと、『ある人の望みが叶いますように』って願ってたら長くなっちゃいましたね」

「ある人？」

「ええ。その人はずいぶんと難しい試験を受けようとしてるみたいなんですけど、ちょっとお疲れ気味なのか心折れたりしてるようなので。もう一度、諦めずに頑張れるよう見守っててください、とお祈りしてました」

やっぱり全然貪欲じゃない。私利私欲ではなく他人の幸せを願えるのはいいことだ。しかし「難しい試験」があって、お疲れ気味って。なんかどっかで聞いたことあるシチュエーション。

「何の試験？」

「……公務員の試験ですかね」

「へぇ。なんかそいつ、俺と似とるわ」

今の自分は心折れたりしてないし、久美子には公務員の一つである家裁調査官になりたい旨は言っていないはずだから、よく似たただの偶然だとは思うが。この子の周りなら公務員を目指す知り合いも他にいなくはないだろうし、珍しい話じゃないんだろう。

「似てますかねぇ」

目が合って微笑まれる。……今日はもう片手じゃ足りないぐらい動悸《どうき》がしている。

気まずさを隠すためもみじ饅頭を食べようとしたところ、後ろからモフモフの固まりが首をニュッと突き出してきた。

（ん？）

そして「あっ」と声を出す間もなく手元の饅頭を奪われる。哀れな玲二のもみじ饅頭は、野生の鹿に捧げられた。ありがとう、とばかりに髪の毛もついでに毟《むし》られる。

「何しよんならこのバカタレがぁっっ‼　食ったらはよいねや‼」

大声を張り上げると同時に鹿は逃げていった。久美子の方にはちょっかいを出さないあたり、あいつヒトを見てやがるな、と恨めしく鹿の尻を睨みつける。

「先輩……、神の使いに向かって……」

ツッコミの中に引き笑いが混じっていたので横を見ると。久美子は涙が出るほど笑っていた。よほど玲二の大人気ない行動がツボだったようだ。

「ちょっと君、こんなもんでウケすぎじゃろ？」

「すみません……。これ半分あげるんで、許してください」

持っていたもみじ饅頭を半分に割って玲二に差し出した。親密っぽい行動にまたもドキッとする。

奈央矢に申し訳ないという気持ちと、勝手に上がる心拍数のせいで、久々に食べたもみじ饅頭の味はよく分からなかった。

「せっかくここまで来たのだから」とロープウェイで弥山《みせん》に登ることにした。ちょうど紅葉の季節ということもあり、山の景勝を見ようと観光客がたくさん詰め寄せていた。ロープウェイ乗り場では、若干ガラの悪い他の客に直前で割り込まれ嫌な気持ちにもなったりしたが、その後の便で非常に親切そうな中年女性と隣になり、気持ちはすぐに和んだ。

新潟から来たというその女性は、ニコニコと久美子に話しかけた。

「お嬢さんたち、どこから来たの？」

「私たちは、市内から来ました」

「あら、そうなの。いいわねぇ、こんな綺麗な場所が近くて。私は三十年ぶりに来たんだけど、この季節がやっぱり最高ね」

女性がバッグの中から飴を取り出して久美子に渡した。久美子が早速飴を口に含むと、女性は飴をもう一つ久美子の掌に載せた。

「彼氏さんにもどうぞ」

「あ、ありがとうございます。どうぞ、先輩」

玲二に飴が差し出される。見知らぬ人には関係を誤解されても否定しないんだな、と思いつつ飴を受け取った。

弥山の中腹にある本堂を拝観し（「千年以上消えずの火ってすごい」と久美子はやたら興奮していた）、また山を下る。ロープウェイが混雑していたせいか、ただ行って帰るだけなのにえらく時間がかかってしまった。だがそのおかげか帰りに大鳥居越しに沈む夕日を見ることができたのはラッキーと言うべきか。そうして再び駐車場に戻る頃にはすっかり暗くなっていた。

当初の目的は「ちょっと気分を変えたい」とのことだったが、どうだろう。少しは気が紛れただろうか。助手席の方をちらりと窺うと、久美子もこちらを見ていたのか、またすぐ目が合った。

「……どっか食べてく？」

間が保たなくてそう尋ねると、久美子は途端に緊張感のない笑みを作って言った

「今私も、それ言おうとしたところでした」

そしてパンダのクッションを持って「ボクもおなかすいた！」と小芝居を打った。玲二は笑いながら「市内でいい？」と言ってエンジンをかけると、ゆっくりアクセルを踏み込んだ。

確かバイト先の事務所の近くに女子が好きそうな飯屋があった。一度行ったことがあるけれど、値段もそんなに高くないし結構うまかった。きっと満足してもらえるだろうと内心企《たくら》んだ。

「マジかよ……」

「本日臨時休業とさせていただきます」と書かれた張り紙の前で玲二はがっくり項垂れた。ここに来て運なし王の本領発揮。せっかく久美子の望みを叶えようと思ってやってきたのに、ツイてない。

ごめん、と謝ろうと久美子の方をチラ見した。久美子は特に怯んだ様子もなく、「あれ、お休みですか」と軽く言った。

「それじゃ、こっちのお店にしませんか。ここも美味しそうですよ」

隣の建物を久美子が指差す。一階にあるのはちょっと年齢層高めっぽい創作和食のお店だった。入り口横に掲げられた品書きを見て「うーん」と唸っていると、「今日は車出してもらったんで、ここは私が会計します」と後押しされた。そこまで言うなら……と、のれんをくぐる。

店内は薄暗く、あまり席数もなかったが、飲むには若干早い時間だったためか他の客はほとんどいない。久美子と二人、半個室に通された。

久美子はお品書きとは別の薄い紙に書かれた「本日のおすすめ」に目を通した。

「あーっ！」

久美子が急にテンション高めに叫んだので、ビクッとなる。

「どうしたの」

「瀬戸内の赤うにが入荷してるって！　すごい！」

そんなに貴重な食材なんだろうか。ちょうど同じタイミングでおしぼりを持ってきた和服の女性店員が、興奮しきりの久美子に向かいゆっくりとした口調で解説した。

「うちのオーナーが離島出身で、その伝手で入荷できるんです。普通のうにと違って、今が旬なんですよ」

「へぇ、そうなんですか」

それじゃ是非ひとつお願いします、と久美子が注文した。しばらくして一緒に頼んだ飲み物二つ（もちろんどちらもソフトドリンクだ）と前菜と、大葉の葉に載ったうにの小鉢が運ばれてきた。久美子は「いただきます」のあと早速黄色いうにを少しだけ口に含んだ。

「語彙《ごい》力がなくなるわ……」

わけの分からない感想だが、口元のほころびが隠せないところを見るに、非常に肯定的な意味ではあるらしい。

「先輩も食べませんか？」

「……俺、うに苦手」

せっかくの申し出を断るのは忍びないが、苦手なものは仕方ない。どうせ高価で貴重なものなら、嫌いな人間に食べられるより好きな人に食べてもらった方が食材も幸せだろう。

そう思い遠慮すると、久美子は玲二に向かって穏やかに微笑んでみせた。

「そうですか。でも新鮮なやつってホントに別物かってくらい美味しいですよ。今回試してみるのもアリなんじゃないかと。無理強《じ》いはしませんけど」

「うーん……」

「食わず嫌いって、ATMの時間外手数料ぐらい損ですよ」

妙な喩えに玲二は一瞬「あれ？」と不思議に感じた。

ATMって……、どこかで耳にしたことがあるような……。ああ、そうだ。ゆかりに貸してた本の中の木藤さんが、同じ台詞を言っていたんだ。「ヒトもメシも、嫌な奴とかマズそうとか、変な固定観念持ってちゃダメだ。食わず嫌いは、ATMの時間外手数料ぐらい損だからな」と。

偶然だとは思うが、憧れの木藤さんと同じ発想をされたら敵わない。とりあえず味見するだけ……と、くずれやすいうにの卵巣を箸の先に小豆《あずき》粒ほどだけ載せて口に運んだ。

「……うまい」

「でしょ？」

「俺が今まで食うとったのはなんだったんじゃ……」

ほんの少ししか試してないはずなのに、濃厚な風味、ほどよい塩気がずっと後を引いている。今まで食べたことのある「うに」と呼ばれていたものと同じだとは思えない。これには変な苦みや生臭さが全然ない。

感動のあまりもう一度小鉢に箸を伸ばす。今度は枝豆ぐらいの大きさで。あっという間に口の中で溶けていくのが惜しくて、同じことをまた繰り返す。久美子も同じぐらいのペースで摘まんでいるから、すぐに小鉢の中には水分を含んだ大葉が横たわるだけになった。

久美子が機嫌よく玲二に尋ねる。

「おかわりしますか？」

「するする。すげーな、食わず嫌いってホントに損じゃな」

言ってから「あ、しまった」と思った。ここは久美子の奢りだったのをすっかり忘れていた。

ごめん、ちゃんと家まで送るしやっぱり半分出すから許してくれ。自分の服を着たままの女の子に向かい、心の中で手を合わせた。

うにの他も、何を頼んでも美味いものしか出てこない。ドラフトでハズレ一位だった選手が本命を上回る活躍を見せたときみたいだ。行こうと思っていたところが休みでアンラッキーだと落胆したけれど、結果的にはこっちに来て大当たりだった。

そういえば、今日は同じように感じることが他にも何回かあった。鹿にもみじ饅頭強奪された（けど久美子は楽しそうだった）り、ロープウェイでDQNに割り込まれた（あと、次で一緒になった人がいい人だった）り、予定より遅くなった（おかげで夕焼けが見れた）り。いつも不運続きの俺にしては珍しいこともあるもんだ。玲二はニヤニヤと顔をほころばせた。

お互いの緊張がほぐれて腹も八分目ちょうどぐらいになったところで、玲二はゆるやかに切り出した。

「あのさ、さっき何か言いかけてなかった？」

「さっきって？」

「あの……、昼間にコーヒー屋で。言いたくないならいいんだけど」

今回彼女を連れ出したのは、「気分を変えたい」という希望あってのことなので今まで掘り返すことはしなかったが、ずっと気にはなっていた。奈央矢のことに触れなかったのも同じ理由だ。「考え疲れた」という相手のことから一旦でも引き離すことが必要だと思ったからだ。でもある程度リラックスしている今なら聞いてもいいだろう。

深呼吸が終わるぐらいの沈黙のあと、久美子はためらいがちに口を開いた。

「私……、そんなにいいヒトなんかじゃないです」

今ひとつ釈然としない返しに、首をかしげつつ尋ねる。

「んー……。たとえば？」

「嘘ついたり人をからかったりすることもありますし、見えないところじゃ結構いい加減だし、あと友達がすごい好きだった男の子のこと、横から取ろうとしたこともあります」

「取ろうとした？　マジで？」

予想よりも強い単語が出てきて、玲二は少なからず動揺した。だけど何か理由があるのかもしれない。早とちりしそうになる心にブレーキをかけつつ次の言葉を待つ。

「友達と……、彼がまだ付き合う前で、微妙な関係をしてたんですね。二人は同じ学校の同級生で、偶然二人が一緒にいるところに出くわしたんです。そしたら彼の方は、結構私の好きなタイプで。なのに友達は自分から告白もしないし、それどころか『好きだ』って認めることすらしないし。あんまり煮え切らないものだから、『だったら私がもらっちゃうよ』とばかりに、彼に誘いをかけたりしてました」

なるほどそういうことか、と納得した。久美子の他にもう一名を手玉に取るとは……、なかなか羨ましいというかいけ好かない男だ。

「彼、そんなにイケメンだったんか？」

「いや、顔とか全然普通です。多分ですけど普通に見たら、玲二先輩の方がずっと格好いいと思います」

突然おだて半分に引き合いに出されて息が詰まった。自分のような何もかも平均値レベルが「ずっと格好いい」という程度の男子に惚れていたということは、意外にもこの子は異性に見た目の良さは求めていないようだ。中性的美少年の奈央矢やパッと見イケメンの滝沢に言い寄られても簡単に落ちないわけだ。

「でも、そんだけ惚れてたってことだよな」

「……酷いですよね、私。友達がすっごい好きだって分かってたのに」

「まぁ、それぐらいなら別に……」

元カノたちに比べたら全然大したことない……ってそういうことじゃなくて。

「もっとドロドロしたどぎつい話かと思っとった。そりゃ『いいぞ、もっとやれ』とは言えんけど、そこまで酷いようには聞こえんかったな」

「そうですかね……」

「その話聞くかぎりじゃな。『たまたま好きになった順番が遅かった』っていうだけに思えるな、俺には。別にそんときは二人付き合ってたわけじゃないんだろ？」

久美子は手元を見て俯いてしまった。玲二は一度お茶をすすって心を落ち着けた。

「で、そいつら結局どうなったん？」

「今は無事にくっついてラブラブみたいですね。なんだかムカつくぐらい」

「ムカつくって。なんでよ」

「この前なんか、こっちがひとりさみしく試験勉強してるときに『芋煮《いもに》なう』とかってデートの写真送ってきたりしたんですよ。正直、スマホぶん投げそうになりました」

久美子にしては過激な発言に、玲二はハハッと豪快に笑った。芋煮ってあまり食べたことないけど、秋になるとたまにニュースで見かける『クレーン車で作るアレ』だろうか。

「そりゃイラッと来るな。でもまぁ、それならなおさら気にする必要はないじゃろ。君はそいつらがくっつくまでの焦《じ》らしプレイに付き合わされただけってことだ。したら忘れたってええじゃろ、んなもん」

玲二の言葉に、久美子は急に俯いてしまった。

ま、そういうこともあるよな。若いんだし、と玲二思う。

忘れろ――、口で言うほど簡単じゃないことは自分が一番よく分かっている。スイッチを切り替えるみたいに、インストールされたアプリを消すみたいに、指先ひとつで記憶を操作できたらどんなにいいかと思う。嫌な経験は忘れたいと思えば思うほど頭の深部まで染み込んで、無理に拭い去ろうとすればかえって染みを拡げるから質が悪い。

それでも、記憶が後悔と結びついて心に巣食っている場合、後悔の方を軽くすることはできる。人間は正しいだけではいられない。だが、犯した過《あやま》ちを許しうる生き物だ。久美子は聡明で堅実に育った子ではあるだろうが、まっさらな心はその分折れやすい。せめて「忘れたってかまわない」と言われることで、取るに足らない些細な行いだったと気づいてほしいのだ。

「……って、俺が言うても全然響かんかもしれんがねー」

余計なお世話だったかもしれないと、ヘラヘラ笑って誤魔化す。久美子はまだ少し考えている様子だ。そんな顔しないでくれ、と胸がチクリと痛んだ。

「それとも、まだその男の子のことが気になる？」

「いえ、そういうわけじゃ……」

小声で久美子が否定した。自分で訊いておきながら「よかった」と正直思ってしまった。そうして今度は久美子の方から尋ねられた。

「前に、玲二先輩が『女なんかいらん』って飲み会で叫んでたって、ナオくんから聞きました」

「え……、ああ。確かに言ったな。言うたわ」

実際その通りではあるものの、できれば女子のひとりである久美子には言わないでほしかったが。奈央矢を責めても仕方ない。素直に認めた。

久美子は控えめな上目遣いで玲二を見た。

「それで、まだ、女ぎらいなんですか？」

「あー……、うーん、どうじゃろ……」

その場のノリで言ったことだし、真意をいちいち確認されるような発言ではない。それに、そのときは本気で言っていたとしても、感じていることなんてすぐに変わる。今は否定をしても肯定をしてもどっちにしろ取り返しのつかないことになりそうな気がして、玲二は曖昧に言葉を濁すしかできなかった。もちろん本心がどちらかなのかは、既に自分では分かっているけれど。

一体どういう答えを予想して質問してきたんだろう。向かいに座る女の子の考えがさっぱり分からないまま、食後のゆずシャーベットをのろのろと味わった。


　比治山にあるマンションまで久美子を送り届ける。大通りを一本入った住宅街は交通量も少なくて、暗くなると角が見えづらくなる道だけど、何度も来たことがあるから迷ったりはしない。

　車を減速させ、速度計が「０ｋｍ」になったところでギアをＰに入れる。

「着いたよ」

　声を掛けると、久美子はゆっくりシートベルトを外した。

「今日は一日、ありがとうございました。お忙しいところお付き合いいただいて」

「ああ」

「あ、上着も。すみません、借りっぱなしでした」

　ゴソゴソと座ったままコートを脱ぐ。返されたモッズコートには温もりが残っていて、思春期の男子みたいにおかしなことを考えかけた。

　顔が見られなくなって、ハンドルにもたれた格好でエンジンの音だけ聞いていた。まだドアが開いた気配はしない。何か気の利いたことを言いたかったけれど、結局思い浮かばなくて先に久美子に沈黙を破られた。

「……ホントに楽しくて、今日が終わらなければいいのにって思っちゃいました」

（……そっか）

お世辞だとしても、そこまで言ってくれるのなら本望だ。最初「どこかに連れて行け」と頼まれたときはどうなることかと思ったけれど、あんなベタなコースで喜んでもらえるんだからさすがは日本有数の観光地だ。

「いや、俺も楽しかったよ」

目を合わせられないなりに、精一杯の明るいトーンで伝える。

「落ち着いててしっかりしてる妹持つと、こんな感じだったのかなって。うちのミーちゃん、かなり強めのおバカちゃんだからさ」

話題が豊富で機転が利いて、的外れなことを言わない。ミーナとは同い年なのにここまで違うとは。それに、女の子にありがちな、急に機嫌が悪くなったりする素振りもなく、長い時間一緒にいても全く苦にならなかった。それどころか「また」なんてつい言いそうになって困った。

そんな自分の気持ちを出来るだけ気持ち悪くならないように翻訳すると、今のような言葉になって出てきた。

「先輩」

少し硬い口調で呼ばれ、「なに？」と気安く返した。

「私は、妹にはなりたくないです」

「あ、すまん。俺みたいな兄じゃ嫌だよな」

「そういう意味じゃないです」

え、と反射的に助手席の方を向く。ジャイアント・パンダの黒いタレ目がいつのまにか至近距離にあった。

（は？）

避ける間もなく、パンダのクッションを顔に押し付けられる。「何するんだ／苦しい／意味分からん」のどれを最初に言ったらいいのか迷っているうちに、ぎゅむっとより強く押し付けられた。

「それじゃ、ホントにありがとうございました！　お気をつけて！」

久美子の大声が聞こえたと同時に、急に視界が開けた。埃っぽい空気を慌てて吸ったせいか、げほげほとむせる。そうしている間に、車が揺れてバタンとドアが閉まった。もう久美子の細い背中はエントランスの入り口にあって、呼び止めようとしたって遅かった。

「そらまぁ、気ぃつけなしゃーないけどさ……」

ギアをDに入れて、少しずつアクセルを踏み込む。

窒息しそうになったからか、頭にはぼんやりと薄い靄《もや》がかかっているかのようで、普段よりも運転は慎重にならざるを得なかった。

契約中の駐車場に車を駐めて、エンジンを切る。今家に帰ればミーナがいる。その前に少し頭を冷やそうと、玲二は座席のシートを最大限まで倒して横になった。

体の力がものすごい勢いで抜けていく。そこでようやく、玲二は自分がかなり疲労していることに気づいた。そういえば午前中はバイトで体を動かして、その後も休む間もなくそこそこの距離を運転したり、山の途中までハイキングしたり、たまにものすごく緊張したり。久々にハードな一日だった。だけど嫌な疲れじゃないし、別に眠くもなってこない。薄着をしていたはずなのに指先まで温かくて、体の表面だけでなく胸の中までひっかきたいぐらいにムズムズする。

「どんだけバカなんか、俺……」

テンションが下がらない理由は、もうとっくに分かっている。「まだ女ぎらいなのか」と聞かれて答えられなかった理由と同じだ。

あれだけ恋愛で嫌な思いをしてきたのに、散々裏切られて「もうしない」と心に誓ったのに、多分また恋をしている。でなければ、「彼氏」と他の人に呼ばれて嬉しかった気持ちに説明がつかない。

よく目が合うのは「相手が見てるからじゃない。自分が相手をずっと見てるのと、相手を特別に意識してるから印象に残るだけだ」って誰かが言ってた。その言葉を思い出すまでもなく、自分は今日ずっとあの子だけ見ていた。自分の服を着て船ではしゃいでいるところを、涙が出るほど笑ってるところを、昔の恋について未だに切なそうな顔をして語るところを。正直なことを認めると、一ヶ月前に呉まで奈央矢に会いに行くために車で送ったときもそうだった。チラチラと助手席の方を盗み見ては、白くて細い彼女の指先にどうにかして自分のを絡められないかとか、そんなことばかり妄想していた。

あのときはまだ取り返しがつくと思っていた。単なる生理的欲求なのか、それとも特別な感情なのか、はっきりと区別できていなかったから。だけど今日、辛そうな顔をして頼られて、しかも二人きりで出かけないかと持ちかけられて、断るなんてできなかった。脅しに屈した体《てい》を装《よそお》ってはみたものの、あんなのは奈央矢への罪悪感を誤魔化すための大義名分《たいぎめいぶん》だ。本当はすぐにでも「いいよ」と言いたかった。嬉しくて。どうにかしてあげたくて。短い時間でいいから彼女を独り占めしたくて。

結果、彼女は一時的であれ笑顔になり、感謝もされたものの、自分はもっともっと深い泥沼に嵌《は》まるはめになってしまった。今日の光景が何度もプレイバックする。交わした言葉を深読みしたくなる。「あのときああ言っていれば押せたかな」とかそんなことを考えたり、「そんな男忘れてこっち来いよ」なんて言いたくて仕方なかった。

(あ――――っ‼)

リクライニングした運転席でのたうち回る。邪《よこしま》な思いと信仰心に似た純粋な気持ちがないまぜになって、脳みそを後ろの方からガッツリとさらってぐちゃぐちゃと掻き混ぜた。

（落ち着け……。相手はナオが好きだって言うとる女の子じゃろ……）

特別にかわいがっている、言わば弟のような存在の後輩。その後輩が捨て身の覚悟で告白をした相手だ。「頑張れ」と応援もした。今更どの面《つら》を下げて「俺も好きなんだ」などと言えるはずがあろうか。

どのみちきっとまた辛い思いをするだけなのに、どうして感情って上手くコントロールできないんだろう。

とりあえず今日あったことは絶対誰にも言うまい。言わないから今だけは思い出に浸ることを許してほしい。そう願いながら、玲二は先ほどまでの温もりが残った上着を顔に押し付けた。

さんざん悶々としてから家に帰る。ミーナは玲二の部屋に布団を敷いて、電気もつけっぱなしにしたままぐーすかと寝息を立てていた。前々からミーナは玲二の留守中に、勝手に部屋を使ってる気配があった。だが現行犯に出くわすのは今回が初めてだ。

おい、起きろと言おうとして玲二は動きを止めた。ちゃぶ台代わりのローテーブルにバラバラと紙が放置されている。何気なく手に取ってそれを見ると、ミーナが描いたと思しき少女マンガの下書きだった。

(ふーん……、こんなの描いてるのねぇ……)

ヒロインとなるのはちょっと天然な女の子「美琴《みこと》(ミコ)」、相手役はやんちゃなところのある童顔少年の「直生《すなお》(ナオ)」、そして直生のライバルとなる美琴の隣のクラスのクール系イケメン。この三人がメインの三角関係を題材にしたラブストーリーだ。美琴と直生は離れ離れになったかつての幼馴染で、美琴の通う高校の夜間部に直生が入ったことで、二人が再会するところから話が始まっている。短編の連作集で一つ一つのお話は二、三ページしかなく、読み進めるのはさほど苦にはならなかった
途中、ナオの方に相談役となる名前のない男キャラ「先輩」が登場した。彼はナオの恋の相談を受ける一方で、告白を絶妙のタイミングで邪魔したり、ライバルに悪意なく協力したり。協力するフリをして結果的にメインである二人の足を常に引っ張っている。

最初は笑って読んでいた玲二だが、だんだんと「先輩」の行動が身につまされるようになってきた。

(これって……、俺みたいじゃね?)

一度気づいたらそうとしか思えなくなってきた。美琴のあだ名は「ミコ」だし、直生も「ナオくん」と美琴に呼ばれている。久美子と奈央矢にそっくりだ。だとしたら、自分は……

「あれ、玲ちゃん帰っとったんか。おかえりー」

背後から声を掛けられる。バッと振り返るとミーナは大あくびをしながらのんびりと上半身を起こしていた。

とりあえず勝手に部屋に入っていたことを咎めるのは後回しにして、玲二は即座に尋ねた。

「これ描いたのお前なんか」

「うん。そうだよー。WEBで描いとるんじゃけど、意外にこういうベタなんも人気なんよ。両片思いが好きって人、多いみたいじゃけ」

両肩重い？　肩こりかな、と明後日のことを考える。

「人気なんか、これ」

「まぁまぁってとこじゃなー。ほれ、生活時間帯の違う二人の恋ってやつ。いつだったか玲ちゃんが『後輩が小学校のときの知り合いと大学で再会した』ゆうとったじゃろ。そっからヒントもらったんよ。他にもネタにさせてもらったところあるけどな。ごめんな、勝手に使っちゃって」

「いや、それはええんじゃけど……」

今思えば、ミーナから「あの後輩くん、幼馴染ちゃんとどうなった？　なんか進展あった？」とたまに聞かれていたので、そこからヒントを得て描いた部分もあるだろう。だから現実の出来事とところどころでシンクロしているのは道理だが、呼び名までカブっているだけにただの創作とは思えなくなってきた。

「で、これの続きはどうなるん？」

気になって尋ねると、ミーナは寝起きでボサついた髪をさらにぐしゃぐしゃにしながら答えた。

「んー……、どうしようかなって考え中」

「こういうのって、結末決めてから描くもんじゃないんか？」

「いやー、それが、結構行き当たりばったりでねー」

そういうもんなのだろうか。納得しかけた玲二の耳に、ミーナの言葉が刺さる。

「でもとりあえず、この先輩の男どうにかせんとなぁ。メインでもないのにでしゃばってほーれぇウザいじゃろ」

「え」

「邪魔者のくせになぁ。……あ、ごめん。ちぃっと玲ちゃんに似とるかな？」

ミーナは全く悪びれた様子もなく口先だけで謝ると、「勝手に布団占領して悪かったなー」と言って部屋を出て行ってしまった。

玲二はマンガの最終ページを凝視したまま固まっていた。

（「先輩」は邪魔者……）

何気なく放った妹の一言がずっしり胸にのしかかる。単なる予感だったことも、他人間に指摘されると動かしようのない事実へと一気に変化していく気がした。

もちろん、漫画と現実は同じじゃないことは分かっている。でも試験対策で心理学の本は何冊か読んだけれど、恋する女性の心理なんて全く出てこないから分からない。そこへ行くとミーナは「ミコ」の心を自分よりもよっぽど理解してるのだろう。

この物語の中心はあくまで「ミコ」と同い年の男子二人で、「先輩」は引っ掻き回し要員でしかない。このマンガでもたまに先輩が美琴に対し、下心の見え隠れする余計なお節介を焼くシーンがある。美琴は性格のいい子なので笑顔で応じているものの、先輩のことは何とも思っていない様子だ。むしろ眼中にないからこそ、気安く接しているように描かれている。だとしたら――

「勝手に思うぐらい好きにさせぇ……」

脇役は脇役らしく、もう主役たちの邪魔なんかしたりしない。それでも、誰のことを好きになっても……例えば相手が「ヒロイン」だったとしても、それぐらいいいじゃないか。マンガの中の先輩の気持ちを代弁して、そう呟いた。

結局まんじりともしないうちに夜が明け、這々の体で昼間のバイトに行き、帰り道ついでに学校に寄る。授業が始まる時間まで自習室で過ごしていると、すぐにうとうとと船を漕《こ》ぎ出した。

薄い午睡を漂う。目が覚めるともうすぐ始業の時間だった。自習室を出て階下に降りると、眠気覚ましのためにコーヒーを買った。

無言で目の前に誰かが立ちはだかる。奈央矢だった。そこに笑顔はない。それどころか薄暗いオーラを纏っている。

「先輩、昨日は何してましたか」

率直にぶつけられた質問に心臓が跳ねた。

「えー……っと」

「……なんてね。知ってますよ、ミコと出かけてたでしょ」

「……すまん」

何故それを、と思ったが聞けば神経を逆撫でするだけな気がして謝った。奈央矢は「宮島で同級生がミコたちを見かけたって通報が入りました」と自ら暴露した。

ぬかった、と奥歯を噛み締めた。車で行ったと言ってもさほど遠い場所ではないから、自分らの顔を知っている人間が来ていても全く不思議ではない。特に今は紅葉の見どころのシーズンだ。あれだけ大勢の観光客がいれば尚更だろう。ツメの甘さに辟易する。

「念のため聞いておきますけど、先輩あの子のこと好きになっちゃってたりしませんよね」

一番されたくない質問。とっさに頭の中に選択肢が思い浮かぶ。
(A)まさか、と笑ってごまかす
(B)「ノーコメント」とニヒルに微笑む

（C）「好きになって悪いか？」と逆ギレする

それでも、どれも選べなくて、結局「してない」と不自然なくらいに強く否定した。

「じゃ、なんで昨日はデートみたいなことしてたんですか」

選択をミスった。正直モードに切り替える。

「あの子がどっか出かけたいって言うから」

「ミコのせいにするんですか⁉」

またもミスった。自分の愚かさにうんざりする。

「百歩ゆずってそのとおりだとしても、なんでそれを引き受けちゃうんですか？　俺があの子に告白したの、見てましたよね？　先輩は、俺のことバカにしてんですか？」

「してないって。それにまだフラれたと決定したと違うし」

「知ってますよそんなこと！　だけど俺はあんなところで拒否られて、すっげぇショックだったしモヤモヤしてるし、悩んでるんです。そんで先輩まであの子に近づくために俺のこと利用したのかもって、疑い始めたらキリがないんです。大好きだった先輩のことこんな風に思うなんて、ホントイヤだし辛いし、最低だって分かってるんです。もうこんな思いしたくないのに……！」

「そっか、そうだよな。ごめん……」

奈央矢が俯いて顔を隠した。泣いているのかもしれない。玲二はようやく、自分がどれだけ罪深いことをしたのか思い知った。申し訳なくて、奈央矢が可哀想で、胸が掴まれたように痛くなる。

「バレなきゃいい」なんて軽く考えていた。奈央矢のことより、自分の好奇心を優先させてしまった。久美子にどれだけ懇願されたとしても、後輩の気持ちを思うのであれば頑《がん》として撥《は》ね付けるべきだった。信頼していた人に裏切られるショックは、自分でも分かっていたはずなのに――

無言の時間が続く。奈央矢は一度大きく鼻を啜ると、ギリギリ涙を落とさずに保った瞳で玲二を見た。

「先輩、約束してください」

何をだろう。黙って続きを促す。

「ミコにもう近づかないって。話しかけるのもなしだし、あの子がいる時間帯に学校に来るのもなし。それぐらいの誠意見せてください」

そう来たか。うっかり偶然を装って会うのも禁じられたということだ。

束縛《そくばく》が厳しすぎる気がしないでもない。でも、奈央矢が受けたショックを想像するとそうも言っていられなかった。

(ああ、なるほどね。こういうことか)

分かったよ磯貝さん。玲二は軽く目を伏せた。

「たまたま好きになった順番が遅かっただけ」なんて言って諭したけど、自分が同じ立場に置かれると、とてもそんな風に開き直ることはできそうにない。好きになった相手と、その人に焦がれる誰か。どっちも大切だから苦しいんだ。自分のせいで大切な人が傷つくのは辛い。そしてその後悔は、自分が同じぐらい傷つくことでしか許されない気がしてしまうんだ――

「分かったよ」

奈央矢の表情からようやく少し緊張感が消えた。だけど昔のように軽口を叩けるような雰囲気にはならなくて、喉の奥だけがぎりぎりと締め付けられた。

どのみち邪魔者は、消えるしかないのだ。

第三章　「主人公」には過酷な試練が課せられる

好きにならなければよかった。自分のしたお節介は、奈央矢《なおや》のことを傷つけただけだった。いずれ忘れなきゃいけない恋心なら、最初から抱かない方が皆幸せだったのだ。

玲二《れいじ》は奈央矢の言うとおり学校にいる時間をなるべく少なくして、久美子らのいる新棟の方へ決して近づかないようにした。実際、これまでだって学校内では数えるほどしか出会っていない。そして残り少ない今年度が終われば、二年になり彼女らは他のキャンパスに通うようになる。それでもう、おしまいだ。

だけどやっぱり、彼女のことが気になる。思い出が正しい判断を曇らせる。あんまり自分を見て笑っていた茶色い瞳が素敵だったから、あのときの十分の一でもいいからドキドキしたくて、後悔してもいいから、視界の端っこにでもあの子の姿を引っ掛けられないかと遠くから探してしまう。

だが結局宮島に行ったあの日から全く久美子《くみこ》のことを見かけないまま、早くも両手に余る日を数えた。

（少しは元気出たかな……）

ガラス越しに声を掛けたときには「考えすぎて」だいぶ疲れていたようだったけど、気持ちは上向いてきただろうか。

食堂のすみっこに座ってぼんやりと考える。食堂名物のスープを飲もうとして眼鏡が曇った。今日は目がゴロゴロするからコンタクトレンズは外してきた。

この場にでもあの子が現れないだろうか。そんなことを考えながらため息をついていると、笑い声の大きな女子が二人、食堂に入ってきた。

「この前ジンギスカン食べたら美味しかったん。試してみなよ」

「ちょっと重くない？」

なんだ、騒がしいな、と思ってその二人の方を見る。ショートカットの黒髪（口元に大きなほくろあり）と瓜実顔の茶髪。片方の茶髪の女子と目が合うと、その子が「あれっ⁉」と声を出した。

「あーっ、ウォーリーだ！」

ウォーリーって？　俺のことか？　呆気に取られる玲二のもとに、茶髪の方がずかずかと歩み寄ってくる。少し遅れて黒髪もそれに付いてきた。

「うわきっしょ。まさか学校まで来とるとは怖すぎるわ。なぁ、りんりん。この顔だったよな？」

茶髪の手がぽん、と自分の頭の中に載せられる。親しみではなく、蔑《さげす》みの込められた重さで。

「そうだっけ。こんな印象の薄い顔の人覚えてないわ。あたしもっと綺麗な顔が好み」

「でもこのメガネとボーダーシャツ、間違いないじゃろ。今時こんな太いボーダー流行《はや》らんしな」

「そう言われてみれば確かにそうかも。うわー、マジキモーイ。てゆーかマナティさすがの記憶力だね」

「……なんなんじゃおどれら」

不快感を顕《あらわ》に言うと、茶髪の方がキッと玲二を振り返った。

「なんなんじゃはこっちのセリフじゃ！　あんた、久美子につきまとっとる変態クソストーカーじゃろ！」

急に大声を出され身を竦めた。そしてこの子達が滝沢の言っていた「りんりんとマナティ」だと今更になって気づく。あの温厚な滝沢でも手を焼いているという。なるほど、確かに言動に強烈な毒がある。

でも何でこの二人が自分のことを知っている？　久美子が「迷惑している」と二人に相談でもしたのだろうか。車を降りたときにはあんなに楽しそうにしていたのに、意味が分からない。

それに、この二人は完全なる思い違いをしている。自分はストーキング行為をするためにここにいるわけではない。

「俺もここの学生じゃけ。ただ飯食っとっただけじゃろ。別にあの子のこと見に来たわけじゃないけぇ」

「えっ、マジ？　あーあれか、学校の中で見かけて勝手に熱上げちゃった系？　それで家特定して合鍵まで作るとか、なおさら怖いんじゃけど」

サッと顔から血の気が引いていくのが分かった。

「そんなことしとらん！　知り合いが前に住んどっただけじゃ！」

「あーはいはい、っていう設定ね。そんなアホみたいな話、誰が信じるかってーの」

「それはホントだから。今は別に……普通に話とるし」

　茶髪の顔が更に歪んだ。

「は？『今は』ってまだ付け回しとるわけ？　ありえない。最悪なんじゃけど」

「ちょっとさー、身の程わきまえた方がいいよー。いるんだよね、ちょっと優しくされただけで勘違いしちゃう男。こっちは気持ち悪いだけなのにねー」

「ってかさぁ、先週もあの子の部屋の前、怪しい若い男がウロウロしとったって聞いたけぇ。それもアンタなじゃろ？」

　いや違う。それはきっと奈央矢だろう。前々からあの子のことをこっそり探っていたし、告白の返事でも聞きに来たのではないか。押しかけてどうこうしよう、という気は絶対ないはずだ。しかし端《はな》から自分を疑ってかかっているこの二人じゃ話にならない。

「誤解だって。あの子はどこおるん？　一回話を……」

「話なんかあるわけないじゃろー！　あんたみたいな変質者誰が好きになるんじゃ！

もう二度と久美子に近づくんじゃねーぞ‼」

トレイに載っていたコップを茶髪の女子が掴んだ。「あっ」と思う暇もなく中身が自分の頭の中にぶちまけられた。

ぽたぽた、と髪から雫が落ちていく間に茶髪は黒髪に促されて食堂を出て行った。その場にいた数少ない客は、全員が自分たちのやりとりを遠巻きに見ていたが誰も仲裁に入ろうとはしなかった。

おそらく放っておいても小一時間もすればこれぐらいの水は乾くだろう。だがこういう行為は実害の多寡《たか》ではなく、自尊心がいたく傷つけられるのだと、玲二は身をもって思い知った。


(あいつら……。あんなんでも一応暴行罪になるんじゃけぇの)

もちろん大事《おおごと》にする気なんてさらさらないが。つい先日、「りんりんとマナティ」に飲み水を頭にかけられたことは深く玲二の胸に刺さっていた。そして、久美子があの二人に自分のことをストーカーだと告げているらしい節《ふし》があること。「もう関わらない」と決めた身ではあるものの、ショックは未だに尾を引いていた。

「玲二、このあと地区長が話あるって」

「あっ、ハイ」

玲二は一旦モップを止めて返事をした。バイト中なのに、全然別のことを考えていた。今は土曜日で、社員が休日でいないオフィスの床清掃を行っていたところである。

清掃の後、玲二は呼び出された清掃会社の事務所へ向かった。

「ちょっと柏原くんには言いづらいんじゃが……」

まんまるに太った女上司より『事務所を畳むので、一ヶ月後に契約終了させてほしい』と告げられる。

「えっ……」

青天《せいてん》の霹靂《へきれき》に言葉を失う。経営状態が悪いとか、そんな予感は全然しなかった。仕事も忙しくて人手不足だったのに、なぜ事務所がなくなるのか、理由が分からない。

「ここのオーナーが他の大手に身売りしたらしいけえ。正社員はそっちに雇ってもらえるらしいけど、バイトはちょっと難しくての。ほんと、せめて早く教えんとって思て。悪いんじゃけど……」

申し訳なさそうに何度も白髪交じりの頭を下げる。上司を責める気にはならない。彼女は経営方針に従って玲二に伝えているだけだ。それに、労基でも非正規の場合は最低三十日以上前に雇用止めの通告をすることとなっている。その意味でも、会社も上司も何一つ間違いはない。

（でも――――）

卒業まで働けると勝手に皮算用していた。実家からの仕送りを貰っていない玲二にとって、アルバイトの収入は比喩でなく生命線になっている。だから次の勤め先は絶対に探さなくてはいけない。職種を選ばなければいくらでもあると言われているが、今のところのように割がよいとは限らないし、スキルや人間関係もまた一から立て直さなければいけない。つまり学生生活や試験対策にも、少なからず影響は波及するだろう。ただでさえ試験勉強は時間が足りていないのに……

焦燥感と絶望感で呆然としたままビルを出ると、辺りはすでに暗くなっていた。寒い。体もそうだけど心が特に。肩を竦めて寒さをやりすごそうとしていると、ポケットにあるスマホが震えた。まっさんからのグループメッセージだった。

『くずまき@漂流中：駅前なう。今から誰か飲める奴おらん？』

（……いるよ）

こんな日はまっすぐ家に帰りたくないし、ちまちま文章を打つのも面倒くさい。玲二はまっさんに電話をかけて、「自分は今からひまだ。八丁堀《はっちょうぼり》のあたりにいる」と告げた。

胡神社《えびす》の前を今や遅しとうろうろしていると、「よぉ」と声を掛けられた。MA－1ジャケットを着た、ショートカットでツーブロックの男前女子。まっさんだ。

「なんじゃ玲二、ひっどい顔しとるのー」

まっさんは玲二を「柏原《かしはら》先生」とふざけて呼ぶこともあるが、基本は「玲二」と呼び捨てだ。

今の自分はそれほどまでに落胆オーラを出してしまっているのだろうか。情けなく思った玲二は鼻を啜って無理矢理笑ってみせた。

「あの、まぁ、ちょっとへコんでてな」

「ほー、そっか。まぁ、とりあえず入ろか」

目についた飲み屋に入る。テーブル席に向かい合って座った。

(そういや、二人で飲みに行くのって初めてかもな)

玲二は基本的に忙しく、大勢での飲み会などはパスすることも多かった。奈央矢は向こうから合わせてくれるからよく共に行動していたけれど、一対一で誰かと出かけることは実はあまり多くない。

まっさんは熱燗《あつかん》をキュッと呷《あお》りながら言った。

「最近、奈央矢少年とはすれ違ってるみたいだな」

「ああ……」

「本当なんか？　奈央矢少年が告白した女の子奪っちゃったって」

そんなつもりはなかった。玲二は俯いてぎりっと眉根を寄せた。

「あいつにはあいつの言い分があると思うけど……。俺はただ、あの子の話も聞いてみとぉ思て話しかけただけなんよ」

「ああ」

「だってそうじゃろが。あんな大勢の前で告白されとってよ、注目されるしばり困りよったかもしれんなって。変なイジりされることもあったろーし。ナオは今どん底じゃけえ代わりに謝っといたろー思っただけなんよ。まさか、『気晴らしにどっか連れてけ』なんちゅうお願いされよるとか思っとらんかったよ。まぁ、断らんかった俺がいっちゃん悪いっちゃぁそうなんじゃがの」

うん、とまっさんが頷く。

「玲二のそういうとこ、変わっとらんねぇ」

「……そうか？」

「一年のときのこと、覚えとらんか？　飲み会で隣で飲んどった女が急に泣き出しよって。他の部員は『これやべーやつだ』ってほっといたのに、玲二だけ『どしたんですか』って気にかけてやっとったじゃろ。結局終わるまでずっとつきっきりで、途中介抱もしてやってさ。そんなお人好しで貧乏クジ引きぃなとこ、相変わらずじゃのぉ」

言われてみればそんなこともあった気がする。まっさんは「見た目はだいぶ変わったけど」と付け加えると、梅サワーを飲む玲二にしみじみ呟いた。

「……ゆかりも、そういうとこ惚れたんじゃろな」

「やめろし。そういやあいつ元気？　まだ連絡取ったりしとんの？」

ゆかりをサークルの会合に連れて行ったとき、数少ない女性部員のまっさんと意気投合して連絡先を交換し、ちょこちょこと遊びに行ったりもしていたようだ。特にゆかりの現状に探りを入れたいわけではないが、話題に出たので尋ねてみた。

するとと、まっさんはフルフルと首を振って気の強そうな眉毛を少し下げた。

「いや、全然。やっぱ済研メンバーとつながんのは、相当敷居が高いんちがう？　ワシも話したいことあったんじゃけどなぁ」

「そっか。そんならまぁええことよ。あーもう、俺は女なんかこりごりじゃー。ロクなこと起こりゃせんもんなー」

過去付き合った女の子たちだけでなく、「後輩の想い人」である久美子に関わったせいでつまらないトラブルに巻き込まれてしまった。自分の恋もそうだけど、他人の恋にも首を突っ込まない方がいい。

酔いに任せて愚痴る玲二に、まっさんは苦笑いをして言った。

「柏原先生、ワシも一応女子なんじゃがの」

ああ、そうかすまん、と軽く謝る。こんなことを言ったりはするものの、まっさんはサバサバしているし気分を害しているわけではないだろう。

それからバイトをクビになったことも聞いてもらった。気心が知れている仲とあって、尽きない話と一緒に酒はいくらでも喉の奥に入っていった。

「まっさんってほんと面白いわ。なんで今まで一緒に飲んだりせんかったんじゃろな」

飲んでいる途中でほろっと言葉が出てきた。共通の話題も多いし、気分が安定しているから話しやすい。オタクとして全国を飛び回っている話もかなり興味深いし、まっさんが先に卒業してしまう前にもっと話を聞いておけばよかったかもしれない。……もっとも、この前赤うにに目を輝かせていた女の子に感じていたようなときめきはないのだけれど。

「……うちは、ずっと飲んでみとう思っとったよ」

ぼそっとまっさんが呟いた。一人称が「ワシ」じゃなくて「うち」に変わったので少し気になったが、また次の酒がやってきて忘れてしまった。

ラストオーダーの時間となり、四時間以上居座った店を出る。玲二はすっかり千鳥足になっていた

「玲二、どうする？　うちの方がここから近いけど」

一歩歩くごとに頭がぐらぐらする。何度か倒れそうになり、その度にまっさんが引き戻してくれた。コンタクトレンズ越しに見えるネオン街が、水中みたく滲んで見える。

小柄なまっさんが玲二の胴をしっかりと支えながら言った。

「今日泊まってくか？」

聞けばまっさんの家はこの繁華街から歩いて五分もかからないという。えらくいいところに住んでいるんだな、と酔っ払った頭で感心した。

「いや、ちゃんと帰れる。そこまで迷惑かけられにゃー……」

「でもフラフラじゃけ。泊まりんさいよ」

「すまんなぁ。でも帰るわ。やっぱ女の子の家に泊まるっちゅうのは、いけんことよ」

え、とまっさんが固まる。

　宇品港行きの市電がひとつ前の信号で止まっているのが見えた。玲二はまっさんのショートヘアをぽんぽんと撫でると、「ありがとな」と怪しい呂律《ろれつ》で呟いた。

「まっさんが親切で言うとるのは分かっとるけぇ。けどな、間違いなんかなくったってそのへんけじめはつけとかんとなぁ。まっさんとはちゃんとしときたいんじゃ。信頼しとる友達じゃけえ……」

　おぼつかない足取りでひとり歩き出す。その日の玲二の記憶はポケットの中にＰＡＳＰＹを探したが最後、ぷっつりと途切れている。


　次の日、気がつくと家の布団でうつ伏せになって寝ていた。慌てて脱ぎ散らかしてあったジャケットのポケットの中を探った。財布、ある。スマホ、ある。見覚えのない金品、ない。関節をばきばきと動かしてみる。頭痛はするが怪我や打ち身などもしていない。よく落とし物やトラブルに遭う自分にしては珍しく無事に戻って来られたらしい。ただ、どうやって帰ってきたのか全く思い出せない。

　喉が渇いているので、起き上がって部屋を出た。台所で冷えた水を飲んでいると、背後にあるクローゼットの扉ががちゃりと開いた。

「おはようさん。今日はバイトじゃにゃーの？」

もちろんバイトには遅刻しないように行く……けれど。

玲二はボサボサ金髪の妹に尋ねる。

「ドラ……ミーナよ。俺さ、昨日どうやって帰ってきた？」

ミーナは、あくびを噛み殺しながら言った。

「えー？　そんなの知らんし。帰って来てたことじたい気づかんかったわ。多分、終電か始発じゃろ？」

「知らんって。物音とかするじゃろが」

「ヘッドフォンしとったし集中しとったけん。なんじゃ、玲ちゃん自分のことも覚えとらんのか」

面目ないが覚えていない。昨日は溜まりに溜まった鬱憤《うっぷん》が爆発し、どうやら飲みすぎてしまったようだ。でも店を出て、まっさんに掴まりながら電停に向かったところまでは覚えている。それから、ええと……、ええと……

ミーナがはぁ、と大きなため息をついた。

「呆れたのー。普段『よっぱらいには気ぃつけぇ』あれだけ言うとるヒトが、自分が記憶飛ぶほど飲むとはなぁ。そんなよーけ金あるんなら、うちになんか買うてほしいわ」

図々しい物言いにも、少しも返す言葉が出てこなかった。

失くした記憶が全く戻らないまま、金曜日になる。前日にサークルの会合があったようだが、奈央矢と顔を合わせるのがきまずいのと、体調不良が続いていることにより出席を見送っていた。

授業終了後、しばらくぼーっとしていると、サークル仲間の剛が「おい、玲二」と声を掛けてきた。

「お前、とうとうやらかしたらしいな」

「は？」

何故そんなに苛々しているんだろう。態度にも言われている言葉にも、全く身に覚えがない。

剛はますます声を低くして玲二に詰め寄った。

「奈央矢の好きな子にちょっかい出したのはまだ許そうかと思った。けど、まっさんにまで手ぇ出すってどういうこと？　お前なんでそんなに見境ないの？」

（えっ……？）

寝耳に水だ。まっさんに……手を出した？　そんなこと、していない。

「ゆかりちゃんもお前の女癖に悩んでたって、先輩あたりが相談受けてたっていうし。ええかげんにせぇよ」

なんでそんな話になっているんだろう。浮気なんて一度もしたことがない。邪悪な誰かが手ぐすねを引いて自分を陥《おとし》れようとしている。そんな気さえした。

「全然、誤解なんじゃけど」

「誤解なわけあるか。まっさん、この前お前とサシで飲んだだろ。どうだったって聞いたら、『あのときのことは絶対言いたくない』って辛そうな顔してたぞ。どうせうまいこと騙し込んで無理矢理寝たりしたんだろ。じゃなきゃ、そんな反応するか」

「でも、俺ちゃんと帰ったはずじゃけど……」

「じゃあまっさんが嘘ついとるってことか？　おかしいだろそんなの。やってないならやってないって言い切れんのも、やましいことがあるからじゃないのか？」

「やっとらんなら！　……酔っててよく覚えとらんけど」

ぴく、と剛の頬が固まる。

「……最低だなお前」

「嘘じゃない。あの日のことは、飲みすぎてて記憶が飛んでるんだ。飲み屋で飲んでて、一緒に出たまでは覚えとるんだけど、その後は……」

辻褄《つじつま》が合わなくなっても墓穴《ぼけつ》を掘るだけなので、ごまかさずに正直に答える。なんとか記憶の欠片でも思い出そうと、横を向いて髪をぐしゃぐしゃと掻き混ぜる。

剛は「はぁ」と大きくため息をついた。

「なぁ玲二。お前に俺とか奈央矢の気持ちが分かるか？」

どういうことだろう。顔を上げると泣き出しそうな男の顔がそこにあった。

「好きだった子に、遊び半分に手を出されて『俺の責任じゃない』ってヘラヘラされて。なんでちょっかい出してくるんだって、なんであの子もアイツがいいんだって、男として惨めでたまらん気持ち」

「あ……」

そうだったのか。こいつも恋をしていたのか。今更ながら打ち明けられた真実に、全然気づかなくて本当に申し訳がなかったと思う。

「俺、実言うと、ゆかりちゃんのこともいいと思ってた。だけどお前と付き合い出して泣く泣く諦めた。夏ぐらいからまっさんと話すようになって、俺もようやく立ち直りかけたっていうのに……。正直、俺はお前のこと殺したいぐらい憎いで……」

情けない表情とは裏腹の敵意むき出しの言葉。まさか本当に殺されることはないと思うが、背中がゾッと冷たくなって、また彼にそこまで強い言葉を吐かせる自分の浅はかさを心の底から後悔した。

ごめん、と声を絞り出す。だが早々に玲二から背を向けていた男にその声が届いているとは思えなかった。

奈央矢には裏切り者と罵《ののし》られる。久美子のストーカー疑惑を掛けられる。バイトは近いうちにクビになる。その上、謂《いわ》れのない悪名まで流されて学校でも居場所がない。

不運の確率変動状態ではないだろうか。フィジカルではなく全部がメンタル面に来ているのがまた地味に辛い。さすがの玲二でも、「自分の何がそんなに悪かったのだろう」と、自らを苛む日が続いている。

身なりは適当、髪はぼっさぼさ、ヒゲもろくに剃らない、コンタクトも替えるの面倒で眼鏡ばかり。最近ミーナはバイトが忙しいのかあまり料理を作ってくれなくなり、そのせいもあって体重も減った。ここのところ明らかに鏡に映る人相が変わってきた。人付き合いも以前に増して悪くなって、声を出したり人と話す機会が極端に少なくなった。

「さむ……」

今年も残りが一ヶ月を切った。天気予報士が「午後からは今年一番の冷え込みです」と言った言葉のとおり、吸い込む息は肺に冷たく刺さった。また今日も誰とも会話することなく教室を出た玲二は、帰宅のために駐輪場でオンボロ自転車の鍵を解放した。

(あれ?)

前輪の上に取り付けられたカゴに、見覚えのないビニール袋が入っている。四角くて薄い形からして、中身は本だろうか。一応手にとって中身を覗いてみる。

「あ……」

思わず声が出てしまった。中にはハードカバーの本が入っていた。厚手のクラフト紙で作られたブックカバーには見覚えがある。ゆかりに貸したまま行方が分からなくなっていた自分の本に、同じようなカバーを掛けたからだ。

もしかしてこれはあの本なんだろうか。確かめようと本を袋から取り出そうとしたときだ。

「柏原さん」

背中から声を掛けられた。誰だろうと振り返ると、海外製のダウンジャケットを着た滝沢が立っていた。玲二は持っていた本を反射的にリュックサックに入れた。

「どしたん、君」

驚きながら尋ねる。昼間の学生の授業はもうとっくの遠の昔に終わっている。なぜこの時間まで学校にいるのだろうか。

「ちょっと話がしたくて、授業が終わるまで近くで待ってたんです」

「待ってたって……、俺を?」

「ええ。最近、随分とワイルドになっているので気になってしまって。大丈夫ですか?なんかありましたか?」

「あった」とも「ない」とも言えない。

玲二が「ああ」と生返事をすると、滝沢ははにかんだ笑みを玲二に向けた。

「ちょっとご飯食べましょう。あ、いいです、ワリカンで」

せっかく待ってくれたのだし、断る理由もなかった。

今日はバイトのない日ではあるが、あまり遠くへ行くと帰宅が大変になるので、学校を出てすぐのビルの二階にあるファミレスへ行くことにした。

禁煙席に向かい合って座ると、すぐにメニューを開いて何を頼むか検討した。玲二は十八穀米のスープ仕立てご飯、滝沢はコロッケとフライの盛り合わせを選んだ。

玲二の注文を聞くと、滝沢は揶揄するように笑った。

「噂には聞いてましたけど、本当に女子力高いものが好きなんですね」

「ほっとけや。君こそなんなん？ この時間に揚げ物そんなに食ってええんか？」

「たまにはデブ時代のことを振り返ってみようかと思いまして。欲望に忠実になるのも大事ですよね。脳内麻薬がバンバン出てオピオイド受容体にくっついてる気がします。『我慢ばっかりは体にわるいのよ』ってBouquetの曲にもあるんですよ」

（何言ってんだこいつ）

意味は分からないが、過去の自分で笑いをとろうとしたり、フリ付きで好きなアイドルのことを語る姿はやはり嫌いになれない。

お好み焼き屋で語らって以来初めて言葉を交わすが、滝沢は見た目も態度も以前より落ち着きが出てきて、ますます大人っぽい雰囲気を醸し出している。

それに比べて自分は……、いいや、こんなこと考えっこなしだ。手元にあった水に口を付けて卑屈な考えと一緒に飲み込む。向かいに座る滝沢は場を和ませようとしているのか「最近寒いですよね」と、どうでもいい話題を玲二に振った。

「広島は松戸より寒いです」「うるせー俺の実家よりマシじゃ」「脂肪のバリアーがなくなったから寒さが堪える」「君、ホントに面白いな」「いつか本場のバルバジュアンが食べてみたい」「だからなんなんだよ、それ」「地中海地方で食べられてる揚げ物です」

「そんなに揚げ物好きなんか、君」

そんな会話をしているうちに、注文したものが運ばれてきた。滝沢は心底美味そうにエビフライの尻尾まで食べていた。

一通り食べ終わったところで、話題がここ最近の出来事に移った。滝沢も西条の学園祭に来ていたらしく、当然「あの」出来事にも触れる。

「あきクロ……っていうか米倉くん。本当にカッコよかったです。踊りも、告白も」

滝沢の性格や口調からして、嘘や当てこすりじゃないことは分かっている。それだけに、聞いていて胸が痛くなった。

この男子はどういう気持ちだったのだろう。大舞台で皆の注目を浴びてキラキラと輝いていた主役が、好きだった女の子に大勢の前で告白して。少しは「失敗しろ」と願ったりしなかったのだろうか。

「返事は保留でしたけど……。なんでですかね？　いそぽんだったらノリで『いいよ』って言っちゃうかと思ってドキッとしましたけど」

自分もあのときは当然ＯＫすると思っていたが、ここで同意するのは躊躇われた。

「実言うと僕もレッドちゃんに見惚れちゃいました。かわいすぎですよねぇ、あのカッコ。本物の女の子だったら是非付き合ってほしいレベルです。それで皆の前で告白する男気もあるとか、ギャップがエグくてときめきが止まらなかったです」

「ああ……」

また変なことを言っている。恋のライバルの女装姿を臆面もなく「かわいすぎる」と言える神経がよく分からない。しかも「付き合いたい」って。なんなんだろう、素面で言うにしては相当ギリギリの発言な気がする。

真意を質す気力も持ち合わせてない玲二は、のろのろと皿の上の残りを掻き集めて口に入れた。飲み込むと滝沢の妙に緊張したような声がした。

「……それで、僕もうじうじしてないでちゃんと告げようと思います、彼女に」

ドキッと再び胸が高鳴る。それからすぐに背中の方までヒリヒリとしてきた。動揺を悟られないよう残り物を食べているフリをするけれど、味なんて全然分からない。

滝沢は玲二の変調に気づかないのか、先ほどよりも少し声を高くして言った。

「実はクリスマスに、りんりんとマナティの発案で、いそぽんとか僕の友達とか、そのへんのクリぼっち連中誘ってみんなで食べに行く話になってるんです。だから、そのときに言います。多分ですけど、いそぽんまだ誰とも付き合ってないっぽいんで。望みをかけてみようかと」

最近は久美子ももちろん奈央矢とも疎遠なので、二人がどうなったかは玲二も知らされていない。ただ、付き合い出したならすぐにでも噂になるだろう。つまり奈央矢はふられてしまったか、もしくはまだ返事を貰っていない可能性が高い。そして奈央矢の告白が失敗に終わったとすると、滝沢に回ってきたチャンスはかなり大きくなる。

奈央矢に焚き付けられるようにして、とうとう奥手だった滝沢も動き出した。決意は多分素晴らしい……けれど。

「君……、なんでそれ俺に言うん」

「なんでしょう。退路を断って気合いを入れるためですかね？　あと、本音を言っちゃえばこれです」

横を向いてボールを投げる仕草をした。

「……肩慣らしか」

プッと滝沢が噴き出した。

「柏原さんってホントにスルースキルが高いんですね。ま、いいです。肩慣らしでも半分正解なんで」

ついでに店選び任せられたんですが、どこかいい店知りませんかね？　と尋ねられる。

そんなの自分で決めろと思ったものの、滝沢が結構真剣に自分を頼りにしているようだったので、つい「いいよ」と安請け合いしてしまった。

「マナりんに『期待してるよ』ってプレッシャー掛けられたんで。僕としてはいそぽんが喜んでくれたらそれでいいんですけど」

「んー、女子ウケっつったらやっぱ洋食じゃろ。フレンチかイタリアンか。あとオシャレカキ小屋も雰囲気ええよ」

「さすが乙女ですね。参考になります」

それ、褒めとんのか、と思いつつも反論はしなかった。

滝沢は早速、玲二の助言を元に決めた店へ電話をかけていた。二十四日の十八時……という言葉がクリアに耳に届く。

(なんか、元気にやってそうだな……)

滝沢も、自分に「どっか連れてけ」とせがんだ女の子も。きっと、彼らは彼らのコミュニティがあり、その中で上手くやっている。だからもう自分のお役は御免だ。ダラダラと関係を続けるばかりが最善ではないと、彼らよりほんの少し長く生きてきた分知っているからだ。

なんだかんだですっかり遅くなり、滝沢が「そろそろ市電の最終だから行かないと」と言ったので席を立った。店を出ると月が高く登っていて、二人で見上げてため息をついた。

「滝沢くん」

「なんですか?」

「いや……、君も忙しいだろうに、心配ばぁかけてすまんかった。誘ってくれてありがとな」

久々に他愛もないおしゃべりをして、気持ちが少し上向いた。きっと彼とこうやって話すのもこれが最後だろう。久美子のことがなければ交わることもなかったはずの、見た目にそぐわず不器用で苦労性な青年。彼の今後の人生に幸多かれと願っているが、「頑張れよ」の一言はどうしても言えなかった。言いたくなかった。

滝沢が大きな口を吊り上げて照れたように微笑んだ。

「忙しいのは柏原さんの方でしょ。でも思っていたより元気そうでよかったです。明らかに様子がおかしいってずいぶん気にしてるみたいだったので」

言い残すと滝沢は手を振って早足で行ってしまった。

自転車に跨がってペダルを漕ぎ出す。一瞬滝沢の「気にしてるみたい」という言葉が引っかかったが、出来る限りのスピードを出して、感傷的な気分は夜の街に置き去りにした。

「ただいまー……」

小声で呼びかけるが返事がない。自分の部屋に入るとミーナがそこで力尽きたように寝ていた。

テーブルの周りにはエナジードリンクの缶やお菓子の包み紙が散乱していて、タブレットPCとポージング集が重なるように放置されていた。ミーナもミーナで、頑張ってマンガを描いていたのだろう。叩き起こしてクローゼットに帰らせるのも気が引けるので、しばらくそのまま寝させてやることにした。

ミーナを起こさないよう息を潜めながら窓際に座り、リュックの中から本の入ったビニール袋をそっと取り出した。表紙を開くと「裁かれざるもの よろしくおねがいします」と見覚えのあるメッセージと署名が入っていた。やはり自分の本だった。そしてそこには、二つ折りにされた紙が挟んであった。

（なんだこれ……）

紙はA5サイズの罫線のみの便箋《びんせん》だった。それに細い水性ボールペンの字でびっしり文字が書いてある。右下がりのクセのあるこの筆跡は、かつて見慣れたゆかりのものに間違いなかった。

……つまり、自転車のカゴに本を返したのはあいつなんだろう。いろいろ腑に落ちないものを感じつつも、玲二はカーテンの隙間から漏れてくる街の明かりを頼りに、手紙に目を通した。

『玲くん。急にこんなことになってごめんね。

くずまきちゃんから玲くんが私との将来に悩んでるって聞いて、そんなこと全然気づいてあげられなくて、すごくショックだった。私じゃ玲くんにふさわしくないって、そのとき気づかされた。どうしたら玲くんにもっと認めてもらえるんだろう、って私なりに頑張ってたつもり。でも無理だった。この本も、私にはちょっと難しすぎたよ。

こんなこと今更言っても遅いかもしれないけど、初めて会ったときからホントにずっと好きだった。すぐに付き合うことができて、幸せすぎて死ぬんじゃないかと思った。

私が思うほど玲くんは私のこと好きじゃないって知ってたけど、それでも傍にいられるだけで幸せだと思ってた。

でも、ちょっと思いすぎることに疲れちゃった。ゆかりのことすっごい好きって言ってくれる人がいたから、これからはその人のために生きることに決めたよ。

私のことはきっと恨んでるね。悪口言っていいよ。いくらでも詰《なじ》っていいよ。でもきっと、玲くんにはもっと趣味が合って、もっと好きになれる子がいると思う。早く見つけて、どうか幸せになって』

勝手に出て行ったくせに今更なんだよ、と鼻で笑って受け流そうとした。だけど肺の奥がきゅっと痛くなるのは止められなかった。柔らかい思い出が頭の中で一気に再生されて、涙腺《るいせん》が刺激されたがどうにか堪えた。失ってしまったものへの懐古と後悔でしかないと分かっていても、体のあちこちが切なくなった。

初めて会ったときから……なんて知らなかった。それならもっと大事にしてあげればよかったのかもしれない。自分が傷つけられたのと同じぐらい、自分のいい加減な態度が彼女を苦しめていたのだ。

そして剛が言っていた「ゆかりは他の女の影に悩んでいた」という話の出処もようやく分かった。ゆかりにありもしないウソを吹き込んだのは「くずまきちゃん」ことまっさんだったのだ。葛巻は人当たりもよく信頼も厚く自分とも旧知の仲だったから、彼女がいい加減なことを言っているとは思えなかったのだろう。

なぜ葛巻がそのような嘘をゆかりに信じ込ませたのか分からない。理由なんてないのかもしれない。世の中には「ただなんとなく気に入らない」というだけで、口からでまかせを言ったり他人を貶める性質の人間が一定の割合でいると、そしてそういう人間は一般人に巧妙に擬態していると、この前読んだ心理学の本にあった。自分との関係を匂わせて剛に言ったのも同じだろう。あの日から葛巻とは連絡がとれず、真相は闇の中だ。

とにかくゆかりは、もともと自分からの愛情不足を感じていたところに、信頼していた葛巻よりショックな噂を聞かされたのだ。そして更に他の男に熱心に口説かれたら、なびいてしまうのも無理はない。……もちろん、事の良し悪しは別として、だ。

ゆかりの気持ちや境遇はこれで十分に分かったが、それで時間が巻き戻るわけでもない。ゆかりはいっとき自分のことを確かに好きだった。だけどもはや他の男のものだ。それ以上でも、それ以下でもない。何故今になってこんな手紙と一緒に本を返してきたのかは謎だが……。考えたって仕方ない。きっと自分は、もう誰のことも愛したりせず愛されもしない人生だ。「幸せになって」なんて綺麗事を並べられても今は惨めさに反吐が出るだけだ。

玲二は手紙をぐしゃりと握り潰して台所へ移動すると、文字が読めなくなるまで細かくちぎってゴミ箱に捨ててしまった。胸の痛みも一緒になくなってしまえばいい、と願いながら。

素直じゃないけど君が好き　第10話「あんた誰？」

	場面		セリフ
1	○季節は冬。年末が近づいている。世間はクリスマスムード		ナオ（M）「この前は、ひどいこと言っちゃったけど……」
2	ナオは先輩に「邪魔するから上手くいかなかった」と逆ギレした過去を思い出す		ナオ（M）「やっぱり一番頼りになるのは先輩だし……」
3	言い過ぎたことを謝罪するついでに今後のことを相談しようと先輩の家に行く		
4	すると、見知らぬ女の子（妹）が出てきた		妹「あんた誰？」 ナオ「え……俺、先輩の後輩だけど……」 妹「へー。兄ちゃんの後輩にしてはかわいいね。わたし、その先輩の妹」
5	妹にまじまじと顔を見られて、困惑する		ナオ（M）「妹って、こんな感じだったんだ……」

6	妹、ハッと気付いて		妹「……もしかして、レッドちゃん？」
7	ナオは顔を赤くする。妹は目をきらめかせる		ナオ「えっ」 妹「やっぱりそうだ！　どっかで見たことあると思ったら、あれだよね。学園祭で女の子の格好して踊ってた人だ！」
8	尻込みするナオをなだめすかして、妹は無理矢理家に引っ張り込む		妹「今兄ちゃん出かけてていないんだ。帰ってくるまででいいからちょっと待っててなよ」
9	お茶とお菓子を用意して、向かい合って恋愛相談		妹「そういえば学祭で告白してたよね。あれ、返事どうだったの？」 ナオ「……まだ、聞いてない」 妹「そーなんだ。それは辛いね生殺しだね。まー、そこまで待たされたらやっぱ脈なしなんじゃない？」
10	歯に衣着せぬ妹の物言いに、ナオは「ガーン」とショックを受ける		妹「あんまり詳しくは兄ちゃんから聞いてないんだけどさ。これまでのいきさつって教えてもらってもいい？」

	11	12	13	14
	懇々と話し込むナオ	一通り話し終わると、妹はズズッとお茶を啜った	ナオ、痛いところをつかれて黙り込むが、ブルブルと首を振った	涙ぐむナオ。妹はナオの髪の毛を乱暴に撫でた
ナオ「実は……」		妹「なるほどねー」 ナオ「……」 妹「きもちは分かるけど、特殊な状況で再会したから盛り上がっちゃっただけで、ホントに昔からその子のことが好きだったの？」	ナオ「それは……最初は勘違いだったかもしれない。でもやっぱり、あの子のこと見てドキドキしたのとか嘘だったとは思えない」 妹「そっかー。……そうだよね。そしたら辛かったよね。えらい、えらい」	妹「それじゃーさ、ちょっと気分転換してみようよ！」 ナオ「え（引き気味）」

15	妹、何故か道具を持ち出してきて、ナオの顔にメイクを施す。何故か服も着替えさせられる		妹「あー、やっぱすごいかわいいー！ 肌とかめっちゃきめ細かいし、まつげも長いー！」
16	美少女のできあがりに、目を輝かせて喜ぶ妹		ナオ（M）「なんでこんなことに……」 妹「うわー、こんなカワイイ子ふっちゃうとかもったいないわー。今度はこっち着てみない？」
17	勝手なことばかりを言う妹に、ナオ、とうとうキレる		ナオ「俺はこんなことしに来たんじゃないんだよ！」 妹「えっ」
18	ナオの髪をとかしていた妹の手首を掴むと、そのまま床の上に押し倒した		ナオ「バッカじゃねーの。俺、男なんだけど。こんなとこで二人っきりになるとか、あんた何考えてんの？」 妹「……いい」 ナオ「え」

19	妹の表情がきらめく		妹「今の表情、今のセリフ、すっ……ごい萌えた！　強気系女装男子……アリ！」
20	呆気にとられるナオ。妹は急に起き上がってバリバリ絵を書き出した		
21	置いてきぼりの状況に、呆然とするナオ		ナオ「なんなんだ、こいつ……」
			（つづく）

年の瀬がいよいよ迫ってくる。明日か明後日が冬至だったか。今日もこれから学校に行くというのに、もう外は暗い。

「ただいまー。あ、もう行ってらっしゃいかな?」

入れ違いになるように、ミーナがバイトから帰ってきた。

口先は相変わらず達者なミーナだが、最近特にお疲れだ。どうやら自分が寝てからも、ここのところはずっとクローゼットの中で漫画を描いているらしい。目元には化粧でもごまかしきれなくなった隈《くま》が滲んでいる。さすがに気になって尋ねてしまった。

「大丈夫か、お前」

「へーきへーき。いま描きたいことが浮かんできとるんよ。今頑張らなきゃいつやるんじゃ……」

「でも、お前やつれすぎじゃろ。ちゃんと食うとるのか? そうだ。食いたいもんあったら見つくろってくるけ。何でも言いーや」

「玲ちゃん、そんな心配しとったらハゲよるでー。ヒトの心配するより、自分の心配先にしぃ」

ミーナはヘラヘラと笑った。気丈そうに振る舞っているだけに、逆に不安になってくる。

「そしたら、クリスマスはケーキが食いたいのぉ。せっかくのイベントの日じゃけ、なんもないとつまらんわ。それだけ準備してぇな」

分かった、と頷く。ドアを開けようとしたとき、ミーナに「あ、ちょっと待って」と呼び止められた。

振り向くと、ミーナはスマホを見たまま「えっ……」と驚きに声を失っていた。

どうした、と声をかける。ミーナは嬉しさと困惑がちょうど半分半分になったような顔で言った。

「どうしよう、漫画編集部の人が『急だけど、今から忘年会に来ないか』じゃと。二次会もやるから先生方に紹介したいって……」

「すごいなお前、はよ行けや。今から駅行けば、余裕で今日中に着くじゃろ」

玲二はすぐに急き立てた。それがどれだけ名誉なことなのかは分からない。でも確実に、行きたいと思った人が全員行ける類の会合ではないだろう。

だが何故かミーナは浮かない顔をしたままだ。

「でも、お金がないんよ。先週液タブ買うたばかりで……。東京なんて行けんよ。明日のバイトもサボれんし」

交通費が足りないのか。そしたらそんなの、どうにだってなる。

玲二はポケットから財布を取り出した。入っていた四万円ちょっとの紙幣を全部ミーナに押し付ける。

「これで行ってきぃ。この前下ろしてきたばかりの、年末までの生活費だ。返さんでええ」

「え……」

「お前、なんでマンガ家になりたいんじゃ？」

玲二の問いにミーナは俯きながら答えた。

「それは……、うち、これぐらいしかできんし。それに、ミーナのマンガ楽しみにしてる人もおるし」

楽しみにしてる人のために描く。その理由があれば十分だ。

「そしたら、絶対行け。忘年会出れば、プロの方面に知り合いが出来るんじゃろ。そしたら、お前の漫画が世に出るチャンスが広がるかもしれん。もしダメでも、社会勉強になると思って行って来い」

ミーナの漫画を読ませてもらって思った。自分は主な読者層からは外れているだろう。けれど、絵はかわいらしいと思ったし心情表現にグッとくるところが多々あった。きっと、自分よりももっとあの漫画に感動したり共感したりする子もいるはずだ。

自分だって本の中の登場人物に強く影響された。「たかが創作」と笑う人もいるかもしれないが、魂を込めて紡がれた物語には計り知れないパワーが秘められているのだ。ミーナの漫画が誰かを救うことになるのならば、それをミーナ自身が望むのであれば、そのためのチャンスはいささかなりとも逃さないでほしい。

「バイト先には十分ワビ入れとけ。それでクビになったら他当たりゃええじゃろ」

ミーナの目を見て笑ってみせる。何もかもダメダメで、ツイてない自分だけれど、せめて身内にだけは「いい兄ちゃん」と思われたい。裏で笑われてもいい。ミーナがその金で遊び呆けたって今回は構わない。たまにはええカッコさせてほしい。

ミーナは紙幣を両手で握り締めてしばらく逡巡していたようだ。だが一度大きく口を結ぶと、玲二の目を見てきっぱりと宣言した。

「ありがと、行ってくる！」

あともう一回の登校で学校は冬休みに入る。級友にも誤解されたまま、奈央矢ともすれ違ったまま。そして週末の今日は、世間が浮かれるクリスマスイブだ。バイトは新しい会社に引き継ぎが入り、来なくていいと言われてしまった。

かねてから滝沢《たきざわ》の「一日十八時間ぐらい勉強していた」と台詞に影響されていた玲二は、その日も朝からローテーブルに張り付いて就職試験の問題を解いていた。地頭の差はあれどその努力ぐらいは見習いたい。そもそもミーナに有り金のほぼ全部を渡してしまったため、他にすることもない。ときたま休憩をはさみつつ家から一歩も出ないまま、既に短い日は沈んでいた。

（そうだ、ケーキ……やっぱいらんか）

あれから四日経つがミーナはまだ帰ってこない。忘年会が終わったらすぐ戻ってくるものだと勝手に予想していたが、ぽつぽつと送られてくるメッセージから読み解くに

「ちょうど締め切りギリギリで人手が足りてなかった先生を手伝うために、飛び込みでアシスタントをしている」らしい。

『玲ちゃん、ひとりにしてごめんね。終わるまでもうちょっとじゃけえ』

今朝もそんなメッセージが届いた。別に謝ることなんてない。ただ若いからといって健康を過信するのは禁物だ。あまり無理をしすぎないよう気をつけてほしい。そう思いながら「かぜひくなよ」とそっけなく返信した。それからは、また連絡がない。

考えようによっては、ミーナがいないのは勉強時間が足りていない玲二には好都合だった。物音がしない分集中力が乱されずに済む……はずなのに。

『高次条件付けは、一次条件付けにより強化を得た……』

(あー……、ダメだ、全然意味分からん)

玲二は問題集を閉じてテーブルの上に突っ伏した。

一次試験の専門科目は、法律科目以外に人間関係の科目から一題選択する必要がある。どの科目を選んだらいいのか分からず試しに心理学のテキストを見てみたところ、どれもこれも謎な単語や専門用語の羅列で、文章の意味すらほとんど分からなかった。

(こんなんで受かるはずないのに、やる意味あんのかのう……)

何度も繰り返した答えのない問い。たとえ運良く試験に受かったとして……相手となるのは主に非行少年や紛争を抱える家庭の人間だ。彼らの将来や生活に関わる責任重大な仕事で、自分に適正があるかどうか分からない。

さらに、次のバイト先すらなかなか条件の合うものが見つからず、実はまだ決まっていない。未来のことより現実の生活の方が危機的状況だ。だが「試験を受けずに諦める」には勿体のないレベルの時間は勉強に費やしている。今更損切りする勇気もない。進むことも戻ることもできず無力感に打ちひしがれる玲二の目に、ふとクラフト紙でできた背表紙が入った。

『裁かれざるもの』だ。玲二は不意にどきりとした。

すべてのきっかけになったのはこの小説だ。家裁調査官という職業を玲二に教え、それを目指すようになった原点。署名本を取り戻しに行って失敗したときは、もう二度と返ってこないとばかり思っていたが……

（あの日、ホントはゆかりに会って、あわよくばよりを戻そうとか思ってたんだよな……）

もしゆかりさえ来訪を喜んでくれたら「過去は水に流すからやり直そう」と。それなのに、出て行かれたと知ったときはショックで泣きそうだった。だから簡単には引き下がれなかった。本のことなんか、自分自身にしていた言い訳だった。自らのあまりの女々《めめ》しさに玲二は自己嫌悪に陥った。

そしてあの日、本よりももっと自分にとって重要で忘れ難いものに出会ってしまった。

『誰なんですか、あなた』

そう言って自分を冷たくあしらったあの子。まさか面影だけでこんなにも自分を切なくさせる存在になるとは、あのときどうして予想できただろうか。

おそらくあのトラブルがなければ、奈央矢に「昔の知り合いなんです」と久美子を紹介されて、もっと素直に二人の恋を応援していただろう。後にゆかりと同じ部屋に住んでいたことを知っても、偶然に驚いたり忘れ物の有無をちょっと尋ねるぐらいで済んだはずだ。……どのみちいずれ好きになっていたかもしれないが。少なくとも自分をおちょくってニヤニヤしたり、新幹線で隣になって呆れてみせたり、昔の恋を思い出して切なく俯いたり、そんな表情は見せてくれなかっただろう。意外な一面を見るたびに、自分は泥沼に深く嵌っていくのを感じていたから。

そして……

『ちゃんと告げようと思います、彼女に』

今日は滝沢がその決意をあの子に打ち明ける日だ。彼の性質からして、予定を曲げたりはしないだろう。そのために「退路を断つ」と言って、自分に宣言までしたのだ。

(今頃もう始まっとるよな……)

時計を見ると、滝沢が予約をした時間をとっくに過ぎていた。途端に胸がざわつき出す。彼は何と言って思いを告げるのだろう。そして、彼女はどうやってそれに応えるのか——

「……あーっ‼ こんなことで悩んどる場合か‼」

思わず声にして出てしまった。

女なんかどうでもいいだろう。どうせまた、想い続けたところで痛い仕打ちを受けるだけだ。自分に異性は必要ない。だから今は試験勉強に集中しなくては。結局自分ができるのはそれしかないのだ。

もしかしたら、とふと思いついた。こうやってぐるぐる思い悩んでしまう一因はこの本にあるのではないか、と。

この本が目に入るたび、ゆかりに貸したこと、そして「帰ってください」と俺を追い返した女の子のこと、その女の子と過ごした時間を思い出してしまう。

「モノに罪はない」と言う人もいるが、罪はなくても、それにまつわる思い出が心を縛ってしまうことはある。特に、心が弱く疲弊している場合は。

（決めた、売ろう）

ちょっと勿体ないけれど、これぐらいの荒療治が今の自分には必要だ。次に読んだ人はサイン入りでびっくりするかもしれない。それでいい。将来読み返したくなったら新しく買い直せばいい。その方が作者も助かる。そもそも、初めて手にしたのだって「これ」の現品ではなくて、図書館で借りた本だった。いわゆる断捨離《だんしゃり》というやつだ。玲二はこれまでも大きなショックやストレスを受けたとき、服や本など周りのものを処分することで気持ちをマイナスからゼロにリセットしてきた。その効果が多少なりともあることは、今までの経験で証明済みだ。

とりあえず一旦気持ちを落ち着けて切り替えよう。試験勉強を続けるかどうかはそれから決めればいい。ちょうど所持金も少ないから売った金は生活費に回そう。

玲二は読み終わった他の本と一緒に『裁かれざるもの』を紙袋に詰めると、上着をしっかりと着込んでから部屋を出てドアの鍵を閉めた。スマホはまだ充電が全然済んでいなかったので置いていくことにした。

風が冷たく強い。自転車で行くのは諦めて市電に乗った。

市内中心部の袋町で降りると、通りに面した大型の古本屋へ向かった。

「いらっしゃいませこんにちはようこそー」

クリスマスイブの夜はさすがに古本屋も閑散としていて……と予想していたが、意外にも人がたくさんいる。お前ら他に行くとこないのかよ、と思いつつもちょっとホッとした。

「すみません、これお願いします」

紙袋に入った本を買い取りカウンターに置く。『裁かれざるもの』と数冊のビジネス書、マンガ、文庫本が入っている。番号札を受け取ると、疲労感の滲んだ女性店員に「お時間十五分少々いただきます」と事務的な口調で告げられた。

店内を見るともなしに回って時間を潰す。うっかりメンタル系の本ばかり手に取ってしまうあたり、相当病んでるのかもしれない。

「あれっ、玲ちゃん？」

　聞き慣れた声で呼ばれる。本から顔を上げると、金髪の髪をお団子に結ったミーナが、マスカラばっちりのまつげを何度も瞬かせていた。

「お前、東京行っとったんじゃないのか」

「うん、さっき帰ってきたんじゃ。こんなところで会うなんて、さすがきょうだい。血は争えんなー」

「こっち戻っとたんなら一言……」

「あ、ごめん。どっちにしろ今日は帰れそうにないけぇ。連絡せんかったんよ」

「帰れん？　なんじゃ、どっか泊まる気か」

　するとミーナは余計なことを言ってしまった、とでもいうように口を開けたまま固まった。忘年会に呼び出される前は、自分と「クリスマスケーキ買ってお祝い」などと言ってたような気がする。

　別に外泊を咎めたいわけではない。他に一緒にいる相手がいるならそれでいいんだけど……と詮索する気のないことを伝えようとしたとき、玲二は横から「せんぱい」と声を掛けられた。

　これまた馴染みのあるような声に反射的に振り向くと、柔かい髪を持つ色白の男子――奈央矢が所在なさげに立っていた。

奈央矢が硬い表情のままボソボソと語り出す。

「実はきょう、これからうちでミーナと遊ぶ予定で」

「ゲームでもやろうか、ってことになって、買いに来たんだよねー」

どういうことだ？　さっぱり意味が分からない。

「ってか、お前ら知り合いだったっけ……？」

「ナオちゃん、この前玲ちゃんいないときうちに来たんだ。そこから仲良くしてるんよ」

大体の事情は見えてきた。玲二は「ちょっとこい」と奈央矢の袖を引っ張り、人気《ひとけ》のないゾーンまで連れ出した。

小声で奈央矢に尋ねる。

「……お前、どういうつもりなんだ？　なんでミーナと二人で会っとるんじゃ？」

「なんでって、俺が会おうって言ったからですよ。今日東京から帰ってくるなら、ぼっち同士で遊ばないかって」

「でも、それってお前……。あの子のことはもうええんか？」

「ミコのこと？　それはもう、諦めることにしたんで」

「え」

あまりにもサバサバとした物言いに、玲二は二の句が継げなくなる。

奈央矢が存外に落ち着いた口調で続けた。

「この前、『友達として仲良くしたい』ってはっきりＬＩＮＥで言われました。他に気になる人がいるみたいだし……。だから、先輩にも迷惑かけましたけど、もう大丈夫です」

　予想もしていなかった展開に、脳が現実を処理しきれない。さんざん振り回しておいてなんの報告もしてこなかった不義理を責めるべきか、それとも吹っ切れたことを祝ってやるべきか……。とりあえずそこは保留にして、ずっと引っかかってたことがあったはずだ。フリーズしかけの脳みそを無理くりリブートさせて思い出した。

「そうだ、お前、あのあと……告白のあとあの子んち行ったりした？」

　奈央矢は取り繕う様子もなく答えた。

「え？　行ってないですよ？　そもそもミコんち知らないし」

「なおちゃーん、お腹空いたー。行こうよー」

　二人を探し当てたミーナに急《せ》かされ、奈央矢は「それじゃ」と立ち去ってしまった。

　唖然としたまま二人を見送る。ええと……ちょっと待って、奈央矢はいつの間にかミーナと出会って、それで……と頭の整理を始めたとき、「番号札35番の方、買取カウンターまでお越しください」と呼び出された。

　我に返りカウンターまで向かう。店員はすでに待ちくたびれた様子で玲二を受け入れた。

「こちらすべてお値段付きました。よろしければこちらにご署名とご記入をお願いしま

かりしつつ、年齢と住所を書き込む。サイン本だとバレなかったことに少しがっかりしつつ、安堵のため息を吐いた。大した金額にならなかったけど別に構わない。

玲二の署名を確認すると、店員が無愛想に言い放った。

「あ、あと、こちら挟まってました」

「挟まってた？」

「黒い本に貼ってありました。どうします？　処分します？」

店員が差し出した細いバインダーに、黄色い紙が貼ってあった。大判タイプの付箋《ふせん》だった。細かい文字が書いてある。

眉間に皺を寄せて焦点を合わせる。極細ボールペンで書いたらしき文字の一行目が見えてきた。

『ようやく発見できました。私はこの小説、とーっても面白いと思いましたよ！　木藤さんが最高です！』

ゆかりに貸す前には確実にこの付箋は挟まってなかった。そしてこの整った楷書の筆跡は、ゆかりじゃない。けど見覚えがある。以前マカロンと一緒にもらった緑茶に貼ってあった付箋に書いてあった字と同じではないか。

そして文の最後はこんな言葉で閉められていた。

『また今度、おすすめの本とか教えてください。それでは、採用試験の勉強がんばってくださいね！　合格したら、美味しいもの一緒に食べに行きましょう☆』

（ってことは……）

『気になる人がいるみたいだし』

　付箋を凝視したまま動けない。だけど止まっていた呼吸を始めると同時に、メモの文字とさっきの奈央矢の言葉が脳内に流れ込んできて、そして体中に電気が走った。こんなところで油を売ってる場合じゃない。

「ごめん、それやっぱ売るのなし！」

　玲二が言い放つと、店員は気怠《けだる》そうに返答した。

「え、でももう処理しちゃったんですけど……」

「じゃあ、売らないでとっといて！　あとで絶対買いにくるから！」

店員の「え、あ、ちょっと！」という問いかけを背中に聞きながら、玲二は店の出口まで突進した。自動ドアと入ってきた客にぶつかりかけたが、持ち前のフットワークでなんとかすり抜けた。


夜の街に駆け出す。通りを歩く人々に何度も振り返られる。いいだろ別に、誰も彼も浮かれてるんなら一人ぐらい全力で走ってる奴がいたって。カップルはお互いだけ見てろ。寂しい奴は星でも見上げてろ。俺には急ぐ理由があるんだ。スマホを家に取りに戻る時間も惜しい。早く行かないと。

ゆかりの便箋を先に読んだせいで、てっきり本を自転車のかごに入れたのはあいつだと思い込んでいた。でもよくよく考えてみたらゆかりはあの自転車が自分のだって知らないはずじゃないか。つまり、本を返してくれたのは――

『好きな人の好きなものって知りたくなる』

そう自分に言った女の子で、あの本を読んだ理由もそれかもしれない。捨ててしまったゆかりの手紙には『これが面白いと思う子がお似合い』とも書いてあった気がする。封もしてなかったし、本に挟まってただけだからあの本を手に取った人は簡単に気づくはずだ。それを受けて「私は」「面白いと思った」と書いた……というのは自惚《うぬぼ》れだろうか。気を持たせてからかっているだけか？　そうだとしても、はっきりりちゃんと答えを聞かないことには分からない。

（なんだよ、なんで今まで気づかなかったんだよ……！）

本が返されてからすでに二週間以上経っている。俺のことなんか、もうどうでもよくなっているだろうか。他の男に「好きだ」と言われたら今度こそOKしてしまうかもしれない。その前にどうしても、彼女の気持ちを確かめたいんだ。後悔したっていい。気が変わってて拒《こば》まれたっていい。大丈夫、クソみたいな思いなら今まで何度もしてきた。

ひとつぐらい傷が増えたってたいしたことない。

（あっ……、そうか！）

今頃になってようやく分かった。滝沢が横を向いてボールを投げる仕草をした意味。あれは「牽制《けんせい》」だ。「余計なことをするな」と、「お前が出てくると話がややこしくなる。出し抜いたりするなよ」と、そういう意味だ。悪いなお坊ちゃん、逆効果だったな。俺に相談したのが運の尽きだ。今から全力で邪魔してやるから待ってろ。信頼してもらってるところ本当に悪いけど、大丈夫、君なら何があったって乗り越えられる（多分）。

奈央矢もなぁ……。散々振り回しておいてとっとと他の女とよろしくやってんじゃないよ。諦めたんなら諦めたで早く言えっての。まぁでも俺は心の広い兄貴だから、うちの妹に手を出したことには目を瞑ってやる。ミーナのこと、これからよろしく頼んだぞ。俺はもう知らん。

冬の風を切って走る。滝沢が「予約しておこう」って電話した店。自分が教えた店だから場所は覚えている。テレビ局の近くの一階の欧風料理の店……、あった！　ここだ！

転がり込むように扉の中へと入る。店員に声を掛けられそうになったが「ああ、大丈夫」と何が大丈夫なのか分からないけど押し切った。ぐるりと狭い店内を見回す。ピザの焦げる匂いがする。

それより求めてやまない横顔の女子は……どこだ。見当たらない代わりに、一番端っこの大きなテーブルを囲んだ一団から、背の高い男子が席を立ったのが見えた。スマホを手にしてこちらに向かってくる。

「ちょっと、滝沢くん」

前を行き過ぎようとしたので呼び止めると、玲二を少し見下ろすようにして振り向いた。上がる息もそのまま、単刀直入に尋ねる。

「あの子、いる？」

滝沢はぎょっとしたように細い目を見開いた。さぁ、これから対決だ。お前と俺、どちらが選ばれるか。こうして相対するとさすがにドキッとする。でも相手にとって不足はない。

「いや、それがさっき席を立ったまま帰ってこないんですよね」

「えっ？」

「ごっちゃん、その人誰？　知り合い？」

いきなり絡んできたのは、玲二をボロクソに罵った上にストーカー呼ばわりした、黒髪の方・凛子だった。滝沢も彼女に説明するのが億劫なのか、「ああ、まぁ」と言葉を濁した。

「あっ、そうだ。久美子さっき帰っちゃったよ」

はた、と顔を見合わせる。先に焦り出したのは滝沢のほうだった。

「りんりん、理由聞いてる？　聞いてたら教えてほしいんだけど」

「えー」

「さっき分かんないって言ってたeBayのやりかた、設定してあげる」

条件に釣られた凛子は、気怠い態度を翻しあっさりと口を割った。

「んー、なんか、誰かが家に来るとか言ってたよ」

「誰かって誰だ？」

思わず玲二が尋ねると、凛子は特に不審がる様子もなく答えた。

「なんか、前に住んでた人？……の、知り合いが忘れ物を取りに来るとか言ってたかな？」

「え」

途端に背筋が凍りつく。前の住人の知り合い……違う、俺じゃない。誰かが俺を騙《かた》っているある？もしそうなら、どうして自分らの関係を知っている？

（まさか――）

そして不吉な予感が過去のピースをつなげ出す。

最初に久美子に会った日警察にされた職務質問、「近所で起こった」という強盗事件、久美子の家の前にウロウロしていたという不審な男――

「あ、あの、ちょっとあの子に連絡してもらってええかな」

「おっけー。……あれ、全然出ない」

凛子がスマホで何度もかけ直す。小さく漏れてくる呼び出し音が、やたらと長く長く感じた。

「ごめんね、久美子出ないみたい……って、あれウォーリーじゃん」

急に顔を上げた凛子が呟いた。ぽかんとなって顔を見返す。

今更気づいたのかよ相変わらず人の顔に興味ない女だな！　ってそんなことツッコんでる場合じゃねぇぇ‼

「それじゃ、邪魔したな！」

面倒くさいことを追及される前に、玲二は再び全速力で駆け出した。

ここから久美子の家まで、道は渋滞、市電は遠回り、所持金もほぼない。ちょっと遠いけどやっぱり走るしかない。さっきので全力を出しすぎたせいか、すぐに息が上がってきた。高校の頃はロードレースで十㎞ぐらい普通に走れたのに。体力不足がヤバいことになってる。

（でも……、止まってる場合じゃねえ！）

ああ、ホントに俺ってバカすぎる。こんなピンチになるまで動けないなんて。もっと早くあの子の気持ちに目を向けていればよかった。たかだか何人かの女の子と上手く行かなかっただけで、女性のすべてを知った気になってた。でも同じヒトなんていないのに。傷つきたくなくて、過去だけにガッチガチに縛られてた。

バカだ。「先入観なんて邪魔だ」って知ってたのに意味をちゃんと理解してなかった。例えば世界中に女子が三十五億人ぴったりいて、三十四億九九九九万九九九九人が俺を見捨てたとして、君がそうとは限らない。他の奴らの恋心なんて忖度《そんたく》せずに、もっと早く自分の思いを伝えるべきだった。たったひとりの大切な君に。そしたらこんな、身をもがれるような心配をせずに済んだかもしれないのに。

不審者じゃないのかもしれない。でもそれなら何故久美子の周りばかりで妙なことが起こる？　自分の偽者は彼女を家に呼び戻して、酷いことをしようとしてるんじゃないのか？　勘違いならそれで、そっちの方が全然いいから。どうか、どうか無事でいてくれ。願いながら走る。

一級河川を渡り終わったところで、一度がっくりと項垂れながら膝に手をついた。肺が機能してない。脚が上がらない。冷たい風に耳がもげそうだ。それでも頭の中に判例で見た残忍な犯行が過り、なけなしの気力を振り絞って踏み出した。ただ間に合え、とだけ願って走っていたセリヌンティウスの親友みたいだ。やたら大きく耳につく自分の呼吸を聞きながら、排気ガス漂うトンネルを駆け抜けた。

久美子の住むマンションが見えてきた。四階の角部屋には電気がついている。

（ん……？）

今遠くから叫び声が聞こえた気がした。ダメだ、そんなことさせない、と焦りが限界まで募り、交通量の少ない道を最後の全力《ラストスパート》で駆け出した。

そのときだ。

ドン、と腰のあたりに重い衝撃が走り、体が宙に浮いた。長い、けれど何も考えられない一秒が過ぎ、次いで下半身が強く叩きつけられる。為《な》す術《すべ》なく上半身も地面に投げ出された。アスファルトに転がりながら玲二は、自分が二輪車に追突されたことを自覚した。

戻ってこいよ。ひき逃げは罪が重くなるぞ。呼び止めようと声を出そうとしたが、自分をあざ笑っているかのような軽いエンジン音は、どんどん遠くなりすぐに聞こえなくなった。

（あ……、くそ……）

どれくらいの損傷を受けたんだろう。叩きつけられたときの運動量の多さと痛覚が比例しない。痛いとかじゃなくて、痺れて体が動かない。あともう少しなのに。諦めの悪い玲二の体は、じり、と目指していた方向へ無自覚でにじり寄った。

だんだんと少しずつ痛みが増してくる。太ももの付け根より下は趾《あし》を動かすのさえ難しくなってきた。眼鏡もどこかに吹っ飛んでしまったのか、手探りするが全く探し当てることができない。

もはやここまでか。そもそも交通量が少ない裏道だ。目撃者もいなければ、誰か代わって通報してくれる人もいない。裸眼のぼんやりした視界には、通行人はおろか猫の一匹も通らない。

（ああ……）

やっぱり自分はダメみたいだ。ヒーローみたいに格好良く好きな女の子を救ったりできなかった。分《ぶ》もわきまえず調子にのったから、後輩の信頼を裏切って出しゃばったからバチがあたったのだ。玲二は伸ばした手を気力なく地面に投げ出した。

畜生、とやり場のない感情を募らせる。何もかもが裏目に出た。誰も自分を助けてくれない。振り返られることもない。所詮こんな運命か、自分は。惨めで悔しくて吐き出しそうだ。

だけど——

（磯貝さん……）

せめて無事かどうかが知りたかった。笑顔が見たかった。俺なんかこの際このままくたばったっていいから、あの子のことだけは守ってくれ神様。混濁する意識の中で願った。

「……もしもし、すみません。今、ひき逃げを目撃しました」

頭の後ろで突然声がした。誰かが通報してくれている。

ようやく助かった、と思うと同時に我に返った。太ももに鈍い痛みが戻ってくる。

「はい。通行人がバイクにぶつかったようなので、今すぐ来ていただきたいのですが……」

あれ？　と、耳がピクッと動いた。聞きやすく歯切れのよい喋り方をする、この女性は……

首だけで後方を振り返る。でも眼鏡がないのと暗闇のせいで「クリーム色のコートを着た痩せ型の若い女性」だとしか分からない。

「ナンバーは西区の……はい、12－24です。はい、はい。原付きぐらいの大きさのバイクでした。意識は……あるようです」

そう言ってちらりと足元にある玲二の顔を確かめた。「よろしくお願いします」と言って電話を切ると、女性はしゃがみ込んで玲二の顔を覗き込んだ。

「先輩、大丈夫ですか？」

顔はぼんやりとしていて分からないが、やっぱりこの声は久美子だ。みっともない姿を晒している恥ずかしさと、助かったという安堵感、そして驚きのあまり一言も発することができない。

「今通報したんで、もう少し待っててください。救急車が来るみたいです」

久美子は落ち着いた口調で言い放つと、玲二の脇に手を差し入れ、ずるずると体を路肩に寄せた。なんとか上半身を起こす。久美子は玲二と同じ目線の高さの正面に座り込んで、もう一度「大丈夫ですか？」と言った。

「なんで君がここに……」

「あの、家がそこなので」

そりゃそうだ。

「ちょっと用があって出てたんですけど、戻ってきたら目の前で事故が起こったので、ちょっと……すごくビックリしました」

その上轢《ひ》かれたのが知り合いときたら、驚きもひとしおだろう。それなのにしっかりナンバーを確認して通報までできる冷静さは感服するしかない。

しかし、外に出ていた用って？　自分の偽者はどこに行った？　何から聞いたらいいかよく分からない。混乱する玲二に、久美子はゆっくりと話し出した。

「実はですね、先輩」

なんだろう、と息を呑む。

「さっき、前の住人の方のお父さんが、私の家に来たんです。どうやらご実家にも告げず引っ越してしまったようで、随分心配されてました」

「……は？」

「家の中で写真アルバムを発見したので、お返ししたいと思って不動産屋さんに連絡したんです。そしたらお父さんにつながって。今日なら来られるとのことで、クリパの途中で帰ってきました。かなりショックを受けておられたようですが、しっかりお礼もいただいてしまいました。ちょっと気の毒だったので大通りまで送ってきました」

なんだその斜め上の展開。ゆかりもちゃんと家にぐらい報告しとけよ……。ていうか家賃とか契約とかどうなってんだ。意味が分からない、と頭を抱える。

でもとりあえずは「偽者」の正体が分かった。それで一番心配していたことも——

「無事で、よかった」

呟くと久美子は「え……？」と不思議そうに聞き返してきた。この子にもしものことがあったらと想像して胸が張り裂けそうだった。一生後悔するかもしれないと思っていた。でも、結局早とちりと勘違いだったからそこは内緒にするとして……。

「……あの、ごめんな。ゆかりのせいでいろいろ面倒かけちゃって。あそこに住んだばっかりに、変な目にたくさん遭ったよな」

自分も勝手に鍵を開けて彼女に怖い思いをさせたし、あいつが処分に困るようなものを置いていったせいで手間と面倒をかけた。たまたま後に入っただけの久美子にはなんの落ち度もないのに。前の住人と縁があった者として、いたたまれなくて謝る。

すると久美子は少しの間を置いてからくすくすっと笑った。

「そうですね。ほんとに人騒がせな方ですね。でも、私はこれでいいです」

（「これ」って……？）

戸惑う玲二の視界の中で、久美子の影が大きくなった。

「そのお陰で、大事な人に会えたので」

「大事な人……」

「そうです。その人といると、私は笑顔になれるんです。たくさん幸せ貰ってるんです。

ただ、本人は全然ツイてないとか周りに迷惑ばっかりかけてると思ってるみたいなんです。そんなことないから、少しずつでもお返しできたらいいなあって」

白い手のひらがひらひらと暗闇の中をさまよった。最終的にアスファルトの上に投げ出されっぱなしだった玲二の手指の上に重ねられた。

「不運なんて長く続かないってこと、証明したいんです。もっと一緒にいたいんです」

手を強く握られる。初めて直《じか》に触れた彼女の体温は、温かいのに滑らかで、接しているところから蕩けてしまいそうだった。

胸から全身にかけてが熱くなる。脚の痛みも一瞬消え失せた。溢れた気持ちが言葉を溶かして、鼻の奥をツンとさせる。

「俺、ホントにツイてないけど……」

本当にいいんだろうか。

震えながら告げると、軽やかな声が返ってきた。

「言ったでしょ。不運と運って足すとちょうどゼロか、ちょっとプラスぐらいになってるって。だから、まだまだこれからです」

「俺がいたらカープも絶対勝てないけど……」

「構いません。私、ファイターズのファンなんで」

「車乗れば渋滞にハマるけど……」

「いいじゃないですか一緒にいられる時間が長くなって。待ってればそのうち動くんだし」

言い出したらキリがないと思ったのか、久美子がきっぱりとした口調で告げた。

「もみじ饅頭横取りされたって、私が半分分けますしその方がたくさん食べられていろんな味試せますし、行こうと思ってたところが休みなら他に行けばいいんです。そんなことより、もう一緒にいられなくなる方が嫌です」

ああそうか、とようやく気づいた。自分が今まで不運だと思っていたのは悪い面ばかり見ていたからなんだ。死にかけで生まれたってこんなに元気で過ごせてるのはラッキーだし、行きたい大学に行けなかったけどここに来たからこそ素晴らしい出会いがあった。

そう思える君に、巡り合えた。

「磯貝さん」

呼びかけると「なんですか？」と聞かれた。

「俺……」

今の気持ちをなんと言っていいのか分からない。

「好きだ」というありきたりな言葉じゃ多分違う気がする。ノリで笑わせるのも本意じゃない。これまでどの子にも気持ちを声に出して伝えてこなかったから、自分の中に答えが見つけられない。

――でも、照れくさいけど、格好良くなんて決められないけど、彼女がたくさん想いを口にしてくれた分、ここは自分からちゃんと伝えないと。じゃないとまたきっと後悔する。走りながら、ずっと会いたいと願っていたではないか。

つながった手を胸の高さまで持ち上げて、強く握った。おぼろげに見える久美子の顔あたりに焦点を合わせる。

「俺も、君のこと大事にするんで、君の彼氏にしてくれますか」

みっともないぐらい捻りのない告白。緊張するあまりいつもと口調が異なってしまった。どくどくと心臓が鳴っている。彼女の返事はなんだろう。

「……はい！」

彼女の返事もまた、一番シンプルなものだった。たったこれだけの言葉で世界が変わってしまいそう。生まれて初めて人生は素晴らしいと思った。

今まで最低な思いをし続けてきたのは、この言葉を聞くためだったたんだ。

久美子が重なった手を動かしてすり合わせた。

「あれから……宮島行ってから急によそよそしくなったから、私、なんか変なこと言ったかと思って心配してました」

それはない。俺の方こそ嫌われたかと思った。思ったけれど口が上手く回らず、やっぱり「ごめん」としか言えなかった。

心配かけてごめん。急に距離を置いたりしてごめん。自分さえしっかり周りに意思表示ができていたら、ホントは一番大事だった君のことを振り回したりしなくて済んだはずなのに。

「あ……、変なことなら言っとったな」

「えっ？」

「『女ぎらいなんですか』って。嫌いなわけなかろーが。『このあと家寄ってってい い？』って、それ聞いた子に言おうかどうかずっと悩んどったわ」

久美子が急に口元を抑えて下を向いた。

「鼻水出てきちゃった」

「見えない。もちょっとこっち来ぃ」

手首を掴んで引き寄せる。洟《はな》が垂れてたってかまわない。もっとよく顔が見たい。

近視でもピントが合うぐらい近づく。ちょっと目が潤んでいるかもしれない。でもまだ見えないフリをして鼻先を寄せていく。柔らかくて温かい吐息がかかり、唇が近づいて……ピーポーピーポーのサイレンの音が突然大きく聞こえた。

「あ、来ましたね」

「え」

久美子はサッと立ち上がると、角を曲がって現れた救急車両に向かって大きく手を振った。

　赤いランプが回転するワゴン車が目の前で止まる。次いでバタン、とドアを開けて颯爽と救急隊員が二人降りてきた。

「けが人の方はどちらですか⁉」

「この人です。下半身を強打してるようです」

　ちょっと待て、今ＭＡＸいいところだったんだけど⁉　絶対ちゅーする流れだったよな？　助けに来てもらって文句つけるのもなんだけど、……このタイミングで来る？　そんで磯貝久美子よ。冷静に状況説明とかしちゃってるけどなんだよその切り替えの早さ‼

　ツッコむ暇もなく、屈強な二人の男によりストレッチャーに乗せられた玲二は救急車の後部に運ばれる。

　え、あれ、俺一人？　付き添いは……と振り返ると久美子はスマホを持って道に立っていた。

「私は警察の現場検証に立ち会わなきゃいけないんで！」

　扉が閉じる前に、久美子はそう言って玲二に手を振った。

　……頼もしいんだかなんなんだか。ぶり返してきた痛みにぼんやりとしながら、玲二は頭上の計器類を眺めていた。

大腿部《だいたいぶ》の強打による挫滅《ざめつ》と膝半月板《ひざはんげつばん》の損傷で、玲二は即入院となった。入院日数はおそらく一～二週間になるとのこと。すぐに実家に連絡が行き、次の日には母親が着替えや暇潰しグッズを持って現れた。

「いつかやると思っとった。それよりミーナは元気なんか？」

来て早々それかよ。いやまぁ、必要以上にウェットになられても困るけど。玲二は親のブレなさ加減に呆れるやら感心するやらだった。

加害者もスムーズな通報のお陰ですぐに見つかった。……が、実は春先から付近一帯を荒らしていた強盗と同一人物だったらしく、あの日も犯行に及んだあとに事故を起こしたとのことだった。部屋からは証拠品が押収され、逮捕につながったことで警察より手厚い感謝を受けた。

（こんなことってあるんだな……）

感謝されるべきは自分ではなくて、あの短時間でナンバーを記憶していた久美子の方だが。とりあえず、彼女の家の周りの治安が向上しそうで何よりだ。犯人にはしっかり猛省を促し、更生してもらいたい。

だいぶ脚の痛みも和らいだ大晦日、ぼちぼち一次試験の勉強を再開していると、滝沢がお見舞いに来た。意外な人間の来訪にビックリしたが、もともと律儀な性格であることを思えばさもありなんと言ったところか。

彼は玲二の具合を尋ね、今のところ経過は順調だと知ると、「ところであの日のことなんですけど」と本題を切り出した。

『ねぇねぇ、久美子だけじゃなくてごっちゃんまでウォーリーと知り合いってどういうこと？　どういうつながりがあるの？』

玲二が走り出したあと、しつこく質問してくる凛子に付き添われながら、滝沢も久美子の家の近くまで来ていたらしい。マンションの近くにパトカーがいたので驚いていると、警察と話し込んでいる久美子に出会った。

『お願いです。絶対に犯人捕まえてください！』

まさか久美子が事件に巻き込まれたのだろうかと、警察が去ったあと、何があったのか焦りつつ本人に尋ねた。

すると、久美子から返ってきたのは意外な回答だった。

『玲二先輩が今さっき、そこでバイクにひき逃げされた』

『えっ⁉　柏原さん、事故ったの？』

『うん。ちょうど私が外に行ってて帰ろうとしたら、現場に出くわしたから通報した』

『え……。よくそんな現場を偶然目撃できたね』

驚くやら呆然とするやらの滝沢に、久美子は俯いて照れたように笑ったそうだ。

『ね。愛の力のお陰、かな』

「……僕、それ聞いてもう完敗だなって思ったんです。なんか見たことないくらい幸せそうな顔してるし。前々から柏原さんのことになると、楽しそうに話してましたしね。正直なところ『ああ、やっぱり……』って思いました」

改めて聞かされると非常に恥ずかしい。それよりも、さっきから気になるのは滝沢の格好だ。

「君、その上着って……」

「あ、お気づきですか。一昨年のレコ発ツアーのグッズです。公式サイトで買いました」

彼はBouquetのツアーグッズのスタジャンを堂々と着ていた。今までドルオタであることは隠して生きてきたのに、どういう心境の変化だろうか。意図を尋ねる。

「僕……、三日三晩ガッツリ落ち込んで分かったんです。死にたいと思ったけど無理だし。どうせこれ以上落ちることないなら好きなことしてやろうって」

して、その効果の程は。

「この格好で街歩いてると二時間に一回ぐらい『Bouquetのファンなの？』って聞かれますね。好きな曲とかも教えてくれたりするヒトもいますし、そのまま意気投合して飲みに行ったりとかもありました。そういうの最高に楽しいです。それで今度台湾公演があるんですけど、僕も遠征決めたので中国語の勉強はじめました。请告诉我味道好的油炸食品」

ああ……楽しそうでよかったね。若干引きつつ微笑ましく思っている玲二に、滝沢は「これ、持ってきたんでよかったら見ておいてくださいね」とポータブルＤＶＤプレーヤーとBouquetのライブＤＶＤを手渡した。どうやら本気で信者拡大に乗り出したらしい。


そして年が明けた一月二日、奈央矢が「暇だから」とひょっこり病室に現れた。

「せんぱーい、やっぱまっさん、先輩のこと好きだったみたいですよ」

やっぱ、ってなんだよ。思いながらも奈央矢がすっかり以前と同じ態度に戻っていることに安心した。

「好きだったけどそんなこと言えないし、誘ったけどけんもほろろに断られちゃったしで、かわいさ余ってにくさ百倍？　みたいな」

「なんじゃそれ、本人に聞いたんか」

「うん。なんか前々からあの人先輩のことエロい目で見てると思ってたんだよね。当のご本人は気づいてなかったみたいだけど。年末に忘年会で『先輩が徘徊《はいかい》の末に事故って入院してる』って言ったら、『あいつに悪いことした』って全部ぶちまけてくれてさ。元カノのゆかりさんに『玲二は将来に悩んでる』とか『他に好きな女もいるみたい』って嘘八百教えたのもあの人みたいよー」

報告がてらに奈央矢は剥いてあったりんごをシャクシャクと食った。それ、昨日滝沢が持ってきた俺へのお見舞いなんだけど……。まぁいい、幸せそうな顔がかわいいから許す。

とりあえず重要なのは話の内容だ。今の話が本当だったとすると、もしも葛巻が余計なことを言わなければ、ゆかりとは続いていた可能性もあったということだ。そう思うと若干切なくなってしまうが、たらればのことを言ったって仕方がない。せめて父親ぐらいには報告しておけよ、とそれだけだ。

災い転じて福となす。人の縁も、そうやって紡《つむ》がれていくものなのだ。

「あとねー、ゆかりさんが引っ越したの知らなくて、嘘ついたの謝ろうと思ってちょこちょこ家まで行ったりしてたみたい。そしたら『何回目かに奈央矢少年の幼馴染の子が出てきてびっくりしたよ』って言われたよ。俺も知らなかったんだけど、本当なの？」

そうみたいだな、と適当に頷く。本のことや合鍵のことは自分たちだけの秘密にしておこう。そしてこれで久美子に関する謎の残留分が解決した。凛子と愛菜が言っていた「家の前にいた怪しい若い男」は葛巻だったのだ。彼女は小柄だが髪がショートで服装も男っぽいから、通りすがりであれば男子と勘違いされても仕方がない。分かってしまうと、案外呆気ない謎だった。

「あ、ミーナからだ」

奈央矢がポケットから取り出したスマホを見て呟いた。ミーナは今、実家にも帰らずアパートにひとりでいるらしい。多分自分の部屋でおもいっきりくつろいでるんだろうな、と玲二には容易に想像できた。

「『玲ちゃんどう？　死んじゃってる？』だって。なんて返す？」

なんだその質問は。げんなりしつつ玲二は告げた。

「『順調に回復しとるのに突然死ぬかボケ。退屈すぎて早く出たいわ』って返しといて」

「『大丈夫！　だけどミーちゃん来てくれなくて兄ちゃんさみしいな。たまにはお見舞いに来てよー』って返したよー」

ほぼ原型を留めていないリミックス具合に、またもやうんざりとした気分になる。

すると本当にミーナが着替えとウェットティッシュの箱を持って現れた。やけに気がきくチョイスだと思ったら、母親による助言の賜物だったらしい。

「玲ちゃんには東京行くとき世話になったけぇ。お陰でこっち住んでる先生と知り合いにもなれたし。これぐらいやっちゃるよー」

そう言うと洗濯物も持って帰ると言い出した。妹にも親切にしておくとたまにはいいことがあるようだ。

「そういやミーナよ。あの漫画どうなった？」

久美子と奈央矢みたいな二人が主人公の漫画。あの漫画の中で自分みたいな「先輩」は邪魔者でしかなかったけれど、どんな結末になったのだろうか。

ミーナは「ああ」と声を高くすると、あっけらかんと言い放った。

「実は、ちょっと更新しないうちに『先輩が健気です！　彼を幸せにしてあげてください！』っていう声がよーけ寄せられとってなー。やっぱそっちとくっつけることにしたわ」

思わずプッと噴き出してしまった。まさかシンクロすると思っていなかった。

ミーナは嬉しそうに続けた。

「玲ちゃんが読んでないとこでは、結構先輩活躍してるシーンあったんよ。そこが好評だったみたい。でも、ちょっとさすがに展開苦しいから、途中から書き直そうかと思ってな。タイトルも変えようかと。『素直じゃないけど君が好き』ってどう？」

やっぱりダサいけど、前のタイトルよりはいいような気がする。玲二は「ええかもな」と笑って賛同した。

「そんでな、ナオくんには新しい女の子登場させて、そっちといい感じにしようかと思とるよー」

「え、俺が何？　どうしたの？」

トイレに行っていた奈央矢が帰ってくる。ミーナが「いや、ちがう子の話よ」と返すと、奈央矢はちょっと不可解そうに首を傾げた。

「そういやミーナってさ、どんなマンガ描いてるの？　俺には見せてくれないよねぇ」

「んー、それは、やっぱ恥ずかしいんよ。身内に見られるとか、結構な羞恥プレイじゃろ」

「身内って、俺ちがうじゃん」

「そう？　すでに身内みたいなもんじゃろー」

軽く爆弾発言を投下したミーナに、奈央矢はりんごの皮よりも真っ赤になってしまった。

あのねぇ、ここ病室なんだけど……。ツッコんだところで自分たちの世界に入ってる二人には聞こえないだろうな、とため息した。

素直じゃないけど君が好き　第11話「元気だしてね」

	場面	セリフ
1	○病院　先輩の見舞い帰り 先輩の妹とナオが並んで歩いている	ナオ「先輩、怪我してるわりになんか元気そうだったね」 妹「そりゃそうだよ。かわいいカノジョができたばっかりだもん」
2	ナオ、その言葉に悲し気な顔をする あわててフォローする妹	ナオ「……」 妹「あ、ごめん。彼女のこと好きだったんだもんね。無神経だった」
3	ナオ、大丈夫というふうに	ナオ「もうとっくにフラれてるし、それはいいんだけど……。俺、ちゃんと幸せになれるのかなぁ……」 妹「大丈夫だよ。ナオにも絶対、新しいヒロイン現れるから」
4	ナオ、顔を上げる	ナオ「……ホントに？」
5	妹、ナオの顔を悪戯っぽく見て	妹「実はもう、出会ってるかもしれないよ？」

　そして玲二は待ちに待った退院日を迎えた。

　今年はカレンダーの都合で冬休みが若干長く、授業が始まるギリギリ前に退院できた。まだ松葉杖は必要だし、これからどうやって通学するかとか、後遺症が残らないかとかそういう問題はある。でもとりあえず世知辛《せちがら》いことは置いといて……

「こんにちは」

（出た――――）

　手土産を持って玲二の家にやって来たのは、午前中の便で広島に戻ってきた久美子だった。久々に見る笑顔は眩しすぎてちょっと目に悪いぐらいだ。

　久美子はどうしても外せない家族との旅行があり、事故の次の日授業が終わるとすぐ実家に帰省していた。それから入院中はテキストのやりとりを中心に毎日連絡をとっていたが、直接顔を合わせるのはあれ以来初めてだ。久美子がコートの下に着ていたのはふわふわした白いニットで、結構大きく開いた首元から見える鎖骨が眼福だな、と思った。

　当たり前だけど、しばらくは体の自由も利かないし安静にしてなきゃいけない。だからいくらお家デートだとしてもイチャイチャできるわけじゃない。でもミーナは昨日から近くに住んでる漫画家のアシスタントに泊りがけで行ってていないし、もしかしたらちょっとぐらいは……邪《よこしま》な皮算用が始まる。

「体に負担かかるから、待っててくださいね」

テーブルの前に座ったまま台所を覗くと、久美子はお湯を沸かしてお茶の準備をしていた。その間に手土産として持ってきたチョコレートケーキ（カンパーナ）を電子レンジで温める。漂ってくる甘い匂いにしばらく鼻をひくひくさせていると、紅茶と温めたナイフ、それにケーキとカトラリー類をお盆に載せて久美子が戻ってきた。

切り分けられたケーキの断面からとろりとチョコが流れ出す。さっそくフォークを突き刺して味見してみる。うまい。濃厚だけどしつこくない甘さに涙腺がゆるみそうだ。

久美子は一旦フォークを置いて視線を外した。

「あの……、結局お見舞いに行けなくてごめんなさい」

「ああ、そんなんええよ。正月ぐらいは家族サービスした方が」

全く気に病むことではない。久美子は実家も遠いし、おいそれと帰省できないことは十分知っている。たまの長期休暇ぐらい地元でのんびりさせてあげたいし、会えない代わりにたくさんメッセージを送ってきてくれた彼女の気遣いは心底ありがたかった。

それに――

「これから時間はあるんだし」

自分たちはまだ手を取り合ったばかりだけれど、もしかしたらこの先何年間も、ひょっとしたら何十年と一緒にいることになるかもしれない。それに引き換え、この先親御さんとは共に年越しを何度迎えられるのか分からない。長く付き合う予感を女の子に抱いたのは初めてで、だからこそ彼女のことは周りの家族も含めて大事にしたいのだ。

……なんて、カッコつけてるけど。いやもちろん、それも本音だけど。

本当は二週間が長くて長くて仕方がなかった。「やっぱこの前のナシ」って言われるかもって不安だった。せめて救急車が来る前にあと三㎝距離を詰めていればってずっと悔やんでた。平面の液晶じゃなくて熱を持ったリアルな君に触れたかった。一秒でも早く。だから逃げないで、とフォークを再び取ろうとしていた手に自分の手を重ねた。

久美子は一瞬驚いたように目を見開いた。手を強く握り、そのまま体の距離を詰めた。

「せんぱ……」

もう遮るものはない、と唇を寄せていく。甘い空気を味わうように少しずつ……

「玲ちゃーん‼　思ってたより早く仕上がっ……あーっ‼」

玄関のドアが開く音と同時に、耳障りな甲高い声が部屋にこだました。部屋の引き戸を開けっ放しにしていたおかげで、こちらの様子は丸見えだ。せっかくのムードがぶち壊しになった上にまたも寸止めを食らった玲二は、玄関で仁王立ちしたまま頬を引きつらせている妹に向かい、全身全霊の大声を張り上げた。

「ふっざけんなお前、いきなり帰ってくんなぁッ‼」

ミーナは怯むことなくずかずかと部屋の中に入ってくる。

「そっちこそ怪我しとるくせに盛《さか》ってんじゃにゃーでバーカバーカ！　ほれ見てみぃ、彼女もぼーれぇ引いとるじゃろが！　身内として恥ずかしいわ！」

「おま……、誰のせいで引いとる思っとんじゃ邪魔ばーすんな！」

突如始まった兄と妹の醜《みにく》い言い争いに、久美子はくすくすと目を細めて笑った。

（ま、ええか）

不本意な経緯ではあるけれど、彼女が楽しそうな顔をしているのが一番いい。そうこうしているうちにも、久美子はミーナにもケーキを分けたり如才なく振る舞った。見た目は全然違うけれど、すでに同い年同士意気投合しているようだ。

肝心なところでツイてない自分。だけど、試練を乗り越えたからこそ今ここにたどり着いた。再び誰かと恋をしたくなくなるぐらいひどいフラれ方も経験したけれど、そのお陰で彼女に巡り合えた。自分の将来が上手く行くよう願ってくれて、そして「この先の人生、もしかしたらそんなに悪くないんじゃないか」そう思わせてくれる女の子に。またその子と触れ合える幸運に。だから先の見えない今だって頑張れる。

そして今は不可抗力でおあずけを食らってしまったけれど、これもこの先起こる「良いこと」への布石なんだろう。……って言うとなんか怪しいセミナーとかそんな風だけど。焦らなくたって別にいい。こういう「付き合いたてのうまくいかないもどかしさ」なんてのは、二度と味わえるものではない。乙女気質な自分だから、じれったいのも本当は嫌いじゃなかったりする。

でもやっぱり、なるべく早く二人っきりになりたい。

ずっと君を待ってたから、ね。

エピローグ
Happy Go Lucky

「ごめんねー、遅くなって。晋《しん》がさぁ、なかなか車返してくれなくって。初売りすっごい混んでたみたいで」

久美子が実家の玄関の扉を開けると、小さな顔に印象強い大きな瞳を持った女子が外に立っていた。小学校四年～中学校と同級生だった北岡恵麻《きたおかえま》だ。手には「ちぃばぁ」というゆるキャラのマスコットのついた車の鍵を持っている。

恵麻は栗色のロングヘアーを揺らし、久美子に何度も遅刻を謝罪した。恵麻の言う「晋」とは彼女の幼馴染で、恵麻の姉の親衛隊的存在であるという（かなりの美形との噂だが、久美子は面識がないのでどんな人物かは知らない）。その晋とやらは恵麻の姉を誘って、朝早くから恵麻の家の車で出かけていて、戻ってくるのが当初の目論見《もくろみ》よりも遅くなってしまったそうだ。実際、久美子の家に迎えに来る時間は予定よりも三十分ほど遅れている。

久美子は笑顔で恵麻に手を振った。

「ううん、気にしないで。部屋でゴロゴロしながら待ってただけだから」

本当はスマホである人とメッセージのやりとりをしていた……けれど、そこまで言う必要は今はないだろう。

ファーのついたダウンジャケットに袖を通し、ショートブーツを履く。恵麻に促されて家の前に駐めてあった車に乗り込んだとき、ポケットの中のものが短く震えた。

『02kshr：初詣楽しんできて。事故には気ぃつけんさいよ』

さきほど『お迎え来たみたいなのでそろそろ行きますねー』と送った相手からの返信だった。助手席に座っているだけなのに、何に気をつければいいんだろう。

思わず苦笑いを浮かべたけれど、相手はまさに交通事故に遭って入院中の身だ。こういうことを言いたくなるのも無理はなかろう。久美子はシートベルトをきっちりと締めると、恵麻がカーナビの操作をしている間にすばやく画面をなぞって文章を入力した。

『935：はーい♡　無事に帰ってきまーす♡　戻ってきたらいっぱいナデナデしてくださいねー♡』

我ながらちょっと浮かれすぎかな、と思ったがそのまま送信ボタンを押す。これを読んだ相手の反応を想像すると楽しいかもしれない。

「……何ニヤニヤしてんの？」

怪訝な声がしてハッと気がつく。

右を向くと恵麻がこちらをじっと監視していた。

「なんでもない」と誤魔化すのもありきたりな気がして、「生きてると、たまにニヤニヤしたくなるときってない？」と大げさな言葉で煙《けむ》に巻く。

「んー、ないとは言えないけど……」

恵麻は首をかしげた後、アクセルを静かに踏んで車を発進させ、大通りへスムーズに合流した。

つい四ヶ月前に免許をとったばかりの女子にしては、慣れていて上手な運転だった。


車を海沿いまで走らせること十五分、地元の「一宮《いちのみや》」と呼ばれる由緒正しき神社に着いた。今日は三箇日の二日目で、参拝客の列は鳥居を越えて表通りまで延びていた。最後尾に加わると「並ぶの覚悟してホッカイロ貼ってきてよかった」と恵麻がちょっと誇らしそうに呟いた。

「久美子って、いつから実家帰ってきてたんだっけ」

「冬休み始まってすぐ。母親が、カナダのアイスショー見に行くから付いて来なさいって言って聞かなくて」

「へぇ、どうだった？　カナダ」

「寒かった」

「……それだけ？」

「うん。あとスケートファンがめっちゃ濃いのは世界共通なんだなって思った」

スケートはあまり詳しくないし、最初からそんなに行きたかったわけではない。だが親の庇護の元で学生をやっている身としては、スポンサーの意向には逆らえない。久美子は後ろ髪をワイヤーウィンチで引っ張られる思いで実家に帰ってきた（そしてすぐ、母親の同行者として機上の人となった。その後も親戚周りや挨拶などで、あちこち引っ張り回されている。実はまた明日からも、祖父母の家に泊りがけで行く予定だ）。

願わくばもう少し長く――なんならずっと一人暮らしをしている広島にいたかった。あの人は今どうしているんだろう、毎日何かしらの連絡はとっているけれどできれば直接……などと考えない日はない。それでも彼が「入院中の情けない姿なんか見にこなくていい。実家で思う存分くつろいできて」と言ってくれたので言葉どおりに甘えた。

恵麻はどうなんだ、遠距離恋愛中の彼と会ったりしないのか、と尋ねると、「あいつ風邪引いて帰ってこられなかったから、代わりに大晦日に向こう行ってきて、今朝夜行バスで戻ってきた」とサラッと告白された。

ああ、まだやっぱり続いてるのね、と自分で振っておきながら苦笑した。恵麻の彼氏となってしまった同い年の男子については、ひとかたならぬ情感を抱いていたことは確かだ。だけど仲睦まじい様子を聞いても、以前のように鼻の奥がツンときたりしなくなった。

これが、たぶん、おとなになる、ってやつ、なんだろう。

「あれ、君たち、二人だけ？」

「すみませーん、これから彼氏と合流するんでー」

ナンパをされたがサクッとやり過ごした。こういうときの恵麻は絶大なる信頼感で、適当な理由をでっちあげるのが非常に上手い。久美子は「そうなんですー」と笑って話を合わせるだけで済んだ。

思っていたよりも列はサクサク進んで、恵麻の「本当にあった教習所の笑える話」を聞いているうちに本殿の前に着いた。

いつものように二礼二拍手。たしかここの祭神は玉依姫命《たまよりひめのみこと》だったか。「ありがとうございます」と感謝の祝詞を唱えたあと、深く一礼し本殿の前を去った。

そして流れるように恵麻と授与所へ向かう。御札や破魔矢、お守り、絵馬などを買い求める人と、おみくじを引きたい人でざっくりと分かれているようだ。恵麻はおみくじの列に加わった。

「久美子はおみくじ引かないのー？」

「あ、うーん……」

少し迷ったが結局断った。この前他のところから持ち帰ったものが、財布の中に入っている。なんとなくまだ新しいものを引くのはためらわれた。

その代わりというわけではないが、お守りを買って帰ることにした。自分用に根付タイプのものと、あともう一つ、待っている人のために。厄除け、交通安全、病気平癒……どれも必要そうに思えたが、「合格」と書かれたものをみつけたので、それを選ぶことにした。

いつの間にか横から様子を見ていた恵麻から質問をされる。

「誰用？」

「知り合い用だよ」

軽く受け流すついでに「絵馬書いたらいいのに。恵麻だけに」とおやじギャグを呟くと、恵麻は人形よりも愛らしい顔をくしゃくしゃにしてウケていた。

「じゃぁこのあとちょっとお茶してこうよ。よさげなお店が近くにあるみたいなんだ」

再び車に乗り込むと、恵麻にそう誘われた。特に断る理由もないので「いいね」と同意する。

車内BGMが一曲終わらないうちに、目的の店に着いた。ウッドテイストの小洒落た外観で、「趣味でやってます」オーラ満載のこぢんまりとしたカフェだったが、意外にも新年早々営業をしていた。

久美子は一人がけのソファにちょこんと座り、カフェラテが冷めるのを待った。恵麻は同じく一人がけのソファに深く凭《もた》れるやいなや、グリーンスムージーの一口目を啜ってから切り出した。

「……ところでさぁ、彼氏ってどんな人？」

ぎくっと身をこわばらせる。彼氏……って、たしかにいるはいるけど、まだそのことは告白《カミングアウト》してないはずだ。何故分かったのだろう。

久美子が疑問を口にするよりも早く、恵麻は口元だけで意味ありげに笑った。

「ＥＤＭ聞く女、だいたい彼氏からの影響説」

「へ？」

「それとおんなじで、いきなり音楽とか服とかの趣味が変わったらオトコの存在疑いないってのは定説じゃん。夏休みに会ったときより明らかにテンション高いし、前はもっとサブカルっぽいカッコしてたのにちょっとキレイ目になってるし、こりゃー『アリだな』って思った方が自然でしょ」

そう言ってる恵麻が一番変わったのだけど。キラキラのギャル系だった化粧および服装はカジュアル系にシフトチェンジしたし、口が達者なのは変わらないけれど、刺々《とげとげ》しかった雰囲気はだいぶ穏やかになった。大きな変化のきっかけとなったのは、あの「元・同級生《めがね》」に他ならない。

ともかく、勘の鋭い恵麻の目は誤魔化せそうもないし、そもそも隠すつもりでいたわけでもない。ただちょっと、思いを確かめ合ってからまだ日が浅いし、自分から打ち明けるのもノロケのようで微妙かと思って言わなかっただけだ。とりあえずつい先週から自分と付き合い始めた男の人物像を「どんな」と聞かれたら……

「笑いの神に愛されてるタイプ」

「は？」

恵麻が面食らったようにぽかんと口を開けた。

「お笑い芸人なの？」

「ううん、全然。大学の先輩。でもやってることがいちいちおかしいしウケるんだ」

カフェラテを混ぜながら、久美子は思い出を振り返った。まず馴《な》れ初《そ》めからしておかしいぞ、と。


『えー……、と……ゆかりの……なんだ、知り合いというか相棒というか、あー、でも『元』になるんだけど……』

元カノから貰った合鍵でうちの家の鍵を開けてきたとき、彼はしどろもどろの体《てい》でそう言い訳していた。完全に不審者だと思ったし、部屋の中からインターホンで様子を見てた凛子と愛菜も「何を言ってるかまでは雑音が多くて聞こえなかったけど、絶対ヤバいやつだ。通報した方がいい」ってしばらく騒いでた。でも結局実害もないし、大家さんに鍵交換費用をケチった謝罪と口止め料として五万円貰っちゃったしで、公《おおやけ》にはしないことにした。それで週明け学校で再会したとき、「あ、この人ホントに悪気があったわけじゃないんだな」って直感した。話し方とか態度に陰湿そうなところが全然なかったから。こう見えても、人を見る目は結構あるつもり。

あの人、ナオくんに失礼なこと言われてもちょっと困った顔するだけで反論もしない（そのくせ鹿には真剣にキレる）し、その次も妹さんにいいように使われて雨の中ずぶ濡れになってたし、甘いものが好きでなんか幸せそうにピンク色のケーキ食べてるし、悪いと思ったことはちゃんと謝るし。よく分かんないけど見てると面白いなって思った。

「久美子がそういうオモシロ系好きになるって意外……」

呆気にとられた恵麻が呟くと、久美子は明るく微笑んで返した。

「そうかな？　でも前からいい人っぽいヒト好きだったじゃん。そういう感じだよ」

そもそも、小さい頃から気まぐれで好き嫌いの激しかったナオくんが、あれだけ懐いてるんだから悪い人のはずはない。自分も多少迷惑をかけられたこともあって、微妙にからかってみたり嫌がらせワードを発して反応を楽しんだりしてしまったけど、全然険悪な感じにはならなくて。もともと天性のイジられキャラなんだろう。運が悪いって自称する割にはいつでも妙に飄々《ひょうひょう》としてて、それまで抱えていた悩みを何気ない一言で軽くしてくれたりする不思議な人。周りの同級生とかと比べても、だいぶ精神的に大人なのかな、って思った。

しかも顔のつくりも喋り方も素朴な感じで悪くない。むしろ「自分の好みどストライクだ」と呉に行く途中の渋滞にハマってるあたりで気づいてしまった。恵麻の現在の彼氏も相当ツボだったけど、同じぐらい……いや、僅差でこっちの方が上かな……なんて横顔を見ながら考えていた。そんな風に人と人を比較するなんて、なんともまぁ失礼な話だけど。

それからは「あんなヒトが彼氏だったらいいのに」って日に日に強く思うようになって、でも向こうは全然そんな気なさそうだしなぁ……なんて悩んでたところで、ナオくんに皆の前で告白されてしまった。とっさに返事ができなくてどうしようかって考えてたときに、カフェのガラス越しに笑いかけられたから、あのときは驚くやら嬉しいやらで涙が出そうだった。

でも私は、本当にずるい人間だ。ナオくんが自分のこと気に入ってるって知ってて、でも「ナオくんの先輩」ともっと仲良くなりたくて、その立場を利用してた。遠ざけることもしないで。結果、ナオくんのことを傷つけることとなってしまったのに――

『いい人間じゃなくったって、ナオとか他の奴が「いい」って言ってんならそれでいいんじゃないか？』

（……それならあなたも私のこと「いい」って思ってくれてますか？）

ずっと、それが知りたかった。第一印象は最悪だろうし、その後も新幹線で置き去りにしたり、迷惑をかけたり、どう考えても好かれる要素はない。それに、「女なんかいらん」ってみんなの前で宣言してたって聞いている。だけどこうやって会いに来てくれるってことは、多少なりとも気にしてくれてるんだろうか。全然どっちか分からない。

迷いすぎて、一か八かの賭けで「どっか連れてって」と頼んでしまった。ちょっと突いただけで結構あっさり了承されたので、逆に「いい人だからこういうお誘いに慣れてるのかな」って思うほどだった。

デートはホントに楽しかった。長時間一緒にいれば嫌なところも見えてくるかと思いきや、全然そんなことはなし。向こうも見知らぬおばさんに「彼氏」って呼ばれても違うって言わないし……、いやいや勘違いしちゃいかん。戒めのために、自分の過去のあやまちを打ち明けてみた。そしたらがっかりされるか説教でもされて、気持ちに歯止めがかかるはずだった……のに。

「忘れたってええじゃろんなもん……って、俺が言うても全然響かんかもしらんがね」

いや響いた。めっちゃ響いた。いいんですか？　忘れてあなたのこと本気で好きになっちゃったりしてもいいんですか？　っていうかこう思ってる時点で既に本気なのに、どうして「まだその子のことが好き？」とか聞いてくるんですか？　どれだけ鈍感なんですか？　こんなに親切にしてくれるのも、やっぱり全部ナオくんのためなんですか？

もっと近づきたい。マンションの前まで来たけど、「帰るな」って言ってほしい。「妹じゃいやだ」なんて言わせせんな恥ずかしい。自分からもっとアピールしたいけど、今はナオくんのこともあるから告白したって絶対失敗するだろうな、ってジレンマに陥った。

「で、付き合うきっかけって何だったの」

「なんだろう……本かな？」

「本？　もしかしてアレ？　本屋とか図書館で同じ本取ろうとしてドキっ、みたいな」

「いやいや、そんなロマンチックなものじゃないよ」

彼と自分をつなぐきっかけになったのは、彼が元カノに貸した一冊の本だった。

その本は彼の一番お気に入りの小説だったと聞いて、どんなもんかと電子書籍で買って読んだ。分からないことは調べながらだったから時間はかかったけど、今まで読んだことがないジャンルだけに、読み終えたあとは自分が少し成長したような気分になった。

それで――

（この木藤さんって、ちょっと玲二先輩みたいなところあるかもなぁ）

作中に出てきたナイスなキャラのおじさん。木藤氏の生業《なりわい》である「裁判所の調査官」について調べてみたら、かなりの難関を突破しないとなれないことを知った。だから彼が「やりたいことあるけど倍率がエグい」って言ってたのはきっとこれのことだろうな、ってピンときた。

その後、家の中をくまなく拭き掃除してたときに本が見つかった。（ついでに元カノさんの小さい頃のアルバムも見つかった）やっぱり彼はウソなんてついてなかったと分かってすごく嬉しかった。多分、元カノさんは本を返すに返せないし捨てるに捨てられなかったんだろう。それは分かったけど、パラっとめくって出てきた彼女からの手紙にはムカッとさせられた。

(何この女。勝手なことばっか言って。私だったら浮気とか絶対しないのに……)

嫉妬と憤懣《ふんまん》が迸《ほとばし》り、自分も張り合って付箋にメッセージを書いて貼ってしまった。

ただ、本をどうやって返すかが悩ましい。前に教室まで行ったら友達にからかわれてちょっと迷惑そうな顔をしてたし、それ以外のときは全然見かけなくなってしまったし、凛子と愛菜が最近とみにくっついてきて「どこ行くの?」って聞いてくるし。悩んだ挙げ句、家に帰ったふりをして夜間の授業中に自転車のカゴに返しておくという方法を思いついた。向こうはこちらの家を知っているから、付箋を読んで思うことがあれば何かアクションがあるだろう、と。あるといいな……なんて思惑を抱いていた。

同級生の滝沢くんに彼のことで突然話しかけられたのは、本を見つける前か後か、とりあえずちょうどその頃だったと思う。

「……この前柏原さん見かけたんだけど、随分雰囲気変わったね」

滝沢くんは自分と同じ県出身の男の子だ。マナりんとめっちゃ仲が良くて、彼女らは「ごっちゃん(滝沢くんのあだ名)彼氏にどう? おすすめだよ」と冗談っぽく言ってくる。確かに物知りで育ちも良さそうなんだけど、たまにトークに「この人、もしかして闇深い……?」って感じるときがあって、ちょっと気になる。ホントに、決して悪い人じゃないんだけどね。

「んー……何があったんだろうね。ちゃんとご飯食べてないのかなぁ」

実は私も気になっていた。宮島に行って以降、彼を学校内で見かける機会がほとんどなくなってしまった。この前久々に見かけたら、別人かってぐらいやつれてたのでびっくりした。遠目だったし急いでるみたいだから、と声をかけなかったのをそれからずっと後悔しているほどだ。

「あの人、食の好みとかはほぼ女子と同じなのに、自分で料理つくったりしないみたいなんだよねぇ」

「へぇ……、よく知ってるね」

「うん。この前までおたまも持ってなくて妹さんに怒られたらしい。そんなんじゃ味噌汁も作れないよねぇ」

そしたら滝沢くんは「やっぱり味噌は信州だよね」と返してきた。相変わらず他の人と会話のセンスが異なるな、と思った。

そして、本と一緒に見つかった写真アルバムについては、さすがに勝手に処分したらまずいだろうと思い、不動産屋に連絡をした。すると、担当者から電話で……

「あ、前の住人の方のお父さんと連絡がとれました。今度出張のついでにそちらに行くので、ぜひお礼がしたいとのことでした。どうしますか？」

不動産屋にアルバムを預けてもよかったのだろうけど、これも何かのご縁だ。「分かりました」と承諾した。

お父さんはゆかりさんが引っ越したことを知らなかったらしく、大変なショックを受けていたそうな（家賃はゆかりさんの口座経由で引き落としだったから、解約されても気づかなかったそうだ）。でも大事なアルバムを見つけてくれてありがとう、と高級羊羹《ようかん》を手土産にわざわざうちまで来てくれた。それが、クリスマスイブの夜のことだ。

「ゆかりは中学ぐらいから私のことを避けるようになってねぇ……。でもこの写真を見て昔のことを思い出しました。もう一度、ちゃんと話し合ってみます」

そう語るお父さんを、タクシーが捕まえやすいよう大通りまで送った。その帰り道、スマホを見ると凛子から大量の着信が入っていたことに気づいた。

『あっ、久美子、大丈夫だった？』

大丈夫、と答えると凛子が珍しく口早に言った。

『もしかしたらウォーリーがそっち行っちゃうかも。変なことされないよう気をつけてね！』

「へ？　ウォーリーって？　誰？」

『ほら、いたじゃん。夏頃に久美子んちに押しかけてきたストーカーみたいなやつ。あいつ、うちらがキツくシバいたはずなのに、まだ懲りてないみたいでさ』

「はぁ!?」と思わず口を突いて出そうになった。

「ちょっと待って、シバいたってどういうこと？」

尋ねると凛子と愛菜が勘違いをして、彼を罵倒した上に冷水（文字通り）を浴びせたことを初めて知った。

（ほんっと、勘弁してよ……！）

最近距離を置かれている気がしてたけど、気のせいじゃなかった。学校はすぐ休みに入ってしまうし、早いところ誤解を解かないと。テンパりながら夜道を歩いていると、一間《いっけん》ほど先でバイクと通行人による衝突事故を目撃してしまった。さらにその通行人が知ってる人——今まさにどうにかして一度会って話をしなきゃ、と思ってた人だったから、もう衝撃どころの話じゃなかった。

前代未聞の心慌意乱《しんこういらん》。会いに行く手間が省けたのはいいけど、ひき逃げされてるよ⁉ラッキーなんだかアンラッキーなんだかすらよく分からない。でも多分、あのときの自分はゾーンに入っていた。やたら長く感じる一秒の間に、2．0の視力で自分の前をかすめて走り去っていたバイクのナンバーを正確に把握。次いで怪我の程度の確認。流血はなくピクピク動いてるから意識はありそうだ。そして1・1・0の順にスマホ画面をタッチし、繋がった相手へ状況を冷静に伝えるに至った。

そのあと救急車に邪魔されるまでのくだりは思い出すだけで赤面モノだ。千年に一度……は言い過ぎだけど、自分の十九年間の人生の中では一番の幸せ。気恥ずかしさのあまり救急車が来たところで「あ、来ましたね」とそっけない対応をしてしまったけど、本当は心臓バクバクだった。

「なんかさぁ、ものすっごい幸せそうだよね……」

恵麻がグリーンスムージーをストローでぐりぐりと掻き混ぜながら言った。別に嫌味で言ってるわけではないと分かっているけれど。

「そういう恵麻だって相も変わらず幸せそうじゃん」

返す刀でそう呟く。恵麻は一瞬戸惑ったように息をつまらせ、そして俯いてはにかんだ。

「えー? まぁ、そうかもね……」

なんだよ、否定しないのかよ。あまのじゃくな恵麻にしては、素直な返答に少し面食らう。ってことは、ホントにあいつと上手くいってるんだろう、と久美子は苦笑した。

でもこっちだって、負けてないぞ。ここから七二九km離れたところにいる人のところまで、心はひとっとびだった。

恵麻も自分も、一筋縄《ひとすじなわ》じゃいかない経験をしたからこそ、今こうして笑っていられるし、きっとずっと、幸せを手放せないでいられる気がした。

……そんな、まったりのんびり・ちょっと退屈な冬休みが終わり、ようやく久美子は広島に戻ってきた。

気持ちを確かめ合ってから、初めて顔を合わせる。さすがにちょっと緊張する。しかも、相手が退院したての怪我人とはいえ、家で二人きりだ。

ドキドキ感いっぱいで彼の家へと向かったものの、すぐに彼の妹が帰ってきて思い描いていたような展開にはならなくて。

期待どおりに物事は進まない。でも、これはこれで楽しいな、と漫才のような掛け合いを繰り広げる兄妹に思ったりした。

気ままな妹は「うちも眠いけぇここは空気読むけど、変なことしとったらすぐ起きるけぇね」と言い置いて、部屋を出て行ってしまった。なんでも、彼女はクローゼットの中の小さなスペースで寝泊まりしているらしい。ものすごい生命力には感心する他ない。

「なんなんじゃあいつ……。すまんな、騒々しくて」

困った顔で言うものの、壁の裏で寝ているだろう肉親に配慮して声はひそひそと小さい。そういうなんだかんだで優しいところが本当に「らしい」な、と思う。

多分、彼としても気にしているんだろうと久美子は推測した。妹が横槍を入れてきたり、そもそもこんな不自由な形でしか会えないという現状を。

だけどそんなの一向にかまわない。だって——

「そういえば、これ。覚えてますか？」

久美子は前に厳島神社で引いたおみくじをポケットから取り出した。さっき財布に入りっぱなしだったのを、すぐに出せるよう移動させておいたのだ。「四十番　大吉」と書いてある。これがあるから初詣ではおみくじを引かなかった。

少し気恥ずかしそうに彼が笑った。

「まだ持ってたんだ」

「だって、すごい嬉しかったから」

そんなに？　と返されたので、「よーく見てみてください」と言って彼に手渡した。

『四十番　白檮宮兆《かしはらのみやのちょう》
思いも願い事もすべて叶う　良いことが次々と現れる』

「へぇ、見事に良いことしか書いてないな」

予想どおり普通に感心された。ふりがなも振ってあるし気づくかな？　とも思ったけれど安定のスルーだった。

「実はあのあと、ちょっと気になったので調べてみたんです。そしたらですね……」

スマホを操作し、保存しておいた検索結果を表示させ、文字を拡大してから彼の前に差し出した。

『白檮とは「橿原」もしくは「柏原」のどちらかを指すと推測される』

「えっ？」

呆気にとられたように彼が声を上げた。「だから何？」という反応をされるかもと思っていたのは杞憂に済んだ。

「これってどういうこと？」

偶然の一致に驚きはしたものの、もう少しピンと来ていないようだ。久美子はざっと調べて分かった範囲の知識で、なるべく簡潔に解説する。

「あそこのおみくじは、一番から順に古事記の中で起こったストーリーに沿って書かれているらしいです。最初の一番は天地が出来て、国産みして、十番台で天の岩戸が出てきて、ヤマトタケルが東方遠征して……で、最後の四十番で神武天皇が国を治めて橿原宮を作るっていう。物語で苦労したときは凶、良いときは吉で、もっとも輝かしい功績はレアものの大吉……ってことらしいです」

こんな解説で分かります？　と尋ねると、彼は「うーん」と首をかしげて言った。

「ごめん、やっぱよく分からん。とりあえず一番良い運勢が最後の四十番の大吉で、それの別名に入ってる『白檮』が、読みだけじゃなくて俺の名字と同じ意味ってこと？」

「私もきちんと理解してるわけじゃないですけど、そんな感じだと思ってます」

あの神社のおみくじでは数少ない大吉。しかも「とんでもない幸せの兆候あり、『かしはら』の宮の兆しです」……だなんて、そりゃ嬉しいに決まってる。

その後、こうやって一緒にいる関係になれたから、これはもう……

「当たりましたね」

ニヤつきを抑えきれずにそう言うと、彼は何故かブスっとふてくされた。

「当たっとらんわ。俺、凶じゃったろ」

どうやら認めてしまうと悪いことがやってきそうで嫌らしい。意外に気にしぃな反応に、思わずちょっとウケながら返す。

「でも、あのあとバイクにぶつかりましたよね。そういうことだったたんじゃないですか?」

だからもう、悪いことは終わったよ、と。これ以上の不運は起こらないから、たぶんもう大丈夫だ。

彼はフッと目を細めた。

「……それじゃゃ、また今度一緒にお参り行こか。もうちょいちゃんと歩けるようなったらになるけど」

「いいですねー。そしたら私、次も四十番引く気がします」

なんの根拠も裏付けもない脳天気な言葉が口をついて出てきた。だけどそこはかとなくいけそうな気がしてる。たとえ違うものを引いてしまったとしても、彼といれば自分の心はいつでも最高のHappyだ。

彼は声を出さずに笑ったあと、「約束ね」と小指を自分の小指に絡ませてきた。

別に指切りなんかしなくたって、すぐに忘れたりしないけど。でもこういう些細な仕草がいちいちキュンとくる。そして実感する。ああ、この人が好きなんだなぁ、と。

おみくじの凶には、「気を引き締めて行動しなさい」って意味があるんだって。自分の行いを自覚してもらうために、わざと悪いことを書いてあるらしい。ツイてないことがあっても、そこから自分に足りないものをまなびなさいっていうお告げなんだって。
だから、凶だからってダメなわけじゃない。心がけ次第で、悪いことも良い方に転がしていける。辛いことがあったって、乗り越えた先にはきっと幸せが待っている。

私といるなら、ね。

あとがき

前作『ありえない』の出版直後、担当の編集氏と喋っていたときのことです。

「次回作『ありえない』のスピンオフはどうですか？　久美子か穂乃ちゃんメインで」

「あー、いいっすねぇ（適当）。その二人だったら久美子かなぁ」

まぁでも、こちとら明日も分からぬ泡沫作家。次回作なんて夢のまた夢だよな……とのんびり構えていたところメールが。

「筏田さん、久美子編のプロットできてますか。アイデアだけでもいいので教えてください」

（えっ……。いつの間にかホントに書くことになってる⁉）

そんなアイデアも何もないよ、やべーよどうしよう……と散々悩んでなんとかひねり出てきたのは『ラブコメの邪魔者ポジションが主人公になったら』というものでした。

ヒロインと運命の出会いを果たしたり、雨の中一緒に帰ったり、大勢の前で告白するのは別のキャラで、主人公はデートを邪魔したり、二人に振り回されたりする笑われ者、というのはどうだろう、と。そしたら「それも面白そうですね」とGOサインをいただきました。現実にありそうな設定だけを意識して描いた前作と異なり、コメディっぽい「ねーよw」要素も多いので、果たして前作がお好きだった方にすんなり受け入れてもらえるか、ちょっと不安だったりします。

また話の大枠は決定したものの、中身を詰めるのが想像以上に大変でした。今回はモデルとなる大学の特定が容易なため、適当な描写はできません。何度か広島を訪れロケハンを行い、ご厚意で広大の現役学生さん・OBの方にお話を伺うこともできました。その節は感謝してもしきれません。取材をしながら「こんなおちゃらけた話のために真面目に付き合っていただいて悪いなぁ……」と若干気まずかったです（笑）。本来基礎物理の履修は五月で終わる、本部キャンパスの翌週には医歯薬キャンパスで学祭がある等、どうしても調整できなかった部分は作者にとっても非常に心残りです。

作中に出てくる『裁かれざるもの』は架空のお話ですが、ヒントとなったのは『家栽の人』です。筏田はドラマ版が好きで見ておりました。今回、参考として原作を読み返して、短いページ数の中に毎回深いメッセージが込められているのに触れ、不朽の名作であると実感しました。原作者の毛利甚八先生のご冥福をお祈りします。

「運が悪い」と嘆いている主人公の玲二については、不運というよりただ不注意故にトラブルを招いている部分も多いんですよね。あと前作もそうなんですが、久美子も恵麻も出てくる女の子たちは、皆惚れた男子に対してのみ顔面査定が大甘になるようです。

この本を読んで、「元気が出た！」と思ってくれる人が一人でもいたらいいな、と願いつつ。ここまでお読みいただきありがとうございました。

筏田かつら

参考文献

『ライトマップル広島県道路地図』昭文社
『家裁調査官の仕事がわかる本（公務員の仕事シリーズ）』法学書院編集部 編　法学書院
『公務員試験 家裁調査官補（総合職）問題と対策』法学書院編集部 編　法学書院
『家裁調査官のこころの風景』中村桂子 著　創元社
『元家庭裁判所調査官からのことづて 悩みを生きる幸せ ～少年非行、離婚、家族の病いを手がかりにして～』山﨑一馬 著　木星舎
『「家栽の人」から君への遺言 佐世保高一同級生殺害事件と少年法』毛利甚八 著　講談社
『家栽の人』毛利甚八 作　魚戸おさむ 画　小学館
『増補改訂 試験にでる心理学（一般心理学編）』髙橋美保・山口陽弘 著　北大路書房
『良心をもたない人たち』マーサ・スタウト 著　草思社
『これが広島弁じゃ！』灰谷謙二 監修　洋泉社
『古事記』倉野憲司 校注　岩波書店

Special Thanks
【取材協力】
はまだ語録先生、かーくん、がんちゃん、Mさま、きんたさま、ともみパナイォトゥーさま、はじめちゃん、豊間根さん、上野ちゃん
【方言監修】
桜川ヒロ先生

この物語はフィクションです。
作中に同一の名称があった場合も、
実在する人物・団体等とは一切関係ありません。

宝島社
文庫

君に恋をしただけじゃ、何も変わらないはずだった

(きみにこいをしただけじゃ、なにもかわらないはずだった)

2018年3月20日　第1刷発行
2025年3月19日　第5刷発行

著　者　筏田かつら
発行人　関川 誠
発行所　株式会社 宝島社
〒102-8388　東京都千代田区一番町25番地
電話：営業 03(3234)4621／編集 03(3239)0599
https://tkj.jp

印刷・製本　株式会社広済堂ネクスト

ISBN 978-4-8002-8168-5